ヴェラ・ミハイロヴナ・インベル【著】
Vera Mikhailovna Inber

ハル・ニケイドロフ【訳】
Hal Nikaidrov

レニングラード日記
Ленинградский дневник

柘植書房新社

レニングラード日記◆目次

パート I （1941 年）
独ソ戦進行、レニングラード封鎖される……………………… 11

1月1日	2月9日
1月2日	2月12日
夜	2月16日
1月3日　夜	2月17日
1月4日	2月18日
1月5日	2月19日
1月6日	2月20日
1月7日	2月21日
午後7時に15分前	2月23日
1月8日　およそ午前11時	2月24日　X師団にて、午前
ごろ	2月26日　レニングラード
11時30分	2月27日
1月9日　およそ午後2時	3月10日
1月13日	3月12日　夜
1月14日	3月22日
1月15日　午後9時15分	3月27日
1月17日	3月28日
1月20日　午前	3月29日　日曜日
1月20日　夜	夜
1月21日	3月30日
1月25日	3月31日
夜7時	夜9時
1月26日	4月1日
1月27日	4月4日
1月29日	4月7日
1月30日	4月8日
1月31日	4月9日
2月2日	午後
2月3日　夜	4月10日
2月5日	4月13日

パートⅠ（1941年）
独ソ戦進行、レニングラード封鎖される

1941 年 8 月 22 日　レニングラードへの旅

　私達の列車が止まりました。外に目をやると爆弾でえぐられた大きな穴が二つありました。それらは一つになり、とても大きな空洞を形成しています。その傍らには破壊された戦車が一台横たわり、それから流れ出たオイルが周りの土を黒く染めています。燃え尽きた一台の機関車が築堤の底に横たわっています。戦前の注意標識には「何人によらず喫煙する者は処罰対象とされる」との警告が書かれています。涙顔の女性信号士が旗をかかげて指示を出しています、でもそれはただ茫然と振られているだけです。

　列車は動き出しましたがまた止まりました。機械類を積載した貨物列車が私達に近づいてきます。その荷は白樺の小枝で覆われ偽装されています。これらの貨物はレニングラードから疎開先に向かっているのです。貨物車がこれまでの行程に要した時間は白樺の小枝の新鮮さで容易に推量できます。貨物車でフライホイール、歯車、旋盤、小さな機械部品が搬送されていますが、それぞれは区分され、念入りにグリースが施され、羊皮紙で包装されています。貨物車の後部には客車が連結され、労働者の家族を乗せています。客車はストーブの暖房が効いています。ある車両には固い板造りのベッドがあり、子供達がいます。彼らは詰め込まれ、窓の外を見ています。子供達には笑顔の一つもありません。

　私はモスクワでこう聞かされました。

　避難を急ぐ中、子供達はその小さな手に染料入りの鉛筆で名前を書かれ、目的地に着いたなら直ちに入浴させられ、書かれた名前は洗われて消える、と。子供達を識別し、引き取る為に母親達がモスクワから呼ばれなくてはなりませんでした。でも一人の子供は身元不明で残ったのでした。私の愛しいモスクワよ！　あなたに別れを告げました、でも忘れることができません、

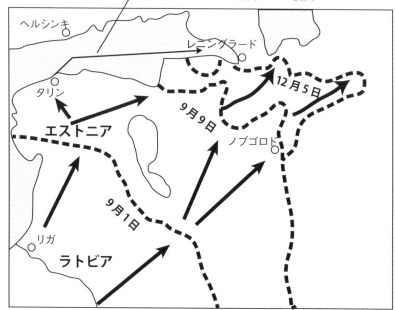

8月28日バルチック艦隊タリン脱出

ヘルシンキ

レニングラード

タリン

エストニア

9月9日

ノブゴロド

12月5日

9月1日

リガ

ラトビア

バルト諸国よりナチ北方軍団レニングラードに進軍、1941年12月5日まで

あなたはを私を追いかけ、私の心を引き裂くのです。私は小さな孫のミシェンカの面影を追っています、生まれてわずか6カ月の子供なのです。彼は開襟シャツを着て、その可愛い小さな頭に亜麻布の帽子を被り、私から去っていきました。子供用の客車に留め置かれたミシェンカはとても静かでした。周囲の子供達に興味深い視線をおくり、小さな手で自分の足を掴み……私はそこに戻り、最後となるかもしれない別れを見届ける勇気を持っていませんでした。やがて彼を乗せた列車は去っていきました。

　私達を乗せて列車がやっと動き出しました、あの貨物列車も動き出しました。私達はこれからレニングラードへ、貨物列車はレニングラードから……二つの列車はお互いに長い時間をかけて別れの挨拶を交わしました。

1941年8月23日　見知らぬ駅にて

　夜明け間近に列車が止まり、そのまま動く気配を見せていません。［レニングラードから］遠くではないはずです、でも見知らぬ駅です。空に飛行機の

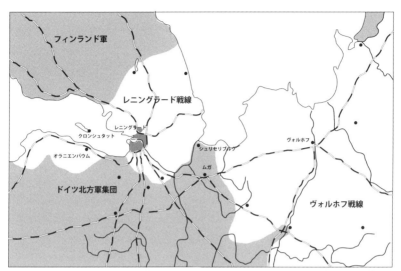

ナチ北方軍集団とフィンランド軍に挟撃されるレニングラード

姿は見えず、地上からの砲声は聞こえません……でも物音があれば地獄にいた方がもっと解放された気分になったことでしょう、死の静寂のなんと耐えがたき事よ！

　客車はかなり空いています、そして誰一人多くを語りません。あるコンパートメントでは終わりのないカードゲームが進行しています。将軍は持ち札を公開しながら思慮深く口笛を鳴らし、工兵将校はパイプでテーブルの端を叩きます、繰り返し・繰り返し。それは静かな音です、私にキツツキが木を繰り返し叩いているさまを思い起こさせます。パイプの煙は廊下に漏れ、層をなし、希薄になり、陽光の中で浮遊していきます。全てが静寂の中にあります、まるで列車が苔の上に停止しているみたいです。

　この長い静寂の間、ヴォルホフ方面よりホーク型戦闘機二機が私達の頭上を飛来し、小部隊の海兵隊が黄金色の錨の記章を陽光の中で輝かせながら、過ぎ去っていきました。そのほかに「生」を語るものはありません。

　線路の両側には水が溜まった爆弾の跡がいくつもあります、そして電信柱の傍にはそれらよりも小さな跡があります。ドイツ軍はいつもの如く合理的です。線路の破壊には高性能爆弾を使い、電信線にはそれに見合った小型爆弾を使うのです。私達の列車が動き始めました、静まりかえった森の中を走り抜けていますが、辺り一面は爆弾により焦土と化しています。ある場所で

は全ての木は引き裂かれ、その根は空を向いています、そして小さな白樺の樹皮が地表に拡散しています。それらは小さな点であり、線であり、斑点をも形作っています。これらは私に速記文を思い起こさせます。それは木の全生涯の速記録に違いない、でも書き終えることなく途中で尽きた記録だと。この森の白樺は全て切り裂かれ、焦げ付き、死を迎えたのです。

　この駅の名前を知り得ました。ムガ（注：露語にて Mга）という名前です。戦争前において、この駅を通る支線の存在は知りませんでした、それというのも本線たるオクチャーブルスカヤ線にて旅していましたので。でもこの本線はボロゴーエとトスノ間にドイツ軍が進駐し、今や運転不可能となっています。この辺りの地名：ムガ、ブドゴッシュ、フボイナヤ、は何故か樹脂を思い起こさせてくれます。

　　　訳者ノート1：
　　　ムガ（Ｍｒａ）駅はラドガ湖南端より 18km 南、レニングラードの西南西 45km、ネヴァ川支流のムガ川沿いに位置し、作者の通過後の 1941 年 8 月末にはドイツ軍が占領し、レニングラードはロシア本土と切り離され孤立に至った。ここの奪還がソヴィエト軍にとってレニングラード封鎖解除につながり、後年激しい戦場となった。孤立に陥ったレニングラードへの物資補給はラドガ湖渡河というルートしかなかった。
　　　訳者ノート2：
　　　「ムガ、ブドゴッシュ、フボイナヤ、は何故か樹脂を思い起こさせてくれます」について。
　　　フボイナヤ（Хвойная）、その語幹フボヤ（Хвоя）には松葉の意味。ブドゴッシュ（Будогощь）、語幹の Будос（ブドス）にはウドムルト語にて植物の意味。ムガ（Mга）からは、樹木に生える苔モフ（Мох）の意味が連想される。この辺りは林産資源の豊富な地形で、作者の言語への鋭い感覚が伺える。

　1941 年 8 月 24 日　レニングラードにて

　駅前広場に出て最初に目に飛び込んできたものはジューコフ、ヴォロシーロフ、ポプコフの署名によるアピール文でした。駅舎の壁に貼られ、朝の陽光を浴びていました。
　「同志諸君、レニングラード市民達、友人達へ……」で始まっていました。

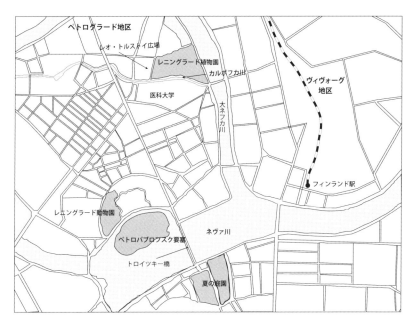

ペトログラード地区・植物園

このアピールは 8 月 21 日に掲げられ、その前の 13 日に［私の夫］イリア・ダヴィドヴィッチは私を迎えにモスクワに来ていました。その間にレニングラードの情勢は劇的に悪化しました。

　でも、私を迎えに来た夫は全く正しいことをしてくれました。「もし戦争が勃発したならば、私達は一緒にいるべきだろう」と、彼は常々言っていました。そして、私達はこの地にいます、一緒にいるのです。

　　訳者ノート：
　　ジューコフ、赤軍参謀総長、後にレニングラード戦線司令官。
　　ヴォロシーロフ、独ソ戦勃発時のレニングラード戦線司令官、その後解任。
　　ポプコフ、レニングラード市長。

1941 年 8 月 26 日

　私達のアパートは［小ネヴァ川沿いの］ペソチナヤ通りに面しています、

その5階です。

　天井は高く、採光もよく、部屋の半分は空いています。本棚と、壁に懸けられた多くの絵皿の他にはなにもありません。それらの絵皿は優れた年代物です、エリザベータ女帝とエカテリーナ二世の磁器にはバラの花が永遠に咲き誇っています。青と金色の皿の縁取りはニコライ一世の時代に塗られたままの新鮮さを保っています。でもこれらは壊れやすいもので、これからどう扱っていいのでしょうか?

　ベッドルームの窓とバルコニーは植物園に面しています。気温は依然として高いのですが木々は秋への準備を始めています。葉は既に黄金色、紅色に染まっています、9月には一体どんな多彩な色を見せてくれるのでしょうか?

　バルコニーからは大きなガラス張りの温室が見えます、その中で椰子の木が繁っています、また園内の芝と通り道もよく見えますが歩いている人はまばらです。私はまだそこを訪ねたことがありません、日曜日には行かなくては。

　私達の建物は薬学部に付属しています。高い壁を挟んだ私達の隣は女子学生の寮となっています。すぐ近くの小さなカルポフカ川を超えると第一医科大学です。その付属病院は以前はペトロパブロフスキー病院と呼ばれていましたが、今はエリスマン病院に改名されています。エリスマン博士、偉大な心と清らかな精神を持った科学者です、彼はロシアに多大な貢献を果たしました。

　　訳者ノート:
　　フョードル・フョードロヴィッチ・エリスマン(1842-1915)。スイス人医師。
　　ロシアに移住しモスクワ・レニングラードの公衆衛生学に貢献。

　病院と第一医科大学を併せるとまるで一つの小さな町です。昔の教会の敷地であったここには美しい木々の中に様々な形とサイズの建物が並んでいます。戦争の前、ID(注:夫イリア・ダヴィドヴィッチ)はこの大学の教授で、現在は理事長に任命されています。

　レニングラード作家連盟の秘書ケトリンスカヤは私を喜んで迎えてくれ、直ちに放送局に電話してくれました。私は連盟の事務所から直に放送局に向かいました。そこで翌日に私がマイクの前に座る事がアレンジされました。

　1941年8月27日

現在の植物園

　その放送は「モスクワからレニングラードへ」というタイトルで、私は次のように語りかけました。

　「同志達、レニングラードの人達、レーニンの名を受け継ぐ市民達！　この困難な日々においてあなた達のレニングラードと同じく勇敢に、そして断固として立ち上がっているモスクワからの挨拶を贈ります。この地と同様、モスクワの地においても今我が国に降りかかった危機が如何なるものかは十分に理解されています。しかしながら、危機は克服され、敵は打ちのめされることに私達はなんらの疑問も持っていません。モスクワ、そしてレニングラード、兄弟姉妹の如くお互いの手を差し伸べ、『勝利を我が手に！』と声をあげようではありませんか！」。

　私はゲルツェンの言葉を引用しました。

　「モスクワの大火、ボロジンの戦い、ロシア軍のパリ入城、の話は私の子守歌、胸躍る子供の物語であり、私の叙事詩イーリアス、オデュッセイアであった」と。私は続けました。

「ゲルツェンがナポレオンの敗北を思い起こしたように、私達の後の世代の多くの人が今のモスクワの日々を思い起こすに違いないでしょう」と。そして次の言葉を結語としました。

「ヒットラー主義は破壊され、この地から掃討されるでしょう。モスクワよ、私の偉大な首都、祖国の心、ヒーロー達のゆりかご、そしてレニングラードよ、レーニンの名を冠せられた都市、この国の誇りと美、あなた達はこれまで何世紀もそうであった如く無敵の強さでこれからも立ち上がり続けるでしょう」。

多くの人達がこの放送に耳を傾けました。私の友人オーリャ・Ch は買い物の列の中で聞き、私のレニングラード到着を知ったのでした。

1941 年 8 月 28 日

今日、ID は陸軍病院で働く旧知の医師に会いました。その病院は一週間前に疎開の為レニングラードを離れました。そこの患者と病院機材は一週間にわたり停車中の列車に留め置かれました。列車は前進することが不可能で、結局レニングラードに戻るしか術がなかった、との事でした。

ムガへの道、それはレニングラードにとってロシア本土に続く最後の道でしたが、ドイツ軍により遮断されました。私達が通り過ぎた日の一日、二日後にムガが占領されたのでした。

1941 年 9 月 1 日

一日に十から十五回の空襲警報を聞くようになっています。それはどちらかと言えば短いインターバルを持ちながら継続する警報と言えます。でも静かなのです、防衛軍の対空砲の音さえ聞くことがありません。全ての事は地平線の向こうの遠い所で起きている、そのようにも思えます。［ドイツ軍爆撃機］ユンカースは市の郊外を旋回し、市の防衛線に阻まれていると思われます……でもモスクワがそうであったように彼らが防衛線を破る日はいつか来るでしょう。

防衛線が破られたにもかかわらず、いや逆にそうであったが為でしょうか、その時のモスクワの夕日は格別に美しく見えました。太陽は地平線に沈み込もうとする深紅色の大きなボールでした。そして太陽が沈みこめば今度は防

空気球が舞い上がります、それは全作戦の司令塔の如くに見えました。

　そうした日々の中、忘れることのできない月の出がありました。月は巨大で窓枠いっぱいを埋め尽くしました。まったく不自然にも月はピンク色に輝き、蝋の滑らかさを持ち、その表面の陰影は指紋のようでした。そうです、大きな蝋の球体が熱き手で握られ、そこが溶けている、そう見えました。

　モスクワでは空襲警報が鳴れば私はタイプライターを持ち、アパートの階段を駆け下り、防空シェルターに急ぎます。一度階段で一人の女性に会いました、彼女はもう正気を失っていました。彼女の夫は既に死んでいましたが、彼女にとって彼はまだ生きており、アパートに残されているのでした。そして階段を駆け下りながら叫びます、「夫は私といつも一緒でした、でも突然私から遅れてしまいました。そこに残っています、一体オーバーコート無しでどうやってすごすのでしょうか？」。

　私は階段の下に降り、シェルターに入りました。そこに一人の女性がいましたが、見知らぬ人でした。彼女は狂乱状態にあり、あちこちとその内部を動き回り、誰か赤ん坊を見なかったか？　と私達に聞きます。でも彼女の両腕にはショールにくるまれた赤ん坊が抱かれているのでした。

　こんな時、私はアパートのドアをロックしたことはありません、焼夷弾を被弾する危険があるからです。私の部屋は最上段にあり、加えて屋上には火災監視人がいます。彼は時折水を飲みに部屋に入ります。

　一度警報解除サイレンが鳴る前に部屋に戻ったことがありました。二人の間借り人が開け放たれた窓際に立ち、低い声で言葉を交わしていました。クレムリンの壁の上空では星が鮮やかでした。それは夜明け前に見えるあの格別な鮮やかさで、露の雫の湿り気を帯びたように輝いていたのでした。遥か彼方の空が狂った炎で真っ赤に燃えています……私達三人は長時間立ち尽くし、この遠くの地獄の光景を見続けました。

1941年9月4日　レニングラードにて

　私は戦時新聞の編集部に居ましたが、丁度その時編集者と私と既知のモスクワ作家連盟の二人、それに彼らのドライバーが前線から帰ってきました。全員外套を着て入室しましたが、そのベルトには一個の手榴弾が装着されていました。ドライバーは四個の手榴弾を差し込み、小型マシンガンを運んでいました。彼はそれを無造作にテーブルの上に置きました。一人のタイピス

トがその時立ち上がり、それでテーブルが揺れ、マシンガンは乾いた音を立てて床に転げ落ちました。何という幸運だったことでしょう、マシンガンの安全措置は適切にかけられていました。

彼らはテーブルに手榴弾を置き、地図を広げ注意深く戦況を検討しました。その表情は暗いものでした。それというのも彼らの前線視察は失敗に終わったのでした。我が軍は押し戻され、ドイツ軍は我が軍の司令部に爆撃をしたのです。そして一行全員は空腹でした。

その時突然電話が鳴り、我が軍の対空砲中隊が敵軍航空機十五機を撃墜したとの報が入りました。これまでになかった数字です！　表情の暗さも消え、空腹も忘れ、彼ら全員は急いで手榴弾を装着し、マシンガンを抱え部屋から飛び出していきました。その対空砲中隊を訪問する為です。

1941 年 9 月 5 日

協業が如何になされているかについてレニングラード・プラウダ紙が短い報告を載せています。ある工場の技術部長が生産委員会に申し入れをしました。彼は出来上がったばかりの電気アイロンを会議室のテーブルに置き、その隣にすぐには用途がわからないある部材を並べました、そしてこう発言しました。

「我が労働者は誇りを持ってアイロンを製造してきました。しかしながら、祖国が今必要としている物は別の物です。それ故アイロンの製造を中止べきと考えます。また、市民は当面の間アイロンなしで生活する術を学ぶでしょう。そして我々はこの小さな部材の製造に傾注するつもりです。工場内部にてこの事を討議し、コストを見積もっています。委員会の許可を頂けないでしょうか?」と。委員会は許可を与え、工場はその部材の製造を始めています。部材はライフルの小さな部品ですが、それなくしてはライフルはただの鉄となり、発射はできません。

1941 年 9 月 7 日

空襲警報発令となれば薬学部学生の一人は階段最上部に駆け上がり、私達の区域のサイレンを鳴らす役を担っています。それはコーヒーの豆挽き器に似て、長いハンドルがついています。彼ら学生達はまたペテルゴフ近郊にて

長い塹壕を掘っています、勿論ドイツ軍は［その有名な］噴水を攻撃するでしょう。

　私は、ドイツ軍から奪った両刃刀が若い赤軍兵士の手に握られているのを見ました、それが戦争の惨劇を語っています。

1941 年 9 月 8 日

　今は素晴らしい秋の輝きの最中です。雨は無く、この乾いた暖かさの中では木々からの落ち葉はありません。その葉の色は琥珀がかった黄色、レモンの黄色、深紅色……を見せています。

　ID は終日大学に詰めており、私は天井の高い、そして採光が十分すぎる部屋で一人です。警報の最中ですがバルコニーに出ています。普段から通る人の少ないペソチナヤ通りですが今は全く人影は見えません。鉄製ヘルメットを被った空襲監視員達のみが上空を見上げ立っています。時折園芸職人の見習いが走り抜けます、植物園の中のある建物が彼らの寄宿舎となっているからです。

　市電の女性運転士が彼らについてこう語っていました。

　「彼らときたらまるで電車の持ち主の如く乗ってくるのですよ、ステップにしがみつき、プラットフォームで押し合うとかね。でももう気にはしません、この先すぐに前線に送られ、塹壕を掘るのですから」。

　我が軍の一人のパイロットがパラシュートで脱出し、防衛施設の建設作業をしている医科大学の女子学生達の輪の中に落ちました。彼は軽傷を負っただけでした。戦闘はすぐそこまで来ています。

1941 年 9 月 9 日

　昨日、レニングラードへの最初の大規模な空襲がありました。午後も数回の警報がありましたが、私達は思い切って劇場に出かける事にしました、ムスコメディア劇場のオペレッタ「コウモリ」を観劇する為でした。ニコライ・イヴァノヴィッチ・オゼルスキー、彼の妻アリーナ、それにフェージャ・D が私に同行しました。フェージャはもうすぐ 50 歳になりますが、医科大学執行委員会への権威ある法務アドバイザーを務めています。でも私にとっては変わることのないフェージャです。彼は慣れ親しんだアパート、そこのカー

ペット、本、……を限りなく愛しており、疎開することなくレニングラード
に留まりました。

　ニコライ・イヴァノヴィッチは大学において ID の副官です。強い洞察力
を持った知的な人物で、彼の地方訛りもまた私を愉快な気分にさせてくれま
す。

　幕間に警報が鳴りました。劇場マネージャーがロビーにいた私達に説明に
来ましたが、役の変更を告げるかのように彼の物腰は打ち解けたものでした。
彼は、「市民の皆様、できる限り壁際近くに立つように」と要請し、天井を
示しながら、「頭上には保護となるものはありませんので」と明瞭に告げま
した。

　指示に従い私達はおよそ 40 分の間壁際に立ち続けました。何処か遠くか
ら対空砲の砲声が伝わってきました。警報解除の後、劇は進行しましたが、
テンポは早められ、見せ場以外のソロとデュエットは省略されました。

　劇場を出た時、空の明るさは依然として残っていました。青い夕闇の空に
赤い反射光が混じり、深紅の光が広場に沿って漂っていました。その時まで
何が起きているのか、私達は理解していませんでした。

　その時、私達のドライバーのコフロフが合図を送っているのに気付きまし
た、でも車の手配は頼んでいません。「あなた達を迎えに行こうと決心した
のですよ、一刻も早く帰宅された方がいい！」。揺らぐ光の中で彼の顔は青ざ
め、心配の表情にあふれていました。

　車が広場を旋回した時、私達は黒々と渦を巻く山のような煙を見ました、
それは下からの炎で輝いていました。これらが空に吸われていきます、全く
の地獄でした。コフロフが振り返り、冷静に告げました、「ドイツ軍の爆弾
により、食料保存倉庫が火災を被ったのです」。

　　訳者ノート:
　　バダーイエフスキー食料保存倉庫（超大規模な保存庫）はこの空襲により焼失。

　車の中でもう一度空襲警報を聞きました。帰宅し長時間バルコニーに立ち
尽くし、食料保存倉庫が炎に包まれているさまを見続けました。11 時には
ベッドに入りましたが、午前 2 時には防空シェルターに駆け下りなければな
りませんでした、これはレニングラードでは初めての事でした。ドイツ軍飛
行機が私達の真上を威嚇的に旋回します。我が軍の対空砲が黙っているはず

はありません……そうです、モスクワ人にとってはもうなじみとなったあの
籠った飛行機の旋回音を私はここレニングラードでもう一度聞くことになり
ました。

　シェルターは奥行が深く、壁にそってベンチがあります。壁の棚には拡声
器があり、その隣には応急手当品の棚があります。女性と子供達はベンチに
腰を下ろし、黙ってひたすらに時を過ごします。戸口から当番の空襲監視員
のささやく声が漏れてきます。

　突然、幼い少年が椅子を持ち上げ、拡声器が据え付けられている壁際に寄
せました。自分の力で椅子に登り、壁から拡声器を回して自分の耳に押し当
てました、彼が待ち望んでいる言葉、「警報解除」の発令を聞こうとするの
でした。

1941 年 9 月 10 日

　既に焼き尽くされたバダーイエフスキー食料保存倉庫はレニングラードの
食料品の集中貯蔵庫で、この都市にとって心臓であり、胃なのです。層をな
して舞い上がる重い煙は不吉な兆候を暗示しています、その煙は砂糖、小麦
粉、バター等々が焼き尽くされている事を意味しています。

　ここ二週間は夜を医科大学で過ごしてきました。一昨日の夜は輝く月光の
下の暖かい夜でした。飛行機から見下ろすドイツ軍にとって、市は手のひら
の筋の如く分かりやすいものに見えたでしょう。看護婦は白いガウンを着た
まま中庭を横切る事を禁じられていますが、病院の建物もまた白いのです。建
物は肩に掛ける暗い色のショールではカバーできません。

　対空砲からの発射の閃光は明るい月光の下では無色に見えます。サーチラ
イトも必要とされません。ドイツ軍のユンカースは群れをなして飛来し、去っ
ていきます。しばしの時間、静けさが戻ります。そして次の群れが襲ってき
ます、波状攻撃なのです。

　昨日、ID は患者がどうやって防空シェルターに駆け込んでいるのか確かめ
ようとしました。私も同行しました。産科診療所から出た時に爆弾の風切り
音を聞き、恐怖に襲われました。走りました。私達が本館にたどり着く前に
爆発が起こりました。爆風を予期し、私は体を二つ折りにしました。でも爆
風はありませんでした、あるいは別方向に向いたのでしょうか？

　その後、大学司令部の中で爆弾は動物園近くに落ち、像が瓦礫の下に埋も

れたと知らされました。昨夜もそこと同じ場所に繰り返し爆弾攻撃がありました。ドイツ軍は化学工場をターゲットにしています、でも命中させたのは動物園でした。園の猿は全て死に、狂ったクロテンが通りを徘徊していると聞きました。そして大学研究部の犬達は空襲の間、怯えきって遠吠えを繰り返すのです。可哀想な犬達！ 彼らは「パブロフのフィステル[孔]」を施術されているのですが、もうそれには耐えきれない、と鳴くのです。

1941 年 9 月 11 日

　ドイツ軍の[エストニア首都] タリン侵攻時、現地にいたビシュネフスキー、タラセンコフ、ブラウンらの通信記者はレニングラード・プラウダ紙の最終版に寄稿することがまだできました。
　バルチック艦隊がドイツ軍の包囲網を破ってのタリンからの脱出は文字通り死をかけた冒険でした。ドイツ軍急降下爆撃機は容赦なく我が海軍に攻撃を繰り返しましたが、我が艦隊の輸送船、駆逐艦、小型船はその昼夜を通しての爆弾の嵐の中で脱出を図ったのでした。第一波の攻撃を逃れた艦も第二波、第三波の攻撃を受けなければなりませんでした（ブラウン記者）。でも何と幸運だったことでしょう、ビシュネフスキーはここに帰ることが出来たのです！

　　訳者ノート:
　　フセヴォロッド・ヴィタリエヴィッチ・ビシュネフスキー、ソ連邦劇作家・
　　随筆家。レニングラード防衛戦争に従軍記者として参加。

1941 年 9 月 13 日

　昨夜十時頃、私達は植物園の外で軍用トラックの一団に挟まれ身動きできなくなりました。月はまだ出ておらず夜間の視野は狭く、暗く、空は曇っていました。私達の所有物の一部を医科大学に運び込む為に車が迎えにきました。私達はこの先の生活の半分を大学内で過ごすことにしたのでした。準備を整えた頃には辺りは真っ暗闇となりました。軍用トラックは通りにひしめき、全体として無秩序です。縦列駐車あり、斜列の駐車あり、通りの遮断あり、バンパーとバンパーをくっつけ合ってもいます。そして一団の指揮者は見当

たりません。

　私達のドライバーが一瞬ヘッドライトを点灯させると狂った大声が返ってきました。「なんて馬鹿なことをしでかすのだ、消灯せよ」ドライバーが返答します、「何も見えないのだよ」。

　その瞬間です、もう当然の事となっている警戒警報の発令となり、サイレンが暗闇の中で唸り、泣き叫ぶかの音を響かせます。直ちに低い雲の中からあの不吉な旋回音が聞こえてきました。何処に逃げたらいいのでしょう、車の前後左右をこれらのトラックに囲まれた私達には逃げ場がありません。お互い同士のぶつかる音、側面への衝突音が聞こえてきました。でもやがて前のトラックが動き出しました、私達も前進、二メートル、三メートル、停止！

　他のトラックのラジエーターにぶつける寸前でした。後退を始めました、何かでフェンダーを擦ったようです。でも最終的にはそこから走り抜ける事が出来ました。

　私達は左折し、カルポフカ川の遊歩道に沿って走りました。「あの小さな橋が見えません、注意しなくては！　水に飛び込みたくはない」と、ドライバーが呟きました。水に飛び込むなんて、そうなったらもうお終いです。手当たり次第に曲がりました。そして偶然にもその橋に到達しました、そこはカルポフカ川がネヴァ川に流れ込むところです。幸いにも橋のレールを少し傷つけただけでした。レオ・トルストイ通りを走りながら、ドライバーが点灯しました、ほんの一秒の間です。

　私たちは通行検問所で停止させられ、夜間通行許可証を所持しているかの質問を受けました。所持していると答えました。実際に車の為の許可証は持っています、でも私自身はその許可証を持っていません、そして午後十時を過ぎています。現在夜間外出は厳しく制限されています。

　更に前進を続けました、でも大学のゲートを見つける事が出来ず、やむを得ず点灯しました。兵士が現れ、「もう一度点灯したならば発砲する！」と告げました。彼はジョークを言ってはいませんでした。

　このドライブの全行程に一時間を要し、ドライバーは疲労困憊しています、「シャツは汗でびっしょりです、なんてドライブだったのでしょう！」。市の内部でこうした混沌が起きるなんてむしろ不穏ではないだろう、私達にはそう思えました。

　本日発表の公式声明（コミュニケ）は良いものではありません。チェルニゴフ（注ウクライナ）に疎開すべきであったと伝えています。市は地上からの

25

砲撃を受けるようになりました。昨夜はその三発がヴェレスカヤ通りに落ちました、オヴォードニイ運河の隣です。これは空襲よりも悪いことです、前触れもなくただ突然死傷が起こるのです。

1941年9月16日

　電話が鳴り、若い声のオペレーターが「電話は戦争の終了まで不通となります」と告げた時、私は不思議な気持ちに襲われました。抗議しようとしましたが、心の中では無駄な事と知っていました。数分後クリック音と共に回線は途絶えました……戦争の終了まで。

　その後すぐにアパート自体が孤立と恐怖と緊張の中に落ち込みました。私達は市の全ての人から、全ての事から遮断されたのです。レニングラード市電話回線はこうして同時刻に死を迎えました。特別なオフィス、診療所、病院だけがわずかな例外でした。

　　訳者ノート:
　　封鎖によりレニングラード市の電力は逼迫。

1941年9月17日

　プーシキンの子孫にあたる人が私を訪ねてきてくれました。彼女の祖母がアレクサンドル・セルゲーヴィッチの従妹にあたります。その人そのものも全くのハンニバルです。

　黒髪で、笑うと見慣れない形を見せるエチオピア風の厚い唇の持ち主です……なんと強い血のつながりなのでしょう！

　　訳者ノート:
　　アブラム・ペトローヴィッチ・ハンニバル、プーシキンの曽祖父。

　その人ヴェラ・カエタノーヴナは今仕事を失っており、生きていくには厳しい状況です。彼女が働いていたオフィスは疎開しましたが、何らかの理由があったのでしょう、彼女自身はここに残りました。500グラムのレンズ豆、少量の黒パン、50ルーブルが与えれました。彼女の娘はドイツ軍の侵攻か

オデッサ、プーシキン像、2019 年撮影

ら逃れ［レニングラード市南部の］プーシキン市から脱出しました。彼女の息
子は病気でベッドに臥せており、逃げる事ができません。プーシキンの親族
がドイツ軍から逃れる為にプーシキン市を離れるなんて！ 経験に富んだ小
説家ですらそんなストーリーを思いつくことは無理でしょう。

　私達はやっと医科大学内に移りましたが、そこは「バラック状態」ともい
うべきところでした。部屋はとても狭く、物書きのできる机が窓際にあり、
二つの鉄製ベッド、小さな本棚、一つのアームチェアー、二つの小さな椅子
がある限りでした。洗面時には洗面器と架台を持ち込まなくてはなりません。
壁には医学の先人達、クロ・ド・ベルナール、ビッシュ、パスツール、ヴィ
ルホッフ、コッホの肖像画が掲げられ、また彫刻板が掲げられ、そこに「英
国医師ジェンナー、乳搾りの女性サーラー・ネルムスの手で支えられた 8 歳
の少年ジェイムス・フィプスに人類最初のワクチンを接種」と彫られています。

　円筒の鉄製ストーブがあり、その小さな放熱口は部屋に向いていました。
エフローシニャ・イヴァノーヴナが点火をして部屋から寒気を追い払ってくれ
れました。窓の外には大きなポプラの木が列をなしており、爆弾、砲弾の砕

27

片の防御にはなるかもしれないと自分達を納得させました。部屋はΠ字型建物の渡り部にあります。

　この部屋は灯火管制時（全市、もちろん病院の庭一面が闇に包まれます）には特に都合がいいのです。暗闇の中を手探りで進みながら、何処かに光があるなどとは信じられません。全くの暗闇が巨大な壁の如く私達に立ちはだかります。空は暗く、月は欠け落ちています、やがて来る夜明のみが明かりをもたらしてくれます。

　私達は中庭を横切り、本館の冷えた石造りのロビーに入ります。そこには小さな青い灯があり、当番の連絡係りが椅子に腰かけ本を読んでいます。遠くで対空砲が発射されています、そして地平線の向こうの空は閃光で燃えています、空中戦が起きているのです。

　負傷者はまず中庭に運ばれてきます。昨日、一人の男が運び込まれました。ストレチャーに乗せられ、病院の階段を上りますが流れ出た血が階段一段ごとに落ちていきます。ストレチャーが一時休息します、再び持ち上げられた時、そこは血のプールとなっているのです。その負傷者は若者です。その顔は白い紙の如く蒼白です。彼は前線から真っすぐここに運ばれてきました。彼は直ちに手術室に運ばれ、そこで足が切断されました。

　負傷者の置かれた中庭を抜け、階段を上り、渡り廊下に沿って私は自分の部屋に入りました。そこには灯りがあり静寂です。窓は遮断幕で覆われていますが、机の上に小さな卓上電灯が灯っています。私はこの電灯をモスクワから運んできました。それが造りだしてくれる光の輪は私にとっては、助けを得られる場所、静かなる楽園なのです。ここは私が保護される場所、炉辺であり、家なのです。

　もちろん、これは全くの幻想です！　でも私達が生き抜いていくには幻想すらも助けになるのです。

　昨夜私達は負傷者棟に行きました。空襲は依然続いており、負傷者が次から次へと運ばれています。一人の若い女性労働者が手術を待っていました。7ヵ月の身重で、シーツで体を包み鉄製の椅子に腰かけていました。顔面は発熱で紅潮し、青い目は半分閉じられ、金髪は汗で黒ずみ、肩にかかっています。病院のガウンは胸の前で開いています。

　砲弾が彼女の働く木工工場に命中し、20名中18人が死にました。彼女ともう一人のみが生存者でした。手術台に乗り、麻酔されながらも彼女の体は震え続けました。砲弾の破片が彼女の脚部、踵近くで深く入り込んでおり、

このことは X 線で明瞭に分かります。

　手術が始まり、脚への切開がなされ、結果的には破片は鉗子で挟んで引き抜かれました。が、そうする前に破片の位置を探るために探針が使われ、その位置が突き止められた時、すぐには引き抜くことは難しいと分かりました。それをしっかりと掴むことが難しかったからです。対空砲の咆哮を聞きながら、鉗子が金属製の受け皿に落ちる音を聞きました。

　オグロブリーナ・ジナイーダ・ヴァシリイエーヴナが手術しました。彼女はここで最も古い医師の一人です。この医科大学がまだ女子医科大学―それはロシアで最初の女子医科大学でした―と呼ばれていた頃に医学を修学しました。彼女は疲れを知りません、何週間も家に帰ることなく、時には 24 時間ぶっ通して手術台に立ち向かうのでした。

　手術の終了を待たずに私達はその場を離れましたが、病院の主任医師のボリス・ヤコヴレヴィッチ・シャピロが私にその破片を持って来てくれました。彼にそうお願いしていました。外面は銅で、内面は鋼鉄の小さな金属片でした。

　私達の居住するレニングラード市ペトログラード地区（注：市中心部よりネヴァ川で分離された北北西部）は最も安全と見なされていました。市の他地区からここに避難してくる人達もいます。彼らは市電にて真っすぐここに身の回り品を持って連れられてきます。身の回り品はゆりかご、小児用の浴槽、調理道具、本等で、時には花であったりします。

　最近の事です、私はイズベスチヤ紙の車に乗り、[市南部の] スレードナヤ・ロガットカへ、さらにプルコヴォ近くまで視察する機会がありました。プルコヴォは前線です、ドイツ軍はそこに迫っています。

1941 年 9 月 18 日

　昨日、私は学生寮を訪れました。暗くなる時間でしたが、空には二つの火柱が昇っていました。その寮はかつて近衛連隊の兵舎だったとこです。[詩人] アレキサンドラ・ブロックはかつてここに住んでいました。彼の養父は兵士でした。

　私達は今、グレナジェルスキー橋近くの大ネフカ川の堤防通りに立っています。沈没したバージ船が水の中に見えます。川向こうの家並みが川面にその姿を映し出し、その色はピンクと灰色に染まっています。平和なオランダの風景を思い起こさせます。また、私にはコペンハーゲンのようにも見えま

す、そこでは古い穀物倉庫が埠頭に立ち並び、つやのいいハトが穀物のおこぼれを啄むのです。大ネフカ川に沿って、［学生寮となった］元兵舎の左側には私達にすっかり馴染みとなった植物園があります。兵舎自体は古い建物で、厚い強固な壁に囲まれ、地下室は防空壕には最適でしょう。でも、今そこの住民は半分野性化した猫だけです。一つの疑問が湧いてきます……レニングラードは生き延びられるのでしょうか？

1941 年 9 月 19 日

　静かな夜です、そうです、不気味なくらい。市は暗黒の中で息をひそめ、ひたすらに時が過ぎるのを待ち、耐えています。やがて朝がやってきました。
　イリア・エーレンブルグ（注：作家・従軍記者）の西部戦線状況報告をラジオで聞きました。いい話でした、また我が軍のそこでの状況も期待が持てます……でもここレニングラードは！　彼は巧みに話を展開しました。
　「勝利は翼に乗って来るが如く描かれています、しかし現実には足取り重く来るものです。それは泥と血にまみれ、地の上をはいずりながらやって来るのです、そして多大な犠牲の上に得られるものです」と。これが彼の報告の骨子でした。
　でもなんと言うことでしょう、私の頭の中には地雷原とも言えるものがあります。そこに足を踏み込んでいけません、またその人について考える勇気さえ私には持てないのです。［娘と孫の］ジャーナとミシェンカがその例です。ペレデルキノにあるモミの木と白樺の木に囲まれた木造の家もまたもう一つの地雷原です。その場所をどんなに気に入っていたとしても、今そこに行くことはできません。私はむしろ前線に向かいたい、我が軍が前進する場所へ行きたい。

　　訳者ノート：
　　ペレデルキノはモスクワ南部のダーチャ（注：夏季別荘）地区

　毎夜のことです、ここ病院では重症の負傷者が、「シェルターに運んでくれ！」と訴えます。彼らは戦闘に参加していなかった患者達よりもはるかに精神状態を悪化させています。
　外は変わることのない黄金色の秋です。老木は病院の通り一面に黄色の葉

を落としています。今日、一つの病院がここに移ってきました、海軍病院です。

　昨日、誰かが私達のペトログラード地区は「奥まった後方」だと言いました。砲撃に関してはそう言えるとしても、ドイツ軍爆撃機にとってはそんなものは存在しません。今朝それが証明されました。勇敢である事、臆病である事、共に伝染性をもって拡散します。

1941年9月20日

　昨日は困難な一日でした。多くの負傷者が発生し、多くの建物が破壊されました。市全域で鈍い建物崩壊の音が聞こえました。私達は車でラズエジャヤ通りに出かけました、リョーリヤ・Pに会うためです。私達が到着する30分前に二つの爆弾が落ちました、一つはボリシャヤ・モスコフスカヤ通り沿いの建物の間の小路に、もう一つはそこの中庭に。リョーリヤの家はこの二発で損害を受けました。すぐ隣の家は直撃され、殺された人、負傷した人が廃墟の中から搬出されていました。中庭には草と煉瓦が散らばっていました。彼女のアパートの中に入りましたが、床は壁から剥がれた漆喰で覆われ、埃と石灰まみれで、まるで改装中のさまでした。もう一つの部屋にはリョーリヤの母のディーナ・オシポヴナが座っていましたが、そこのストーブは破片の山と化していました。このように彼女のアパートは見るに耐えられない状況になっていました。

　リョーリヤと私は同じ町、オデッサの出身で少女時代からの友達でした。1913年の秋、パリで彼女と過ごした時の事が思い出されます。彼女は若く、快活で、とても魅力的でした。私達一団は何処かのフェスティバルに出かけました。回転木馬に乗り、栗を食べ、夕闇前の光の中で舞い落ちる葉を通して、パリの街並みを眺めました。

　今彼女には一人の娘、インナがいます。可愛くて、思慮に富んだ若い女性です。彼女は航海士になり、見知らぬ土地を訪ねる夢を持っています。

　ラズエジャヤ通りに到着した時、リョーリヤは仕事に出かけて不在でした。ディーナ・オシポヴナが私達と会ってくれました。彼女は瓦礫の中から這い出てきたのでした。

　私達は本日、モスクワから飛んできた少佐に会いましたが、彼はその日のうちに帰りました。彼は別れ際、私達にジューコフの言葉を伝えました。

　「我々はレニングラードを手放しはしない、降伏はあり得ない」。彼はその

理由を説明しました。私達はその事（注：市街戦か？）を知っていました、そして何回も話し合いました、またそれがどんなものになるかを際限なく考え続けてきました。それでも、こうしてイエルニャの戦闘近くにいた人から聞くと、私達の気持ちは高揚します——私達にはそれが必要なのです。

訳者ノート：
　イエルニャの戦闘（1941年8月30日から9月8日）。モスクワ西南西300kmで展開された赤軍の反撃戦。赤軍は勝利し、イエルニヤの町はドイツ軍から奪還された。

　昨日は多くの病院が焼夷弾攻撃で被災しました。クイブシェフスキー病院、アレキサンドロフスキー病院、そして二つの陸軍病院です。ソヴィエツキー大通りの陸軍病院から煙が上がりました、そこの石油に火が付いたのです。
　昨日はまたノーヴァヤ・デレーヴナ地区の市場にも爆弾が落ちました。50名の負傷者がここの病院に運び込まれました。その中の一人は7歳ぐらいの子供で、彼女は足に巻いたゴムの止血帯が痛いと訴え続け、周りの人は「痛みはすぐに消えるよ」と慰めました。
　彼女は麻酔を受け、その足は切断されました。麻酔から覚め、彼女は「何て素敵な事なんでしょう、もう痛みはありません」というのでした。彼女は足を無くしたとは思っていなかったのです。

1941年9月22日

　キエフを失いました。いたたまれない気持ちです。昨日の午後には数回の空襲警報がありました。市中に出かけた時、私達は警報を聞きました。オゼレツキーの家に飛び込み、警報解除を待ちました。オゼレツキー夫妻はかつてのキリル・ラズモフスキー宮殿の中に住んでいます。天井は高く、部屋は広く、そして冷え冷えとしています。ここの全ては18世紀の時代に属しています。そして宮殿の上空には20世紀があります、そこでは爆弾を積載したユンカースの群れが舞っているのです。
　本日、私達はバルチック艦隊発行紙の事務所にてT氏に会うため市中に出かけました。到着するや否や警報が鳴りました。水兵が出てきて、「退避命令発令中、全員シェルターに退避！」と告げました。廊下を駆け降り始めた

その瞬間、建物が揺れました。隣のアプラクシン市場の建物に爆弾が落ちたのです。シェルターの中、建築家アルド・ロッシによるアーチ形天井の下で、T 氏は外套を脱ぎ、床に広げ、私達はそこに座りました。

彼はポケットから妻からの手紙の束を取り出し、私に読んでくれました。爆弾の炸裂音と爆撃機の鈍い旋回音を聞きながら、そうした愛と思いやりの言葉を聞くことができるとは何と驚くべき事なんでしょう、全く信じられない事でした。

警報解除のサイレンを待つことなく、私達は車で帰りました。医科大学に着き、旧近衛連隊宿舎内の学生寮がおよそ 20 分前に爆弾の直撃を受けた事を知りました。直ちにそこに向かいました。車で走りながら、心配にかられ外を見続けました。建物は依然として建っているのでしょうか？……建っています！ いくつかの窓からガラスが吹っ飛んだだけでした。爆弾は小型で、中庭に落ちました。その弾跡には既に泥水が満ちていました。爆弾は小型でしたが、建物には亀裂が走り、生徒のベッドは壁土に覆われました。その時に誰かが寝ていたならば、彼は生きてその時の有様を語ることはできなかったでしょう。

この封鎖された市中に爆弾の雨が降る中、ショスタコーヴィチは曲を書いているのだと思うと私の心は動かされます。レニングラード・プラウダ紙はこの事を南部戦線の公式声明と［モロトフカクテルと呼ばれる］火炎瓶のレポートの間に、掲載させています。

そうです、極限の恐怖の中でも芸術は生きているのです。そして芸術は輝き、私達の心を温かくしてくれるのです。

1941 年 9 月 23 日

プシュカルスカヤ通りで屋根から地下室まで真っ二つに裂かれた六階建ての建物を見ました。上から下までまっすぐに裂かれ、屋根の半分は吹き飛ばされ、まるで焼きかけの一斤のパンの外皮のように見えました。その建物を通り過ぎる時、六階からロープで吊ったソファーが下に降ろされるのを見ました。空中でバランスを取りながら、ゆっくり下降してくるのでした。

ドイツ軍は新しいテクニックを見つけたようです。まず最初に高性能爆弾を落とし、建物が損害を受け、脆弱となった後に焼夷弾で仕留めるのです。これが陸軍病院で起きた事です。そこでは多数の負傷者が文字通り絶滅させ

られました。

本日、主任医師が命令を受けました。

「危険状態にある患者の傍にはストレチャーを配置する事、各病棟には縄梯子を配備する事」。

旧近衛連隊宿舎には気が抜けない隣人が住んでいます。宿舎のほんの一部は学生寮に割りあてられていますが、残りの建物は軍が使用しています。砲弾のケースがしばしばそこに運ばれてきます（それほどの頻度でない事を願うのですが）。時には路面電車にて、時にはカルポフカ川に沿ってバージ船にて運ばれてきます。この静かな川の堤防—そこは病院の霊安室から遠くありません—には我が軍の対空砲中隊が陣を構えています。ドイツ軍はこのさまを上空より偵察しています。

小型飛行船が病院の先の林の中に予備のガスシリンダーと共に隠されています。これは病院にとっては厄介な隣人です、「病院にとっては」とだけ強調しておきます。ドイツ軍がこれにいかほどの注意を払っているのか、いずれ分かる事になるでしょう。

若者が爆弾跡と、それまで立っていた場所を指しながら言いました。

「そこに立っていたのですよ」と。これを聞き、私はぼんやりながらもこう考えます、何をもってしても安全は確保できるものではない、全ては偶然だ、と。窓際に立つことを避ける事はできます、でもそれは単にそれだけのことです。

1941年9月24日

黄金色に輝いた素晴らしい朝を迎えました。およそ十時半頃、警報の鳴るほんの数秒前でしょうか、私達の敷地に爆弾が落ちましたが爆発には至りませんでした。地中にもぐったままです。それは総合診療科の近くの鉄製の噴水の傍に落ちました。工兵隊が一日中それの除去に努めましたが、まだ成功してはいません。仕方ありません、明日に持ち越しとなりました。とても大きな爆弾です、剥がれた爆弾のスタビライザーの断片の大きさから推測できます。産科病棟と第一外科病棟はその爆弾にとても近く、既に他の場所に移動しています。

不思議な事ですが、私はその衝撃をほとんど感じませんでした。その時は重いドアがバンッと閉められたのでは、と思ったものでした。私の居た建物

は衝撃で揺れましたが、それほどではありませんでした。でも、他の建物ではその衝撃はもっと激しかったと聞きました。

　リョーリヤがディーナ・オシポヴナを伴って爆弾を受けた彼女達のアパートからペソチナヤ通りの私達の以前のアパートに越してきました。これからはもっと頻繁にそこに行くでしょう。

　私は毎日第二外科病棟に出かけ、入院している負傷者の人達に本の朗読をしています。そこでは二つの病棟を受け持っています。マクシム・ゴーリキ、マーク・トウェイン、ニコライ・ネクラーソフを朗読しています。トウェインの物語とネクラーソフの「誰にとってロシアは住みよいのか？」はとても人気がありました。

　重度に負傷した人達は意識朦朧の状態か、あるいは他の考えには及びつかずただ自分の考えのみを漠然と追いかけているか、のどちらかです。そうであっても、誰かが来て話しかける事は彼らには大きな慰めなのです。彼らはドイツ軍の優秀性を語ります、しかし我が軍には十分な砲と航空機が欠けていると苦々しく語ります。一人の兵士はかすかに聞こえる声でもって繰り返し呟くのです：「戦車が必要です、我が愛しい戦車が、愛すべき戦車が……」と。一人の士官、彼はキンギセップ（注：レングラード南西 120km）で片足を無くしました、はこう言いました。

　「この戦いの勝利に結びつくなら、喜んでもう一度負傷していい」と。三番目の兵士は寝間着に勇敢栄誉メダルを刺しています、感動的です、そしてこう言います。

　「あの小うるさいバッタさえ追い払ってくれたなら……」と。彼はドイツ軍航空機をそう呼んでいます。四番目の兵士は塹壕と退避壕について話し続けています。

　「奴らときたら、我が大地に安らぎを与えようとしないのだよ」、と。

1941 年 9 月 26 日

　負傷者は警報中とても静かです、でも彼らの意気はとても消沈しています。どうしてでしょうか？　彼らは自身が無力な事を知っているからなのです。その人達のほとんどが一歩も動くことさえ出来ないのです。

　数日前の事です、私は病棟の真ん中に腰かけてゴーリキの物語を声を出して読んでいました。突然サイレンが鳴り渡り、対空砲の咆哮が空一面を覆い

つくしたかのようでした。

　爆弾が落下して爆発し、窓は音を立てて揺れ続けました。私は椅子に釘付けとなりました、背を後ろにそらせる事もできません、背後にはもたれかける物は何もないのです。

　ここは窓に囲まれています、そして負傷者の輪の中にいます。この人達は自身でどうする事もできない人達です。彼らは私を見続けています、この中では私が唯一健常で、動く事ができるのです。私は意志の力の全てを絞りだしました。航空機の旋回音よ遠ざかれ！　と念じながら読み続けました。恐怖で声が震えないようにと願いました。しかしながら家にたどり着いた時、それまで耐えてきた恐怖の為に完全に消耗し、しばし横になり体を休めるしかありませんでした。

　兵士達はここに落ちた不発弾について知っていましたが、それを話題にする事はもう稀となりました。彼らは、それは依然として埋まったままであり、依然として不発状態のままである事を知っているのでしょうか？

1941 年 9 月 27 日

　不発弾は依然としてここに埋まっています。爆弾廃棄処理隊が作業を続けていますが、一時停止せざるを得ません。まるで深く地中に埋もれた財宝がその姿をさらけ出すのを拒絶しているが如くです。爆弾はその自重でもって益々地中深く沈み込んでいこうとします。せっかくの日中の掘り返し作業は夜の間に無駄となるのです。ここの庭一面が掘り起こされました。「奴らときたら、我が大地に安らぎを与えようとしないのだよ」の言葉が思い出されます。

1941 年 9 月 28 日

　本日、レニングラード市女性協会の会議が開かれました。ヴァシリイエーヴナは雑誌スメナ（注：露語にて「変化」の意）の編集人も務めています。彼女と私は彼女のアパートに籠り、夜を通してアピール文を作成しました。その間いつもの空襲があり、階上の隣人が私達の部屋に逃げ込んできました。アパートの入り口ホールの衣類掛けの下で隣人とその子供達は悲しげにも座り続けました。何らかの理由があったのでしょう、彼らはシェルターに駆け

込む事ができなかったのです。空襲の最中に誰かのところに身を寄せて待機
するのは自宅でそうするよりもはるかに恐怖に満ちたものに違いなかったと
思います。

1941 年 9 月 29 日

爆弾はまだ埋もれています。私達はその事を忘れかけています、でも危険
がそこにある事には違いないのです。

1941 年 10 月 4 日

爆弾が更に地中に潜り込むのを防ぐ為には木の支えが必要でした。それは
鉱山の採掘場で使われる沈下防止用の木組みと同じものです。本日、そのモン
スターをやっと見学する機会を得ました。庭の一部に遮断線が引かれ、何
人もその線を超える事が禁じられましたが、最終的に ID と私は近づく事が
許可されました。

強力な破壊力を持つ爆弾はすぐそこにあります。露出し、はっきりとそれ
と分かります。

とても巨大で、その表面には青味がかった塗装が施され、点火装置は黄色
に塗られています。先細の先端に比して後部はぶっきらぼうにも平坦に切ら
れています。

起爆装置が取り外され、水で湿らされました。これは長い柄の鋤の先端に
貯めた水を流してなされました。次に緑色した粘土が掻き出されました。こ
れは無害に見えますが TNT です。そうです、実際の爆発性化学物質なのです。
最後に爆弾本体は戦争博物館に運ばれ、私達は記念としてスタビライザーの
小片をもらいました。

1941 年 10 月 5 日

あの爆弾を頭の中から消す事ができません。私の作品の「旅行記」と同じ
韻律でその爆弾をテーマにした詩を書き始めました。

8 月 18 日の日付の手紙をチストポリ（注：モスクワ東方 800km）に疎開し
ているジャーナから受け取りました。彼女は子供について書いています。

「彼はとても痩せました、でも成長しています。既に粥とゼリーを食べる

ようになりました」。彼らがそこで元気に暮らしているなんて何と素敵な事なのでしょう。

1941年10月10日

　我が軍はオリョールを撤退せざるを得なくなりました。これまでのところヴャズマ、ブリヤンスク方面の状況は悪化しています。この方面においては、モスクワに近づけば平坦な平野が続きます、山も峡谷も湖もありません。この地形の中でいったいどうやってドイツ軍機甲部隊の進軍を阻止したらいいのでしょうか？　彼らがモスクワの通りを踏みにじるさまを思うと私の血は凍り付きます。

> 訳者ノート:
> オリョール（モスクワ南南西300km）、ヴャズマ（モスクワ西南西220km）、
> ブリヤンスク（モスクワ南西340km）

1941年10月14日

　激しい戦闘がオデッサ近郊で起きています。この町を離れて随分と年月が経過しており、私が生まれ育った所、特別な所……そんな気持ちは薄らいでいました。でも今は違います。かつてそうであったようにオデッサはすぐそこにあり、限りなく愛おしい町なのです。
　詩を書きました。「オデッサに敬意を込めて」です。おそらくこの詩を明日の放送で読み上げることになるでしょう。オデッサの人達が耳を傾けてくれると思います。

1941年10月15日

戦況情報に遅れていました。ドイツ軍は既にオデッサを占拠しています。

1941年10月26日

私はフィルハーモニック・ホールに行きました。カメンスキー（注：アレキ

サンドル・カメンスキー、ピアニスト）がチャイコフスキーのピアノ協奏曲を
演奏し、アンコールにはワルツ曲プラータ・ヴァルツを提供してくれました。
コンサート・ホールは華やかさをとっくに失っており、暖房は無く、私はコー
トにくるまりました。聴衆の中には多くの兵士がいました。

1941 年 11 月 5 日

　モスクワ近郊の戦闘報告を読むには自分自身を奮い立たさなくては読めま
せん。ドイツ軍は市に迫りつつあります。本日のレニングラード・プラウダ
紙は「モジャイスク高速道の戦闘」速報を載せました。［戦争前］私達はこ
の高速道を何回も通りました。今ドイツ軍戦車がその道を音を立てて進み、
歩兵部隊が行進しているのです。

　ニュースに新たな戦線が現れています、マロヤロスラヴェツ戦線です。N
の町と報告されていますが、明らかにそれはナロのことです。郊外列車はか
つてそこに通じていましたが、今は途中のペレデルキノまでです。ドイツ軍
は、でも、モスクワにはやってはこれません、出来得ないことです。

　モスクワよ、あなたがロシアでなくなること、それはあり得ません、吐息
無くして人が生きられぬように。

　訳者ノート:
　マロヤロスラヴェツ、モスクワ南西 120km

1941 年 11 月 6 日

　昨日、私の人生で初めての事が起きました。足から床に崩れ落ちる、この
事を体験しました。爆弾が近くで炸裂した時、私は一人で、足音が鳴り響く
広い階段の大きな窓のある踊り場にいました。もう馴染みとなった雷鳴が走
り、それが続き、そして地震のような大地の衝撃があり、そして大地が流動
化し、建物が揺れ始めました。

　恐怖で動転しましたが、それでもシェルターに走り込む事ができました。
既にそこは多くの人で一杯でした。私は自分の足が綿でできているのかと感
じましたが、時間の経過とともにその感覚は消えていきました。

　この爆弾炸裂はこれまでの戦争経験の中で、最も私に近接したものでした。

建物の多くの場所で窓のガラスが吹っ飛びました。私達の住む棟も同様でしたが、部屋は無事でした。

　結局のところその部屋はいい場所に位置していたのでした。

　大学と病院の統合司令部があるシェルターは小さな部屋にあり、大きな部屋とはパーティションで区切られています。司令部の部屋の中心にはテーブルがあり、要員はその周りに座り、軍用地図を追い、戦闘状況を読み、辿り、その推移を追っています。部屋の隅には小型ストーブがあり、壁際には長椅子が置かれています。IDとボリス・ヤコヴレヴィッチは構内電話回線で全ての部門と結ばれています。

　ここにいる限り爆発音はわずかに届くだけです。もし、ドーンという鈍い衝撃音のみが聞こえた場合、爆発していない事を意味しています。それ故に私達は座ったまま、一秒・二秒・三秒……とカウントします。

　空襲時、友人のマリエッタ（マリヤ・イグナチエーヴナ・パルチェフスカヤ）は座って刺繍を続けます。遅延爆弾を待つ間彼女の刺繍針は宙に浮き、爆発の後は刺繍の縫いはリズミカルに進みます。

　マリエッタは薬理学者です。その部門は私達と同じ階にあり、モルモット、ラビットの匂いがかすかに漂っています。実際のところそれらのケージは廊下に依然置かれていますが、モルモット、ラビットはもうその中にはいません。

　我が軍の対空砲射撃手達は一匹の牧羊犬を飼っており、ディンカと呼ばれています。彼女はいつもシェルターの最前列に座りますが、心配のせいでしょう、震えています。対空砲隊指揮官は状況確認の為に解剖学実演教室の棟の屋根に設けられた高所観測点と、更にはこの地区の全ての観測点と電話回線で結ばれています。彼はドイツ軍飛行機の接近とその方向の情報を全観測点から受け、対空砲発射の指揮をとります。彼の指揮を邪魔しないように私達は囁き声でしか会話ができません。

　日々の、時間ごとの迫りくる危険の中にあっても、またジャーナと彼女の息子に再会できるのかの確証がなくとも、私の健康の悪化に直面していても……そうです、全ての悪条件の中にあっても、私はこれまで自分の士気を高め、自分を仕事へと駆り立ててきました。今の私は大きな仕事ができます。そして、爆弾が昨日よりも更に私の近くで炸裂しない限りにおいて私は仕事に向かうつもりです。生きている限りにおいて、重要でない事、無意味な事に私の進路を邪魔させるわけにはいきません。私が望む事、それは思考を純化させ続ける事です。そうすることで詩作を貫徹できるのです。他に望む事

はありません。

1941 年 11 月 7 日

　昨日、私達はモスクワからのスターリンのスピーチを聞きました。この機会に凍てついた部屋を少しだけ暖めてみようとしました。でも無理でした、私達はオーバーコートを着たまま着席しました。それでもストーブの中の小さな石炭の塊りは輝き、熱と光を発してくれました。私達はそれから目を離すことができませんでした。

　その時、外は暗黒で、サイレンが闇を裂き、対空砲は反撃の火を吹き、頭上には飛行機の旋回音が鈍くこだましていました。ラジオから二度の喚起コールがあった後、直ちにスターリンのスピーチが放送されました。それは暗黒の中、警報と空襲の最中に流れてきました。スピーチは力強いものでした。私達はストーブの火から目をそらすことなく聞きました。私達の中で全てが融合し一つの輝く慰めとなりました。

1941 年 11 月 10 日

　昨日、ベートーヴェンのシンフォニー九番を聴きにフィルハーモニック・ホールに出かけました。残念ながらこれから先はコンサートは無くなるだろうと思われます。状況は複雑化し、危険度は上がっています。

　帰宅の道、夜は全くの暗黒で光が一切存在しない部屋の中にいるみたいでした。私達には手に持つ電灯もありませんでしたが、市電の停留所に辿りつけたのは奇跡でした。途中、軍用トラックに危うく轢かれるところでした。その瞬間、トラックの湿った車体の端が私の頬で感じられました。

　フィルハーモニック・ホールを覆う雰囲気はますます暗いものとなっています。そこの寒さは北極です。そして……パンの配食量が減量されました、これで二回目です。

1941 年 11 月 15 日

　昨日、霊安室の近くに大型の高性能爆弾が落ちました。二弾目は植物園でした。温室の窓全部が吹き飛び冷気が入り込みました。そして朝になると椰

子の木全部が枯れました。最初の爆弾が落ちた時、私達が退避していたシェルターのドアが激しく揺れました、まるで恐怖におびえた誰かがこじ開けようとしているかのようでした。私は開けようとそこに走りました。でもその揺れは爆風のせいでした、まったく信じられません。ドアを開けましたがもちろんだれもそこにはいませんでした。牧羊犬のディンカは床に伏して震えています、座り込み、動く事のできない女性達は子供達をしっかりと胸に抱きしめるのでした。

1941 年 11 月 16 日

空襲警報発令。数多くの閃光。この夜私達の区域は光にあふれています。

1941 年 11 月 21 日

昨日、市中から帰る途中で二つの大きな空襲に遭遇しました。二度シェルターに走り、二度そこの入り口近くに潜みました。その二度の空襲の間隙を縫って私達はダッシュを試みました。そうです、静寂が戻ると前進したのでした。対空砲が火を吹き、飛行機が上空を旋回する時は待機しました。対空砲弾の鋭利な先端が赤い星の如く飛翔するさまは夜空の中では威嚇この上ないのですが、その破片はとても危険です。

最初の警報時、私達は［帝政時代に建てられた］証券取引所ビルの近くを通っていました。陰気な白いもやが立ち込めており、降り注ぐ雪を通して一面が気味悪く見えました。

［ビルの外周のギリシャ建築風の］ロストラル柱は殆ど見えませんでした。こうした状況の中でサイレンが鳴り、近くに落ちた爆弾の衝撃音を聞きました。

証券取引所ビルの地下室を目指しました、そこは古風で強固なアーチ形天井を持っています。市電の運転手と車掌（ともに女性です）が私達の避難の連れとなりました。これは私達にとっては好都合でした、私達を置いたまま電車が出発する事はありませんので。

二番目のシェルター—それはボリショイ大通りの大きな建物の中にあります—の状況は全く異なっていました。その建物では、豆乳支給の待ち行列ができており、彼らと私達は一団となりシェルターに駆け下りました。そこで

革命前に菓子厨房で働いていた二人が再会することになりました、一人は男性、一人は女性です。男性はかつてケーキ職人だったのです。偶然はこのようにして起きるのでしょうか？

彼ら二人は旧い時代の思い出を語りあいました。元ケーキ職人は私達に「福音のチョコレート」について話してくれました。それはパリ博覧会において彼の厨房が出品したケーキで、好評を博し、厨房のオーナーは 25,000 ルーブルもの賞金を得ました。彼は吝嗇にも職人達にははした金を渡しただけでした。でもこの元ケーキ職人によればもっと面白い話がありました。パリ博覧会の審査員はその「福音」が純のクリームバターで作られたと思っていましたが、実のところマーガリンから作られていました。

なんと「甘い」思い出なんでしょう！ シェルターの中の誰もがうっとりとした表情でこの「甘い」話に耳を傾けました、もう外の空襲の音などにかまってはいなかったのでした。

砲火の嵐の中を私達はトルストイ広場を走り抜けました。凍てついた場所の角にあるベーカリーを通り過ぎようとした時、突然震えた声の哀願を聞きました。

「お情けあれ、誰か私を助けて下され」。年老いた婦人が暗闇の中で路上に崩れ落ちていました。上空では飛行機が旋回し、弾丸は地表に狂ったように降り注がれています、そして広場には私達の他には誰もいません。彼女を立たせ、立ち去ろうとした私達に、「お情けある方、お若いの、パンの配食券を無くしました、それなしでどうしたらいいのでしょうか、お情けある方、私を助けて下さいな」と懇願しました。そういいながら彼女は退職者用 100 グラムのパン配食券を求めて、その手を夜空に回し、探そうとするのでした。

恐怖と疲労の中で私は忍耐の限界にきていたのでしょう、「自分でお探しなさい、私達にはできません！」と声を上げました。

ID は何も言いません。彼は私の腕を引き、その場に腰を屈め、その老婦人の配食券を探し、見つけました。私達はペトロパブロフスカヤ通りまで彼女を連れていき、その後帰宅できました。

1941 年 11 月 25 日

昨日、空からの、地上からの、砲火が続く中、ボリス・ヤコヴレヴィッチ（病院の主任医師です）はシェルターの中での学識者評議会に出席し、自説擁護の

主張を行いました。いつもの如くキルトのジャケットを着て、ボイラー室から直にここにやってきたのです。彼とボイラーマンはここ数日間、砲弾で損傷を受けた洗濯設備の復旧に取り組んでいました。

このシェルターの中では電気は不通です、そして会議は灯油ランプの明かりの中で開かれました。夕食時、医科学会の新たな会員候補者の栄誉を祝して希釈したアルコールで乾杯しました。

一人の老婦人が閉鎖解除を祈りました。

「主よ、我が兵士に進軍の道を開かれたし」。

1941 年 11 月 28 日

空路によるレニングラードからの脱出は続いています。私達作家も多くの人が出ていき、また医科大学からも Z 教授、K 教授が去りました。でもこの事は決して簡単な事ではないのです。先行きへの不安があり、また市への愛着（こんな状況の中、一体だれがこの町を捨て去る事ができるでしょうか？）は強いものです。逆に、移動させられる事は即ち国家にとって必要とされるからだ、という意識があります。もしそんな機会を与えられたならば、誰が飛び立つ事を拒否できるでしょうか？

レニングラードの将来を案じる時、私の心は不安に襲われます。バダーイエフスキー食料保存倉庫の焼失はジョークではありません。脂肪は重い煙となって舞い上がりました、炭水化物は生命の維持に不可欠です。タンパク質即ち肉を私達は全く見ていません。Z 教授は私にこう告げました、「昨日私の娘は一日中屋根裏で猫を探し続けていました」。私はそんな動物愛に感激するところでしたが、教授は一言付け加えました。

「食べるのです」。

別の時、熱心なハンターである Z 教授はこう言いました。

「黒雷鳥の最後の一羽を撃つはめになったら、もう私の人生は終わりにきたと思うでしょう、でも残念ながら既に最後の一羽を撃ってしまったのではないかと恐れています」。

11 月に入り、パンの配食量は既に二回に渡り減量しました。私達は底に向かって二歩進みました。

1941 年 11 月 30 日

　フィルハーモニック・ホールで予定されていたベートーヴェンのシンフォニー五番は強力な地上砲撃が予測され、中止となりました。

1941年12月1日

　本日、ウルフ通りにて小さな橇に乗せられた死体を見ました。棺がないのです。すっぽりと白布で包まれていましたが、膝は明らかにそれと分かります。そしてシーツの白布はきつく結ばれていました。聖書が伝える古代エジプトの埋葬です。人間の形ははっきりと分かりますが、それが男か女かは分かりません。土に帰るべき単なる肉体と化していました。

1941年12月6日

　ジャーナが書いてきました。
　「息子はとても可愛くなりました。見ていると楽しくなります。
　ここを出て、多少なりとも落ち着いたならば写真を撮り、あなたに送ります」。

1941年12月7日

　ベートーヴェンの「シンフォニー五番」とチャイコフスキーの「1812年序曲」を聴きました。会場のフィルハーモニック・ホールはますます憂鬱な雰囲気に包まれ、冷気が厳しくなってきました。シャンデリアの輝きは通常の四分の一に抑えられています。オーケストラのメンバーの何人かはキルトのジャケットを着ており、また羊皮のハーフコートを羽織った人もいます。ヴァイオリニストは手と腕の動きを自由にさせなくてはならず、またチェリストはもっとそうです、この為彼らはキルトのコートを着ています。コントラバス奏者はその動きが下方向に向いているので、羊皮のコートを着ていることができます。この中ではドラマーが一番恵まれているでしょう、彼はドラムを叩き自分を暖める事ができます。第一ヴァイオリン奏者はその濃い髭を剃ってはいません、おそらく水を暖める術がなかったのか、自分の顔を見るだけの明かりがなかったのでしょう。

昨日、重要な発表をラジオで聞きました。英国がハンガリー、ルーマニア、フィンランドに宣戦布告しました。

1941 年 12 月 8 日

日本が宣戦布告無しでアメリカを攻撃しました。

1941 年 12 月 9 日

私達は息を、少し安堵の息をついています。我が軍はティフヴィン（注：レニングラード東方 180km）を確保しました。多分、これがレニングラード救出の足掛かりになるのかもしれません。

1941 年 12 月 11 日

モスクワ近郊の戦況は良好です。モスクワはドイツ軍の攻撃をはね返しましたが、ここレニングラードは依然として脅威の只中に置かれています。

本日、キーロフ大通りに沿って砲弾が落ちてきました。ちょうど自宅に向かっていた私達はその攻撃に遭遇しました。それでも車は私達の建物まで走り、私達が降りようとしたその瞬間に入口ゲート近くで砲弾が炸裂しました。

道路全てが粉塵の煙に包まれ、酸味を帯びた匂いが鼻を刺しました。水道の主管と下水の支管が損傷しました。私達には給水がなくなりました。

入口ゲート近くには大きな砲弾の穴ができ、氷がそこを埋めました。舗装道路は氷で覆われ、凍てついた細流がずっと遠くまで伸びました。

1941 年 12 月 14 日

ヴォルホフ（注：レニングラード東方 120km）近くの戦闘は成功しています。

1941 年 12 月 21 日

昨日、エヴゲニア・オシポヴナ・P を訪問しようと思い立ちました。彼女は、そして彼女の夫は生きているのでしょうか？ 夫妻は私にとって良き友人で

す。彼女はゲルツェン大学教育学部の長です。そして現在はその大学病院の
看護婦役をしています。仕事を懸命にこなし、皮膚は黄色く変わり、目は輝
きを失い、灰色の髪と小さな毛皮の帽子は一つに融け合っているように見え
ます。

　市電の運行は不規則で間欠的となっています。多くの路線は損傷を受けて
います。でも少なくともある程度は行けるだろうと、私達は市電で行くこと
にしました。ボリショイ大通りに沿い、ヴェデンスカヤ通りまで歩き、そこ
で12番線の電車に乗りました。私達がとるべきルートではありませんが、
少なくとも［市中心部への］橋を渡る事ができます、それが目的でした。

　出発と同時に砲撃を受け始め、砲弾は電車の左右に落ちました。轟音が鳴
り響き、通りは燃え上がる火炎地獄です。衝撃が繰り返され、峡谷の底に叩
き落されたかの如くでした。

　電車の中では誰も一言も発しません。私達は砲撃目標地点のど真ん中に運
ばれてきたのでした。進行方向すぐ先の舗装道路からは人々が逃げ回ってい
ます、そこに私達は近づこうとしています、これほどに恐ろしい光景がある
でしょうか？

　「もうこれ以上進めない！　怖い！」と突然女性運転士が叫びました。「止まっ
てはだめだ、前へ、走り抜けよう」と皆が返しました。ともかくも彼女は私
達の声に従い、一つの乗り場をつむじ風のように走り過ぎました。でもその
次（シトニイ市場）では、砲弾がすぐ傍に落下し、運転士は操舵ハンドルを手
放し、電車は停止しました。

　どうやってそうしたかはもう覚えていません、でも私達は何とか電車から
抜け出しました。そして角にあるベーカリー・ショップのシェルターを目指
し、道路を横切りました。

　そこに入ると同時に砲弾が電車を直撃しました。

　ベーカリーのシェルターの中でおそらく一時間を過ごしたのではないかと
思います、でも正確な時間は覚えていません、私は眠気に襲われていたので
す。私によく起こる事ですが、危機にさらされた時、またそれが去った時、
私はとても眠くなります。

　シェルターの中は湿っており、上からの水漏れもあり、人々は乾いた場所
を求めて、始終移動しました。子供が泣き続けました。私はどうしようもな
く眠くなりました、枕がそこにあれば人生一年分を眠ったかもしれません。

　静けさが戻り私達は外に出ました。乗っていた電車は粉々に砕け散り、そ

こに静止していました。私達には茫然と立ち尽くす以外の術はありませんでした。誰かが指差し、「死体だらけだ！」と呟きました。電車に取り残された全員が殺されました。

　帰宅し、この砲撃は意図的にシトニイ市場に照準を合わせたものだと知りました。

　そこには日曜の買い物客が群がっていたのです。72名の負傷者がここの病院に運び込まれました。

1941年12月22日

　72名中10人が死亡しました。

1941年12月25日

　今朝、エフローシニャ・イヴァノーヴナが薪を持ってきてくれた時、彼女の表情から何か特別な事が起きたのだと感じました。彼女は話してくれました。

　「夜明け前にレフ・トルストイ広場のベーカリーに行った時、一人の男が笑い、叫び、頭を両腕で挟み歩いているのを見ました」と。

　「彼は立ち止まり、また歩き出しました。自分で何をしているのか全く分からない、そんなさまでした。飲みすぎて酔っ払っているのか？　でもそうなら何処で？　それとも気が狂ったのだろうか？　どちらかだろうと、私は思いました」。

　エフローシニャ・イヴァノーヴナがベーカリーの中に入った時、彼女は何が起きたのかを理解する事ができました。パンの配食量が増加されたのでした。そしてその男はこの増加を知る事ができた最初の人達の一人だったのです。電流不足の為にラジオからは音声が流れてきません、新聞は二日あるいは三日ごとに壁に貼られています。それ故にパンの配食量の増加をカウンターにきて初めて知ったのでした。これがあの見知らぬ男、そしてエフローシニャ・イヴァノーヴナに起きた事でした。同じ話が至る所で聞けました

　「増量したよ！」。

　作業労働者は250－300グラムを受け、事務職は250グラムです。IDと私は二人併せて一日当たり600グラムを受け取ることになりました。

1941 年 12 月 26 日

　朝の時刻に裏ゲートから外に出るにはそれなりの勇気が必要です。そこから外に出るとカルポフカ川の遊歩道に沿って病院の遺体安置所があります。いまやそれはこの地区全体の安置所になっており、毎日、8 − 10 の遺体が橇に乗せられて運ばれてきます。そして彼らはただ雪の中に積まれています。棺の入手は益々困難になっています、それを作る材料自体がなくなってきているからです。遺体はシーツ、毛布、テーブルクロス、時にはカーテンで包まれています。一度紙で包まれ、紐で結えられた小さな塊を見ました。とても小さな子供の遺体でした。

　これらは雪の上で何と不気味に映る事でしょう！　時折、こうしたあり合わせの包みから腕、脚が飛び出しています。多彩な色の粗末な衣類は生のさまを漂わせてはいますが、同時に死の静寂もそこにあるのです。私は［死体の横たわる］戦場、また［客が詰め込まれた］安宿、この二つを思い起こしました。

　安置所は既に満杯状態です。墓地まで運ぶトラックの数は限られています、しかも、これが大きな理由ですが、利用できる燃料が尽き欠けているのです。更に言えば、生き残っている人には遺体を埋める力さえ残されていません。

　個々の人々の死をもうこれ以上登記できないという問題が出てきました。その事務処理を簡素化する目的で登記所の職員が安置所に出向く事になりました。でもその役割はただ遺体の数を勘定するだけでしょう、名前の分からない遺体はとても数が多いのです。

1941 年 12 月 30 日

　最近、ある所ではアスコルビン酸（ビタミン C です）27 包が生きた犬一匹交換されると聞きました。犬は食料となっています。マリエッタは、「悪くないですね、もし犬が大きければいい交換条件ですわ」と同意を見せました。

パート2（1942年）

深まる封鎖危機、
ラドガ湖を渡る「命の道」開通

1942年1月1日

　昨日、新年の祝いが二度ありました。最初のそれは作家連盟にて午後5時から開かれました。新年最初の読み合わせ会が持たれ、その後夕食会となりました。配食カードから切り取ったクーポン券にてその支払いを済ませました。

　私達は凍てつき見捨てられた通りを歩き、連盟に行きました。市電乗り場を過ぎました、走る電車はありません、ベーカリーを過ぎました、そこではごく少量のパンしか得られません、そして榴散弾で穴だらけになり雪に埋もれたバスを過ぎました。堤防には、その完成を見る機会の無かった二隻の船が悲しくも静かに係留されています。船首は氷の塊となった市街を見つめ、船尾から先は凍りついたネヴァ川で閉ざされています。

　作家連盟での読み合わせ会は赤い客間にて開かれました。小さな薪が暖炉で燃やされ、テーブルの上でキャンドルが一本灯されました。でもその部屋はとても寒かったのです。私の順番がきました。キャンドルに近づき詩の第一節—そのタイトルはまだ決めていません—の原稿を読み始めました。人の前で読むのはこれが初めてです。読み上げながらドイツ軍に対しての憎しみを記した箇所に来た時、私は息が苦しくなりました、呼吸ができないのです。止まり、また始める、この動作を三回繰り返しました。食事の後同じ道を辿って帰宅しました。外は全くの暗闇となっていました。

　夕刻時IDはベーカリーに出かけ、その帰途空襲警報に遭遇しました。レオ・トルストイ広場の近くに爆弾が落ち続ける中、彼はパンを抱え私達の建物の入り口に設けられているシェルターに避難しました。家で待つ私は彼の安否

をとても心配せざるを得ませんでした。

　深夜の十二時私達は病院長の会議室に降りて行きました。もう酸っぱくなっていましたがリースリング・ワインの最後のボトルを持っていきました。グラスに注いだ時、館内電話が鳴りました。負傷者棟の当番医が廊下に 40 名の負傷者が横たわり、更に洗面所にまでいる、と連絡してきました。彼は途方にくれ、何をなすべきか分かりかねていました。

　病院長はその棟に走り、私達は自分の部屋に戻り、床に就きました。

1942 年 1 月 2 日

　病院に運ばれた人達の多くは負傷者棟で死にました。墓地に長い壕が掘られました、死体を投げ入れる為です。墓堀人はパンの賄賂を得た時のみ区分された墓を掘ります。

　通りでは多くの棺が見られます。そしてそれらは橇に乗せられ運ばれます。もし棺が空であれば橇の上でたやすく回転します、そして雪の通りを滑ります。一度そうした棺が私の足にぶつかりました。遺体をの入った棺は通常二人の女性で引っ張られます。そのロープは彼女たちの肩にくい込みます。でも棺が重いからではありません、そうでなく女性の身体はそれほどまでに衰弱しているからなのです。

　最近の事です、私は棺に入れられていない遺体を見ました。細長い布で巻いた遺体の胸の辺りには木の削りくずがまかれていました、明らかに故人への尊厳のしるしでしょう。

　それは素人の手によるものではなく専門家のそれと分かります。こうした細工を見るとどうしようもない人間の業を感じます。死の装飾がパンの対価でなされた事は否定できないでしょう。

　別の機会ですが、滑り具を連結させた二つの橇を見ました。一つの橇は棺とそこに手際よく巻き付けられた鋤とバールを運び、もう一つの橇は薪を運んでいました。生と死の出会いがそこにあるのでした。

　生きている人達もまたしばしば橇で運ばれています。二人の女性が苦労しながら橇を引き、三人目の女性がその上に乗っていました。彼女は死んでしまった子供を毛布でくるみ抱いていました。そこはアニチコフ橋の傍で、そこには「馬使い」のブロンズ像がかつてありました。でも今、像は攻撃を避け安全な場所に移されています。

レニングラード、遺体をソリで運ぶ市民

　ある日まだ若いながらも異常に痩せた女性が苦労しながら橇を引いている
光景に会いました。橇の上には委託販売所から買ったであろうモダンな衣装
箪笥が乗せられていました、それが棺に代わったのでした。

　ある日曜日、私達二人はゲートを出てレオ・トルストイ広場まで歩きまし
た。この短い距離の中、大小合わせて八個の棺を、そして毛布にくるまわれ
て運ばれるいくつかの遺体を見ました。この時二人の女性がもう一人の女性
を私達の病院に先導してやってきました。

　その女性には出産が迫っていました。彼女の眼の下には暗いたるみが顕著
でした、明らかに壊血病の兆候です。彼女は骨と皮ばかりに痩せこけ、やっ
と歩ける状態でした。

　ある機会に二人の女性─教師あるいは図書館司書のように見えました─が
年老いた男を橇で運んでいるのを見ました。彼は眼鏡をかけ、外套にくるま
り、毛皮の帽子をかぶっていました。彼は小さな橇の上で窮屈にも肘を折り、
半身で横たわり、その足は地面をこすっていました。橇が窪みを越す度に、「気
をつけて、そう、気をつけておくれ」と叫びます。そして橇を引く二人の女
性は零下 40 度にもかかわらず汗をかいているのでした。

また別の機会に二人の女性が筋ジストロフィーの男をかかえ先導していました（私はここに至って初めてこの病気を知る事となりました）。フェルトの長いブーツに包まれた彼の足はまるで人工の下肢の如く動いています。そして彼の眼は正気を失い何処かを見つめています、何かにとりつかれています。顔面の皮膚は強く引きつり、唇は半開きとなり、歯を見せていますが、それは飢えの為に相対的に大きく見えます。彼の鼻は肉質がそぎ落ちて鋭くなり、その皮質には小さな炎症がみられ、鼻先は少し横向きに曲がっています。今ここで、私は「歯ぎしりほどの餓え」がどんなものか理解しました。

　通りで見かける顔というものは不自然に引っ張られ、輝いています（水腫性の膨張です）、あるいは緑色の塊と化しています。彼らの皮膚の下には脂質はありません。そしてこれらの脱水・乾燥させられた骨格は寒気に切り裂かれます。これらの言葉を書いている時、私の耳にネズミが走り回る音が入ってきました。飢えの為に狂っており、以前パン屑を投げ捨てていた紙の屑箱の中を引っ掻き回しています。私達はそのネズミを「プリンセス・ムイシュキーナ」と呼んでいます。でも、［敵となる］猫が全て食べつくされた事実を喜ぶ程の強さは彼女から消えています。

　私は松の抽出液の鋭く差し込むような臭いに耐えられません。この臭いは何処から？　この液体に浸された死体がトラックで運ばれているのでしょうか、それとも死体を運び終えた空トラック（通常はガソリン燃料で走ります）が通り過ぎているのでしょうか？　「死の臭い」が凍てついた空気の中に浮遊しています。

　　夜

　今朝の事です、私達が冷え込んだ食堂へ昼食を取りに出かけた時、一人の男が私達の元へ案内されてきました。彼はボリス・ヤコヴレヴィッチの知り合いで、おそらく彼自身も医師でしょう。彼は飢えで苦しむ妻を入院させてくれと私達に懇願しにやってきたのでした。私達にその事を訴えている最中に彼自身が飢えで失神してしまいました。負傷者棟に運ばれたのは妻ならぬ彼自身でした。

　昨日、私達はドア近くの角で一人の見知らぬ男を見かけました。彼は鍵戸棚の傍の椅子に腰かけていましたが、そこは通常、当番の看護婦が座る場所です。彼の頭は胸の上に沈み込み、生気はなく両腕はだらりと垂れ下がって

いました。筋肉は全て垂れ、ゴムの上靴の片方が椅子の傍に落ちていました。

ボリス・ヤコヴレヴィッチは彼の額に触りましたが、そのスポットには静脈の鼓動があり、彼は「かすかながら生命の兆候がある」と言いました。

何回も電話をかけた後、疲れきった用務員がやってきてその男を負傷者棟に運びました。運ばれる彼が生きているのかどうか誰にも分かりません。彼は近所の工場の労働者で、要治療証明書を持って病院に向かいました。既に監視体制が緩くなっていた正面玄関を通り抜け、何とか椅子に座り、静かに死の道を辿っていたのでした。彼一人ではありません、何千人もの筋ジストロフィーに罹病した人々はこのようにして死んでいきます、そうです、このようにして凍てついた深い淵に沈んでいくのです。

1942年1月3日　夜

昨日、ストレッチャーで運ばれた男は医師ではなく物理学者でした。彼は負傷者棟に運ばれた後30分ほどで死にました。鍵戸棚の傍の椅子に腰かけていた男も同様に死にました。

モスクワ近郊の戦線における我が軍の状況は良好です。レニングラードは最後に残されている力強さでもって生き延びています。この最後の力強さを振り絞っての奮闘は市内の至る所で見受ける事ができます。市電は動いていません、疲労困憊の人々は毎日何キロメートルも歩くのです、時には10キロメートルを超えます。しかしながら、この奮闘の中で彼らは最後のカロリーを使い尽くします。

市中の多くの地区（私達の地区もそうです）ではラジオを聞くことができません。電力は制限されています。給排水機能も電力制限により低階層のみです、がそれも途切れ途切れです。雪解けの春が来たならばどんな状況になるのでしょうか？

石油タンクローリーが本日市中に来るはずでしたが、一台も見かけませんでした。鉄道機関車にも石炭がありません。

人々の噂（間違いではないと思います）によれば各地―ティフヴィン、ヴォルホフ、ムルマンスク―ではレニングラード市に供給される食料の貨車が待機しているとのことです。特にムルマンスクではそうだという事です。心に潜む喜びへの期待、はたまた物質への要求、あるいは感受性がこうした噂を人々の口にのぼらせるのです。でもこうした話を全くしない人もいます、彼

らにはそれだけの力が残っていないのです。

　言葉と言えば、あらゆる種類のそれが人々の口にのぼります、バナナでさえそれに含まれています。私がバナナという言葉を聞いたのは、大学の中の食堂でした。そこの壁は白い霜の筋が走り、室温は零下をはるかに下がっています。そこでバナナを耳にするとは！

　市中の警官が詰め所から直接負傷者棟に運ばれてきました。彼らは身体を暖める前に死んでいきました。

　一度こんな事がありました。一人の通信工学専攻の女子学生が飢えで倒れた警察官を通りで見つけました。彼の配食カードは既に盗まれていました。彼女は彼を背中に背負いベーカリーまで引っ張ってきました。彼女は自分の配食カードからクーポン券を切り取り、明日の分のパンを彼の為に与えました。では、彼女自身明日はどうやって生きるのでしょうか？

　停電について人々は無関心になってきました。それは、このところ空襲がなかったせいかもしれません、あるいは人々の精神から何かに向き合う強さが消えたせいかもしれません。窓のブラインドは無造作に降ろされたままです。つきるところ電気というものは実質的に存在していないのです。霜は凍てついた遮断幕となり窓一面を覆っています。

　月は空高くにあって残忍な緑光に輝き、その光度は強力でこの地上の小さな灯油ランプの光を圧倒します。

　75グラムのパンの増量があった日、人々は歓喜しました。でもそれは過去の出来事になってしまいました。人々はもうその事を忘れている事でしょう、そしてエフローシニャ・イヴァノーヴナに向かって笑いながら、叫びながら、歩いてきたあの男もおそらくはだいぶ前に死んだ事でしょう。エフローシニャ自身やっとのことで生きていますが、彼女の夫は死にかけています。彼はかつてシェフでした。消えていく意識の中で、彼は過ぎ去りし日々、自らの手によって準備された料理の幻想の中に沈み込んでいました。ポム・ソフレ、ビーフ・ストロガノフ……そのソース、アロマ、フライパンの中ではじけて踊るバター、彼はこの事を際限なくしゃべり、その後彼は自分を、そして周りの人達を苦しめるのでした。エフローシニャは叫び、こう言っています。

　「拷問だわ！」。

　もしこの先食料の供給が途絶えたならば何が起きるのでしょうか？　冬が過ぎ去るには長い時間がかかります……恐怖を覚えます。

今過ぎていく夜はたとえようもない静寂に包まれています―警笛もなく、電車の駆けるる音もなく、犬の遠吠え、猫の鳴き声もありません。ラジオからの音、それもありません。市は眠りに落ちています。凍てついたアパートでは誰も起きようとはしません。

チストポリからの家族からの手紙は届いていません。無理もありません、この状況でどうして手紙が届くのでしょうか？

1942年1月4日

昨夜学生寮が火事に見舞われました。全く不幸な場所です、既に爆弾を二度受けているというのに。

最初に推測された事は即席のストーブを不適切な場所で使ったのが原因ではないか、という事でした。でもその後寮の角に積まれたごみの山に投げ捨てられたマッチによるものと判明しました。それが不注意によるものか意図的なものかは分かりようもありませんでした。でもきっと後者でしょう、何故なら火事の騒動の後でいくつかの物がなくなっていたからです。

一人の消防士が煙の中、マスクも無しに格別な働きを見せました。無酸素の中での消火活動で、彼に対して報償を与える事が決定しました。この消防士はこれが医学施設の中での消火活動であった事を思い出し、こう言いました。

「報償はいりません、ただ私の妻に、そう100グラムの魚油を頂けるなら喜んで受けます」。彼はその希少な魚油を受け取りました―ビタミンが豊富に含まれています。

私達のネズミ（プリンセス・ムイシュキーナ）が動きを止めました、きっと永遠の事でしょう。とても哀れです。この小さな塊が動き回る時、そこにはある種の生が存在していました。でもそれは消え去りました。

私の予感です―残り10日間のうちにこの封鎖が打破されないならば、この市は持ちこたえる事ができないのではないだろうか？　レニングラードには戦争に起因する全てがふりかかりました、今必要な事、それはレニングラード戦線に張り付いたドイツ軍に私達と同じ苦痛を与えるべきだと考えます。ソヴィエト連邦は人類の救済者と呼ばれています、事実そうです。私はソヴィエトのパスポートを持っている事に誇りを感じています。それはオリーブ色の控え目なドキュメントです、でもそれは輝きを放っています。レニングラー

ドがどんなに苦しんでいるかをもし誰かが知ったならば！

　私達の行く手にはまだまだ長い冬が続きます。霜は冷酷です。今日は暖か目ですが、それ故に吹きすさぶ雪に見舞われています。市外ではブリザードになっているでしょう、そう確信します。

　この暗黒の、餓えて、凍りついた市中の人達が「この氷点下の寒気は又前線のドイツ軍をも殺すのだ」と歓喜の声を上げる時、感情なしでその声に耳を傾ける事ができるでしょうか？「奴らをその目に合わせろ！」と人々は繰り返します。砲撃の合間に覆いのある路地に隠れ、寒気で青くなった唇からこうした叫びが発せられるのです。レニングラード封鎖は通常「炎の環」と呼ばれます、違います「氷の環」と呼ぶ方がもっと適切です。

　私は詩のパート2を書き始めた所です。その中でレニングラードの夜を描いてみたいと思います。

1942年1月5日

　砲撃は私達の病院敷地にまで届いています。その炸裂はとても近く、本館の前面部の部屋から離れる事が提案されました。

　数日前夢を見ました。その中で私は暗闇の中で誰とも分からない人達と一緒に覆いのある路地に潜み、砲撃が止むのを待っていました。輝くような中空の球体が転がり過ぎていきました。「噴霧に気をつけろ、マスタードガス弾の先頭部だ！」と誰かが叫びました。

　心臓が締め付けられ、私は夢から覚めました。

　我が軍がムガを奪還したとの噂を聞きました。しかし、誰がこのニュースをどうやって聞いたのでしょうか？　以前ラジオは作動していません。

1942年1月6日

　本日は年が明けての最初の負傷者棟訪問となりました。二つの浴室を通り過ぎました。浴槽には清潔な水が張ってありましたが誰も使ってはいませんでした。病棟の最初の部屋ではストレッチャーの上に完全な裸体となった死体が乗せられていました。骨格から見て大柄だったのでしょう、でもここで目にするものからはそれが肉と血と筋を持った生ある肉体であったとは見えません。空洞となった腹部には死者の名前を書いた紙がピン止めされていま

した。私はそれを読みませんでした。

　死体となった男の目は開き、その顔にはどんなカミソリにもあがらう「死後の髭」が伸びていました。そしてその鼻は恐ろしく突き出ていました。

　次の部屋には何台かのストレッチャーが列をなし、男女の死体がその上に乗せられていました。あまりにも非人間的な痩身は人間から年齢、性別を奪い取っているのです。最初に見た死体にはちょうど膝の下あたりにかすかな出血の跡があり、私は驚きました。彼は転んだのか、あるいは誰かに突き倒されたに違いなかったでしょう。私はこう思います。

　「なんて事なんでしょう、死に至るその刹那まで彼の肉体には血が流れており、まだ生が宿っていたのだ」と。

　別の部屋の中、あるいはそこの廊下には、患者達がなすすべもなく座り、横たわっています—ベンチの上で、ストレッチャーの上で、あるいは単に床の上に。ここでの大きな違いはたった一つ、彼らは衣類をまとっているという事です。そして彼らの目だけには生があります。彼らは長い時間待つ事以外何もできません。二人の女性医師が彼らの間を行き来していますが、彼女達自身、死体と何ら変わりなく見えます。

　ここでは誰も治療を受けません、ただ何かがその口に与えられます。そうです、ここにあるのはたった一つの病気、飢餓だけなのです。一人の工場労働者がベンチの上に横たわっています。生きています！　彼は唇を動かし一つの言葉を繰り返しています。

　「17年……17年を生産ラインで……」と。

　もう一つのベンチには年取った女性—いえおそらくそれほど老けてはいないでしょう—が横たわっています。そして半分死にかけていると言えます。ただその目が生を見せています。唇は紫色に変色しています。彼女の傍らにあるものは松葉杖でもなく、ステッキでもありません、空の袋です。おそらく彼女はパン配食の列から直接ここに運ばれてきたのでしょう。

　こうした恐ろしい光景の中には仮病を装い飢餓を取り繕った者がわずかながらもいます。飢えてはいても彼らには生命の危機は迫っておりません。彼らは一杯のスープを求め全市中を渡り歩くでしょう、そして食物の一片の残りを奪い取ろうするでしょう……洗面所に潜んで食いつばむ人からも。

　封鎖解除の日までの肉体的強さが私達にあるでしょうか？　その喜びの日まで何人の人々が生き延びられるのでしょうか？

1942 年 1 月 7 日

　昨日、市内電話は私達の建物全館において不通になりました。他の重要な建物ではどうでしょうか、私には分かりません。明らかに至る所で不通でしょう。最初に各人のアパートの電話が切られ、そして今施設の番が来ました。しかしレニングラード市は耐えています。そうしなければなりません。

　私はトゥシンスキー教授の講演会に出席しました。「飢餓病とは」がそのテーマでした。その骨子を書き記したいと思います。

　「肉体は脂肪と筋肉で構成されている、層をなす脂肪は毛皮のコートであり、筋肉は熱の生成工場に例える事ができる。毛皮のコートが消滅し、「工場」が停止するならば、我々は死ぬ。それまでに、我々は自身の筋肉─非常時の貯蔵庫─を消費尽くす。体重の減少は不均等に起きる。体温は時の進行とともに均等に低下し続ける」

　「肝臓は食糧庫である。正常な肝臓の重量は 1500 グラムで、餓死者のそれは 700 グラムである」

　「飢餓の顕著な兆候は身体の膨張、あるいは乾燥状態を示す事である。膨張症状を示す人はその血液を希釈させ血液自体を膨張させる。汗と脂肪が消費されると皮膚は乾燥していき、その特徴的な顔面は無表情となっていく」

　「ブドウ糖は劇的に強さを回復させる、それが静脈からの注入であろうが、口からの摂取であろうが、効果は変わりありません。この事はバレーダンサーが長時間のソロ演技の後、50 グラムのブドウ糖を摂取する理由となっている」

　「飢餓状態に陥った人に関して顕著な事は炭水化物─つまりパン─への渇望である。パブロフ教授が指摘しています。

　『我々の有機体組織は非常に賢明に出来上がっている。それにとって良きものを欲する』という事です」

　講演会でもう一つ興味ある事が指摘されました。何故チフスの流行が無かったのか、という事でした。それはレニングラード市の封鎖に起因しているかもしれないのです。新しいウイルスは私達のところには届かず、私達は自らの疲労困憊の中でウイルスを「殺して」しまったという事でした。こうしてレニングラード封鎖は私達を飢餓に追い込み、死に至らしめ、一方ではチフスの流行を阻止したのでした。

　人々の間では噂が流れています……［フィンランド戦線より］メレツコフ将軍の部隊がレニングラードにやってくる、1 月 10 日までに、いや 10 日でな

ければ15日までに、いや20日に、1月末までに。時に任すしかありません。

　レニングラード市と赤軍の合体、それは歴史上これまでも無く、これからも無い、驚くべきことです。

　私達の現在の困難は、ラジオが聞けない、新聞が読めない、という事でしたが、それに電話が無い、が加わりました。誰も何が起きるかを知る術を持っていません。明らかに電話線は砲撃を受け損傷しています。私の家族は無事でしょうか？　生き抜いているでしょうか？　私の送金は届いているのでしょうか？

　この1月27日ミシェンカは一歳になります。せめてその日（願わくばそれより早く）までに封鎖が解除されんこと！

午後7時に15分前

　砲弾の雨。最初は積み上げた丸太が次々と転げ落ちているのではないかと思いました。でも、一体何処からそんな丸太がやって来たのでしょうか？やがて分かりました、砲撃です。

1942年1月8日　およそ午前11時ごろ

　昨日は厳しい一日でした。午前中灯りは消え、今朝になるまで電気は不通でした。午前のみ食事にありつけました。代替のコーヒー、代替のミルク、でもなんて美味しいのでしょうか。少しの粥を食べました―近くで砲弾が落ちています―シェルターに駆け下りました。

　砲撃はひどくなっています。

11時30分

　シェルターから戻りました。砲撃は過ぎました。その集中攻撃は長いものではなく、いつかシトニイ市場近くにて市電乗車中に遭遇した攻撃と同じものでした。

　私の記事はクイヴィシェフ（注：現サマラ、ボルガ中流）にあるソヴィエト情報局に発送されました。そこから、アメリカに回送されます。本日は記事書き上げのデッドラインの日でした、それに対してアフィノゲーノフは既に

前渡金を送ってくれていました。その記事の受領と内容適切の確認が得られたならば、私はこれ以降定期的に月3回のペースで書いていく事になります。

　私はこの記事を送付するにあたって数日前からその準備に取り掛かりました。まずもって電報送信スタイルに合致させるべく全体を書き改めました。

　即ち、

　第一報送信中タイトル（引用符）如何に我々は生きているか（引用符閉じ）（終止符）

　（改行）レニングラード戦線二つあり（コロン）戦闘の前線そして生への戦い（終止符）

　（第一ダッシュ）市入口での赤軍の防衛（第二ダッシュ）市中において（終止符）……といった具合です。

　昨日、IDのウールのソックスとミトンを繕いました、これで二度目です。また、私のスカーフがふわふわしていたらもっと暖かいのではなかろうか、と期待してそれを洗濯しました。零下の寒気は冷酷です。昨日は外出するIDの為にパンを残しました。彼は徒歩にて全市中を通り抜け、中央郵便局まで行かなくてはなりませんでした。そこだけが電報文を受け付ける場所であり、そこだけが配電されている場所なのです。念の為、彼に電報係りの女性への心付けに用に一本のキャンドルを持たせました。

　IDは夜明けとともに起床し、出発しました。そして今やっと帰ってきたところです。

　電力不足の困難なところは誰も夜に働けない、という事です。午後4時を過ぎればもう夕方になります。霜が降り、澄んだ日々ですが日中はどちらというと暗いのです。この時期はこうなのです。

　IDが出かける前日の夜、この「電報局決戦」に備え、宴となる夕食を思いつきました。

　灯油ランプで「コウモリが飛べるほどの灯り」（最後の一滴の灯油です）を灯し、豪華な食事をテーブルに載せました。半分のオニオン（残り半分は朝にとっておきました）を小さく刻み、塩をたっぷり振りかけ、ヒマワリ油でドレッシングしました。これにお互い3切れのパンを添えました。パンくずを皿に集め、残った油に浸し、二人で等しく分けました。

　加えてアララット（注：アルメニア産）のポートワイン─最高級です─の残りを飲みました。宴の後床につきましたが、とても幸せな気分になりました。暗闇の中でプリンセス・ムイシュキーナが現れました、そうです彼女は生き

ていたのでした！　彼女はテーブルの脇を走り、パン屑を鳥のようについばみました。それから空のミルク瓶に―自然な事です―落ちてしまいました。私達はマッチを擦ってあげました。彼女は最後の力を振り絞り、その瓶から脱出しました、何という努力でしょう、そして何処かに消え去りました。

　私達には灯りがありません。電力は24時間中3,4時間のみ供給されるということです、でもその時刻は告げられていません。多分夜でしょう。

1942年1月9日　およそ午後2時

　激しい砲弾。IDは隣の部屋で学生が受けるテストを点検しています。私も落ち着いています。

　ジャーナ、私の可愛い娘、彼女の事は考えないように努めています、でも無理です。彼女からの手紙に私は驚愕しました。砲弾の雨よりも怖気づきました。その方が子供にとってはいいのではないかと考え、彼女は息子を託児所に預けました。でも今、そこから取り戻そうとしています。そこで水泡にかかったのです。軽症だと言っています、でも幼い子は些細な病いが致命的となるものです。

　ジャーナは書いています。

　「美しい顔つきです。もう赤子ではないと人の目には映る事でしょう、そうです、もうじき一歳になります。でもこの小さな身体はとても痩せ細り、まだ歯は生えてきていません。誰とてこの子を憐れむでしょう……新生児用の胴衣、下着はまだ彼の体に合っています、短くはなりましたが……」と。

　手紙を読み終え、考えています。小さな帽子を被りあの子はスヤスヤと寝ていたではないか、何故私は彼を遠くに行かせたのだろうか、でも私に別の手立てがあっただろうか……？

　IDが私を慰めてくれます。この冬が過ぎれば状況は好転するだろう、私自身そんな気がしています。

　誰の目にもIDが痩せてきた事が分かります。私の分のパンを彼に食べさせようとしています、私は少なくても大丈夫です。でもそれでも彼には不十分です。

　占領地域におけるドイツ軍の残虐行為を訴えるモロトフ（注：当時外相）の書簡が連合国宛てに発表されました。私はまだそれを読んでいません。そして、もちろんラジオからの音声は聞こえません。たった今ラジオは何かの音

を発しました─中継局からのテストなのでしょう。砲弾が止みました。

1942 年 1 月 13 日

　暗くなってきました。私には灯りはありません。でも、この耳で聞いた事は書き記さなくてはなりません。機関車からの警笛を聞きました！　かすかな音です、でもはっきりとそれと分かる音でした。封鎖が始まってから初めての警笛音です。

　私達一同は中庭に飛び出し、ほんとにそうだったのかと確かめようとしました。沈黙、氷点下、全てが雪に覆われています。私達はそこに立ち、耳を傾けています。ドクター・ペジャルスカヤが私の隣にいます。彼女は私の亡き母を思い出させてくれます。彼女の顔の特徴からでなく、その顔立ち全体が醸し出す雰囲気が母を思い出させるのです。全員その音を聞きました。そしてお互いを見つめ合いました。間違いありません、鉄路を走る汽車の警報です。

　私達は凍結したラドガ湖を渡る輸送路について聞かされてきました。本当です、今始まったのです。やがて列車はラドガ湖畔から市中へ食料を運んでくるでしょう。これが私達の生命線です、私達は救われるのです、おそらく。

1942 年 1 月 14 日

　身を切られる激しい氷点下です。私は外套を羽織り、手袋をつけ、椅子に腰かけティミリャーゼフを読んでいます。彼の名前は知っています、世界的名声を持った科学者として、またその学説を秀逸にも広めていった伝道者として尊敬し、敬慕しています。しかしながら、実質のところ詳しく知りません。告白するならば、私にとっての彼は［モスクワの］ニキツキー・ゲートに立った、どちらか言えば地味な像なのです。それは細身で、黒ずんでおり、長いコートの両袖は肘の上まで刻まれ、その手は口頭試問に立った学生のように作法よく体の前で組まれています。この記念像は私がまだモスクワにいた時、最初の空襲で倒されました。でも数日後にこの像は何事もなかったのごとく元の場所に立ちました、もちろんその両手は変わることなく組まれていました。像は敏速に復元されたのでした。

訳者ノート:
クリメント・アルカディエヴィッチ・ティミリャーゼフ ロシアの植物学者・生理学者

　私はティミリャーゼフの本のクロロフィル―植物の緑素成分です――に関する箇所を読み終えました。それによれば、植物の生命活動とは太陽光線の持つエネルギーを絶えず化学的な張力へ変換する事です。動物においてはその化学的張力は熱と動作に変換されます。彼は続けて、あたかもスプリングコイルが地上に降り注がれる太陽により圧縮されるが如くであり、この圧縮されたコイルからのエネルギーの解放が即ち生命活動となる、と述べています。

　「微小物質としてのクロロフィルは天体の中心的輝体たる太陽の光が放つ壮大なエネルギーをこの地球の多種多彩の生命活動と結びつける架け橋である」とも述べています。ティミリャーゼフはボルツマンとニュートンを引用しています。ニュートンは「明らかに自然界は『変換』を好む」、更に「一連の様々で奇妙な『変換』の中において自然界が生体を光に、光を生体に変化さえない事があり得るだろうか?」と述べています。ニュートンはティミリャーゼフが知り得た事をいみじくも推測していたのです。

　ボルツマンは、「植物はとてつもない広さを持つ葉の表面を広げ、太陽エネルギーが地上温度まで低下する前にそれを化学合成の推進力として利用している。しかしながらこの事は十分には考察されておらず、実験ではまだ未知の領域である」と述べています。『とてつもない広さの表面』の表現は私に豊かに繁った緑の葉がそよぐさまを、また空の彼方の凍てついた空間を突き抜けて私達に飛んでくる光の粒子を思い起こさせてくれます。

1942年1月15日　午後9時15分

　昨夜、病院の死体安置所で火災が発生しました。そこには火災を起こした工場から半分焼けた死体が運び込まれていました（火災は痛ましいものです）。死体はキルトの上着を着ており、まだくすぶっていましたが誰も気づきませんでした。綿糸の間に潜んでいた火が徐々に燃え広がりました。上着から出火した炎は棺用に持ち込まれていた乾燥した木箱に引火し、全てが煙に包まれました。

消防隊主任が駆け付け、自らの手で死体を引っ張り出しました。水はありません、雪でもって消化しなくてはなりませんでした。結果、安置所は救われました。

　この火災が鎮火するやいなや、もう一つの火災が起きました。カルポフカ川の対岸の植物園のフェンス沿いでした。そこには何台かの軍用トラックが駐車している場所です。不注意に燃やした焚火がガソリンタンクに引火しました。そこから、次のトラックに、また次のトラックにと火が回っていきました。三番目のトラックはエンジンに火が付き、人命の危険を考慮し、このトラックはガソリンタンクから切り離されました。二番目のトラックはなす術がなく、カルポフカ川に押され、氷を破りながら突き落とされました。火柱が燃え上がり、その高さは、病院ボイラー室の煙突の 40 メートルを超えていました。

　この間私は忙しく過ごしました。日は短く、灯りはありません。家事といったものは特にありません、でも縫い事、繕い事はあるものです。きれい好きな私の性格は結構なエネルギーを必要とします。また全てを清潔に保つことは特に重要です。

　加えて、やるべき事は沢山あります。昨日は詩を 7 節書き上げました。1 節 6 行詩として 7 × 6=42 行の詩です。私にはそれが目一杯です。私が A についてこれまでまだ書いていない事の理由がこれです。

　A はモスクワの人です。私が知る限り、彼は「戦争におけるスピリット」という哲学的論文を書いています。この関連において言えば、彼はレニングラードを注視しなくてはなりません。しかも、彼の妻の親戚はここにおり、当然ながらも彼らは餓死から逃れる事ができません。これら二つの理由のどちらがより重要な理由なのかどうか私にはわかりません、どちらでもいい事でしょう。そして、A は殆ど不可能な事をやり遂げました。彼は勲章と紙幣を積んだ軍用機に乗り、ここレニングラードにやってきたのです。

　ケトリンスカヤから私の住所を聞き、A は夜に私のところに現れました。ボリス・ヤコブレヴィッチのオフィスからの館内電話が私に告げました。

　「モスクワの作家 A 氏があなたとの面会を求めています」。

　何て事でしょう、モスクワからの作家とは！　私は髪をスカーフで包み氷の闇に向かって階段を駆け下りました。

　小さな灯油ランプの明かりの中で私は A を見つめました。馴染みの顔です、でも時に私に起こる事ですが彼の名前が口から出てきませんでした。そうで

す、彼は今見知らぬ人かもしれません、でも私にとってなんとかけがえのない人なのでしょう。間違いなく「外の世界」からの訪問者です。彼を抱擁しました、喜びのあまり正気を失いました。ソファーに腰かけてもらいました。

　「話して、全てを話して」と、私は繰り返しました。彼は私を優しい眼差しで、共感を持って見つめました。私はとても変わった風に見えたに違いなかったでしょう。

　会話が進む中、もう私にその報せが届いているのでないか思ったのでしょう、アフィノゲーノフのモスクワでの死去についてさりげなく触れました。

　「何て事、あり得ないわ！」と、私は叫びました。アフィノゲーノフの眼差し、愛くるしいえくぼ、人生を通しての軽やかな生き方、これらが私の胸に一挙に噴き上げてきました。彼はあらゆる事に成功してきたのに……そして亡くなりました。嘘だ、そんな事はあり得ない……でも避ける事の出来ない事実に屈服するしかありませんでした。嘘じゃあない、本当の事なんだわ。

　A は翌日もやって来ました。彼を連れて病院の庭を歩きました。彼は病院の建物を、凍てついた木々を、そして人々の顔を見続けました。言葉を失い、唖然とするしかありませんでした。

　この日の夜、彼はモスクワに飛び立ちました。

　訳者ノート：
　アレキサンドル・ニコライヴィッチ・アフィノゲーノフ、劇作家・評論家。

1942 年 1 月 17 日

　短時間ながらもかなり激しい砲撃が 30 分間続きました。それが終わり、ID は彼の親戚と、それにジャーナに送金する為に中央郵便局に出かけました。地区郵便局の機能は麻痺しています、灯りもなく、もちろん暖房はありません。それらの中の一つの局には一本のキャンドルがあると噂されていましたが、ただの一人の職員も現れてはきませんでした。皆病気で臥せているか、死亡したか、のどちらかでした。灯りが無いのでに銀行もまた閉じられています。この為、私は放送局からの支払いを受け取っていません。1 月 20 日過ぎには支払われるとは言っています。

　前線からの吉報あり！　フェデュニンスキー師団がイリメニ湖（注：ノブゴロド近郊）にて総攻撃を開始したとの情報をラジオ局オフィスで得ました。

ドイツ軍もこの戦闘規模はモスクワ戦線を凌ぐと伝えています。しかし、レニングラード戦線での最終攻撃こそ最も激しい戦闘になるでしょう、私はそれを確信しています。

そして、氷点下の気温、これが私達にとっての全てです。

リョーリヤ・P——私は彼女に軍病院での一般職の仕事を斡旋しました——が肺炎にかかり、いま私達の病院に入院しています。彼女を見舞いに出かけました。

1942 年 1 月 20 日　午前

この間私は詩作と家事に追われ、日記を毎日書く事（そう望んでいました）の為の時間が取れませんでした。

これまでの数日間、詩の最初の部分を訂正し書き改めました。その時は力強く見えた文脈もその後新しく書いた節との比較で弱さを露呈する事になり、それらを他の個所に移さなくてはなりませんでした。私はヒューマニズムに関しての文脈を書き改めました。今までこれほどの情熱を詩作に向けた事はありませんでした。夜になり、体を横たえても詩作は止まりません。疲労で死にそうになります、でも頭脳は前進を続けます、そうです、今は全ての時間が私にとって重要なのです。書きたい事をどの箇所に持ってくるのか、私はそれを見通すことができます、その為の「巣」があらかじめ出来上がっているかのようです。これは私の意識が完全に詩作の世界に入り込んでいる、その最初の兆候です。

日曜日（再びの砲撃の中）、私達は［以前住んでいた］ペソチナヤ通りに出かけました。

私達のアパートは悲惨な状況でした、凍てついた混沌と呼べます。気温零下 5 度。

マルフーシャ——リョーリヤの介護者で、被扶養者として配食カードを与えれていました——が 13 日に死んでいました。アパートのダイニングルームでは汚れたベッド、ゴミ、植物油の空瓶、灯油ランプ、斧、薪、等々が散乱し、それらの上には油じみた煤が層となっていました。壁も煤で覆われ、そこにはあの皿——ファイアンス焼の陶磁器です——が以前と同じように掛けられていました。

三番目の部屋では、少し前の爆弾で吹き飛ばされた窓ガラスが散乱し、汚

れ、凍ったシーツの何巻きかがありました。浴室は氷が溜まっていました。

　学生寮は低階層に移りました。そこは少しだけ暖かいのです。夜になると
ディーナ・オシポヴナとイーニャは階段の踊り場に出て、そこに座り、まだ
暖かみが残る階段から少しの暖を取ろうと体を縮こませます。彼女たちの言
葉を借りましょう、彼女達はそこで「幸福感にしたり、将来の夢をみる」のです。

　相変わらずジャーナからの便りはありません。最後の手紙は［昨年］11
月で、私にはとても心配になるものでした。子供は危険な状態でした。彼女
は書いています。

　「ユーラと私は寝ていません、交代でミーシャに酸素を送っています。
チューブが彼にあてがわれた時、まるでひな鳥のように小さな口を開けまし
た。彼の振る舞いは―10カ月の赤ん坊にあえてこうした表現を使います―
実に『堂々』としています。彼は固い吸引カップ、マスタードの絆創膏に耐え、
薬を摂るのです」と。

　私にとってたった一つの慰めはこの手紙のすぐ後、ミシェンカが快方に向
かっている、との手紙が続いた事でした。

　本日の気温は零下28度。

1942年1月20日　夜

　私の詩作「メリディアン」の進み具合は素晴らしいと言っていいでしょう。
夜になっても「メリディアン」は「眠れ！」とは言わず、「もっと書け！」と
私を誘います。

　求められるものは私の十分な健康と強さです……

訳者ノート：
「メリディアン」について。ヴェラ・インベルはレニングラード封鎖中に書き
続けている詩に「プルコヴォ・メリディアン（プルコヴォ子午線）」のタイト
ルをつけている。レニングラード南方およそ19kmのプルコヴォの丘（海抜
75m）にはロシア最初の天文台があり、その建物の中心を通るメリディアン（子
午線）はロシアの地理測量の起点となっている。またプルコヴォの丘はその地
形からして対独戦の最前線であった。
「プルコヴォ・メリディアン」の詩は彼女自身のレニングラード防衛戦を喚
起させている。なおタイトルは正式には「プルコフスキー・メリディアン」と

名付けられている。

1942 年 1 月 21 日

大事な報せあり。パンの配食量が増加しました。労働者 50 グラム、事務
職 100 グラムが増量されました。
カリーニン戦線（注：モスクワ北西郊外）成功。ホルムを奪還。
当地の寒さは厳しくなっています、ほぼ零下 35 度。

1942 年 1 月 25 日

昨日の気温は零下 40 度であったとのこと。本日も変わることはないで
しょ。明後日にミシェンカは 1 歳の誕生日を迎えます。彼が最初に聞くでしょ
うゴロゴロ音のおもちゃ（小さなセルロイドの太鼓で中にえんどう豆が入ってい
ます）はリボンをかけて私のベッドのヘッドボードにつるされています。
眼科の患者に朗読をしました。

夜 7 時

私達の置かれた状況は破滅的に思えます。今、群衆が病院敷地のフェンス
を破壊し、薪にする為に持ち去っていきました。
給水は途絶えています。もしベーカーリーが 1 日でも閉鎖されたならば、
何が起きるでしょうか？　私達にスープはありません、粥しかありません。
朝にはコーヒーがありました、でもこれから先、飲料と呼べるものはないで
しょう。
水に関して言えば、私達にあるものはティーポット半分（それを熱をもった
砂の中に入れています）、洗濯用の鍋半分、それに明日の飲料として水差し四
分の一がある限りです。

1942 年 1 月 26 日

生まれて初めて私は悲しみと怒りから叫び声を上げました。不注意にもス
トーブにかけていた粥の小鍋をひっくり返したのです。それにもかかわらず

ID はスプーン何杯分かを飲み干しました、でも灰が混ざっていました。

　依然としてパンはありません。それでも納得できる詩の三節を書き上げました。その章の終わりに「光と暖」の言葉を付け加えました。

　今までにない書き心地を実感しています。しかしながら、夜の睡眠は苦しくなってきました。指の感触が消えてきたのです。最初に小針の一刺しがあり、それが広がり、やがて収まります。それから指の感触が完全に喪失するのです。私の手に［栄養不足による］機能退化症が現れています。

1942 年 1 月 27 日

　恐れてはいました、でも大丈夫でした—ベーカリーは操業を止めてはいませんでした。給水管が閉塞した時、8,000 名ものコムソモール同盟員（彼らとて飢餓で苦しむ他の人と変わることなく衰弱しています）が動員されました。骨までしみ込む寒さの中、彼らはネヴァ川からベーカリーのテーブルまで鎖を作り、水を運びました。手から手へのバケツリレーでした。

　昨日、ベーカリーショップには長蛇の列ができました。夕方になりやっとパンの配給が始まりました、そこにはパンがあるのです。

　本日の真夜中、ミシェンカは一歳になります。

1942 年 1 月 29 日

　家事雑用に時間が食われています。ストーブ、ティーポットの手入れ、皿洗い、スープあるいは粥の加熱、繕い事、小物の洗濯、これらで半日が取られてしまいます。

　本日、長い間やりたいと願っていた大片付けを実行しました。私達の衣類は整頓され大きなスーツケースに収納され「良き日」が来るのを待っています—それは水と灯りが戻った日でしょうか、それとも封鎖解除の日なのでしょうか。エフローシニャ・イヴァノーヴナに当面必要とする物だけの洗濯をお願いしました。その水はカルポフカ川から得られます。その水で洗濯し、それを飲むことはすっかり馴染みになっています。私達はガーゼを重ねてろ過しましたがその水質はよくありません。

　見た目の良いドレスをスーツケースの底にしまい込みました。ゴム製のオーバーシューズはひびが入り始めていたのでその中に紙をしっかりと詰め

込み、古着で包みました。まるで冬の準備みたいでした。タイプライターも
しまい込みました、寒さでリボンは完全に乾燥しています。もう飾りだけと
なってしまった電気スタンドもテーブルから取り払いました。

　さあ、大片付けは終わりました。全ては整頓されましたが、この二日間詩
作には向かっていません。

　パンの品質に問題が生じています。ベーカリーから焼きたてを直に持ち帰
りましたが、パンは湿っており、崩れやすいのです。でも、そこには長い待
ち行列ができています。

1942 年 1 月 30 日

　過去数日の間に変わっていったのは人々の顔だけではありません。市中の
様相もまた変わりました。全てのフェンス―私達のところも例外ではありま
せん―が消えていきました。でも樹齢何百年の美しい白樺の樹、リンデンの
樹は残されました。

　そして新しい地形が生まれました。新たな横断路、小道、近道が、また中
庭から中庭を結ぶ道等ができています。

　本日、A.A. リハーチェフ教授の葬儀が行われました。遺体は棺なしで（後
ほど届きましたが）会議室の楕円形のテーブルの上で合板に載せられ、シーツ
が掛けられていました。この凍てついた部屋の中でテーブルを囲み教授、助
教授達が立ち並び、ID がスピーチを始めました。私は彼をじっと見ていまし
た。彼は毛皮の帽子を取りましたが、黒い絹の下帽はつけたままです、あま
りにも寒いのです。彼自身痩せて黄色味を帯びています。スピーチは良き伝
統にのっとったもので、最後をラテン語にて『スルスム・コルダ（我らの精
神を高めよう）』と締めくくりました。

1942 年 1 月 31 日

　地下に埋設されている配管が破裂しました。これは配管の中の水が凍り、
流れが止まった為に起きました。ポンプによる水の圧送が機能しなくなった
のでした。水の流れがある限り氷結は防止できますが、流れが止まれば氷結
となり、やがて配管が破裂します。

1942 年 2 月 2 日

　時に何かを食べたくなるように私は自然と書きたくなります。実際、夜眠ることなく詩作に冒頭しています。横になるとすぐに私の脳が「さあ働く時間よ、書きましょう！」と告げるのです。そこで私は書き始めます。

　眠りは浅く、眠りに落込む事ができません、半分寝覚めている状態です。意識が戻るや否、詩の一行一節が浮かんできます。数行がドアの外に立ち、中を伺っており、小さな隙間を見つければ部屋の中に滑り込んできます。

　ナターシャがこの病院のあるクリニックの入り口でお互いに抱き合った二つの死体を見ました。

　もう確実な事となりました―ラーピンとハツレヴィンがキエフにて死亡しました。

　　訳者ノート：
　　ボリス・ラーピン、ザハル・ハツレヴィン、共に詩人、劇作家、従軍記者。
　　1941 年 9 月キエフ近郊にて死亡。前述のアフィノゲーノフの死と同様に知人
　　達の前線での死はヴェラ・インベルにはタイムリーには届いていなかった。

1942 年 2 月 3 日　夜

　私はこれまでになく意気消沈しています。二つの小さな灯油ランプの灯りを見つめ私の心は折れています。人がパンを、また空気を求めるが如く私は輝く明かりが欲しい。悪い事が重なります、ストーブから取り上げる時にスープをこぼしてしまいました。この不始末の為に床を拭かなくてはなりませんでした―幸い石造りの床でしたが。

　今日書くべき分は何とかやりましたが心は沈み、書き続けるのが困難です。

　リョーリヤはいい事を言いました。

　「もし犬や猫（生きている、温かいペットですが、彼女は『生ある者』と言いました）を撫でる事ができたなら、あるいは少なくとも彼らの吠える声、鳴き声が聞こえたならばとても気持ちが落ち着くでしょうね」と。

　時に静けさは私を狂わせます。この今、音は一切ありません、木の葉のそよぐ音も聞こえません。

　壁の向こうでは ID の研究室助手のソフィア・ヴァシリエーヴナが毛皮の

コートに身をくるんで寝ています。おそらく彼女は三カ月もの間着替える事もなく、身を洗う事もなく過ごしてきたでしょう。彼女は配食カードを失う事の恐怖で発狂寸前になっていました。そして、実際彼女はカードを失いました、三カ月連続してです。彼女がどうやって生きているのか私には分かりません。尽きるところ餓死はこのようにして忍び込むのです。

　私は書いています、書き続けています。地区会議から友人達が帰ってきてくれたなら……この暗い凍りついた廊下に人気が戻ったなら……

　私はドストエフスキーの頁から出てきたかのような一人の母とその娘の顔を忘れる事ができません。母は年老いた年金受給者で同居している娘はリューリャといい16歳です。娘は古いフード付きのコートを羽織り、小さなマフで手先をかばっています。広がった、何かに驚いたような目を持っています。ある詐欺師の女が待ち行列の中で彼女達に目を付け、取り入り、家を訪ねるようになりました。その女はリューリャに第21軍病院での皿洗いの仕事を見つけてあげると約束しました。女はその病院のスタッフにする為の同意書なるものを持ってきました（全くの嘘です）。そもそもそんな病院は存在していません。当月の配食カードが支給される月初めにこの「ご親切様」が母と娘の前に現れました。夜8時、完全な暗闇の中でその女は二人を私達の病院の本館に連れてきました（明らかに彼女自身ここで用務使いか何かで働いているのでしょう）。彼女は娘から二人の配食カードを取り上げました、それはこの月全部のものなのです。更に、母が借りていた40ルーブルも取り上げました。女はその金で何かを買うつもりだったでしょう、そして闇の中に消えていきました。

　娘はその女の声を聞きました。

　「ここよ、ここ。私についておいで」と。まさしくグリム童話のハーメルンの笛吹き男のシーンでした。そして全てが終わりました。

　この母と娘の顔を忘れる事ができるでしょうか？　母は胸が張り避ける声で、「リューリャ、リューリャ、私に何て事をしたの、生きたまま私を墓に入れたいのかい」と繰り返し、繰り返し叫びました。リューリャは放心してその小さなマフを胸に押し当て囁きました、「何てことが起きたの、何て夜なの」。彼女は母が涙の中で絶え果てるのではないかと恐れました。

　私達は直ちに警察に申告書を書きました。でも今日の状況の中でそんな申告書が役に立つでしょうか？　そして警察に何ができるでしょうか？

　彼女達のその後については知り得ていません。

1942年2月5日

　病院幹部全員がスモルニー（注：レニングラード市の党・行政本部）に出かけました。レニングラード市からの避難・疎開計画が再び練られています。私達も移るかもしれません、何処でしょうか？　イルクーツクと思えます。

1942年2月9日

　やるべき事が多くあります。でも、それにもかかわらず書く事への衝動には抵抗できません。バルチック海作家会議に出席しました。ヴィシュネフスキーを通して招待状を受け取っていました。会議は［市内の］ヴァシリエフスキ島にて開催されますが、私達のところからは遠い距離で、そこで二日間の開催予定です。これはかなりの「遠征」で一晩の宿泊を伴います。

　この件についてIDと話し合い、私は出席すべきと結論しました。さあもう一度と靴下とミトンの繕いに精出しました、それに食料の工面もしました。病院のキッチンにて［抜く事になった］二回分の夕食と二回分の昼食の代わりとしてほぼ新鮮な二個の卵と古いチーズのスライスを受け取りました。IDは私達の非常時のストックから四分の一のチョコレーレート・バーをくれました。こうして私はリッチな支度を整えました。

　会議は午前10時開始と決められていました、時刻は軍艦に乗船するが如くに正確です。

　その日の朝6時に起床しました。歩行にて2時間の距離でしょう、でも今私達の歩行速度は落ちています、私も例外ではありません。

　稀に見る美しい朝でした。誰もが知っているように氷点下温度が低いほど朝焼けの空の色は穏やかに見えます。

　夜明けとともに家を出てボリショイ大通りを歩きました。市電は雪に埋もれています。この大通りで一軒の建物が焼けていました。火の気はありません、消火活動は夜を通しておこなわれたに違いないでしょう。驚いた事に水がありました。消火栓から依然として水が流れ、通り一面が水浸しになっていました。まるで湖のようになっており、朝の光を浴びてピンク色に輝き、水面には白いもやが立ち込めていました。

　焼けた建物の黒く焦げ付いた窓からむき出しの梁組が見えました。その向

こうの真紅の太陽を見上げると梁組のせいでまるで月相のさまにその形が変わります。半月になったり、三日月になったり、また燃える満月にもなります。

　太陽に気を取られていた為に雪と氷で覆われた水溜まりに膝まで足を取られました。もうたまりません、氷のブーツさながらです。私の脚は締め付けられます。それでも全行程を歩き続けました。

　会議が進行する中、細長い氷─氷の剣です─がブーツからやっと溶け落ち始めました。

　リポート、スピーチが続いた第一日目が終わりに近づいた頃、私は詩の朗読を求められました。まだ完成していない第二章の「光とぬくもり」を読み上げました。

　ケトリンスカヤと私は女性ゲストである気遣いを受け、会議室内にカーテンで仕切られた寝棚で快適なうちに夜を過ごしました。部屋はタバコとパイプの煙でくすんでいましたが、幸いにも人々の呼吸と小さいが貴重なストーブのおかげで暖かかったのでした。

　明け方近く私は寒さで目が覚めました。ストーブの火は消えていました。でもすぐに何かを割る音（スイカを真っ二つに割るときの音です）を聞きました。それはＺ氏でした。彼は会議中自分が座っていた椅子を斧で壊していました。彼がその木片をストーブに投げ入れるのを見つめました。可哀想なレニングラードの椅子よ！　でも暖かさが戻り私は眠りに落ちました。

　バルチック海作家会議メンバーのそれぞれのスピーチはとても興味深いものでした。幾つかの表現はまさに的を得たもので、私はそれらを書き留めました。以下の如く軍事用語にあふれていました。

　「塹壕より退出」、「突撃」、前線先端に向けての「匍匐前進」、「軍事教練マニュアルの詩的なまでの完全な実行」、「状況の急速な展開」、「艦は主として乗員の政治的士気の高揚により危機を突破した、それというのも機関は故障していたからだ」、「静かなる塹壕状況」、「犠牲者を出すことなく一隊をリード、しかし彼自身は犠牲となった」、「潜水艦は深度を好むもの、岸に近づく事無し」、「掃海艇は海の農夫」、「潜水艦は白夜を好まない」、等々です。

　私達が作成した宣伝リーフレットは前線の向こう側に弓と矢でもって放たれました。二人が弓の弦を引き、三人目の人が矢を射ました。その矢にはリーフレットの束が結ばれていました。

　二日目の会議が終わり私は車にて家まで送られました。

1942年2月12日

　IDの事がとても心配です、病気だと思います。体重は落ち、始終寒さを訴えています。杖にすがりゆっくりと歩く事しかできません。とりわけ手の状態がひどくなっています。関節部は赤く腫れ、皮膚はきつく引っ張られており、皮革のように見えます。

　詩作の第二部はゆっくりと進行していますが、以前と同様にその出来栄えは悪くありません。

　ジャーナからの便りは届いていません。きっと地区郵便局にて区分けもされていない大量の郵便物の山の中に埋もれているのでしょう、それなら見つけるのは不可能でしょう、そう考えて自分を慰めています。でも……何人かの人は手紙を受けとってはいるのですが。

1942年2月16日

　この事はあらかじめ同意しておりました。昨日、私は詩の朗読会をする為に駆逐艦に乗船しました。でもそうするには私達は市の反対側まで二時間かけて歩かなくてはなりませんでした。ゆっくりと力を加減しながらなんとかキーロフ橋の真ん中にきました、でもそこは上り坂になっており、ひょっとして倒れ込むかもしれないのではないか、そんな不安におそわれました。私の脚はもう真綿です、私を支えてはくれません。このままでは辿り着く事ができないと理解しました。でもなんとかケトリンスカヤに追いつき、「いけないかもしれないわ」と告げました。彼女達一行は私を置いて進みました。遅れながらも、這うように歩きながらも、私はやっとの事で駆逐艦オゼルスキーにたどり着くことができました。

　食事をとり、休息しました。ストーブの傍のアームチェアーを薦められ、そこに座りました。皆も私の回りに座りました—ニコライ・イヴァノヴィッチ、アリーナ、運転手のコヴロフ達です。激しい砲撃の音に伴われました（一昨日砲弾がすぐ傍の窓に命中しアリーナは死ぬところでした）が、私は二つのパートを朗読しました。皆興奮して聞き入りました。

　私自身、興味深い質問に向かい合いました。

　「誰もがこんな風に感動してくれるのでしょうか、それとも封鎖を生き延びているレニングラードの人達のみがそうなのでしょうか……?」と。

1942年2月17日

　再度（今度は真剣に思えます）、この大学の退避・疎開が話題に上っています。日時までも話されています―3月15日です。そして行く先はアルハンゲリスク（注：白海に面す）です。ではレニングラードは？　そこを捨てて行けるでしょうか？　クリミア戦争時セヴァストポリ要塞防衛戦ではひと月を一年と数えました、そうしたならばここレニングラード防衛は六年が過ぎました。いいえ、それ以上の時がこれからも過ぎるでしょう。

　もし疎開するならば、リョーリャとイーニャを連れていかなければ。ディーナ・オシポヴナは亡くなりました。

1942年2月18日

　昨日は病院にて朗読をしました。そこにはT氏が入院しており、彼の容態は悪化しています。明日はゲルツェン大学付属病院にて朗読をします。その翌日は党員活動家会議にて行います。そして21日にはここペトログラードスカヤ地区代表団の一人として前線に行きます。そうです、前線です。たった一つ恐れる事は凍死だけです。

1942年2月19日

　娘からの便りが届きました、その日付は12月でした。いとおしいミシェンカは亡くなりました。彼は一歳の誕生日を迎えられませんでした。

1942年2月20日

　昨日の手紙を一つ一つの言葉を追いながら読み返しました。速く読んではいましたが、突然次の数行につかえてしまいました。

　こう書いています。

　「この深い悲しみ、ミシェンカの死を受け止める事は困難です。ここチストポリでの生活は私達にとって空虚なものとなり、意味のあるものには思えません。ここに住み続ける理由はなくなりました。私達の小さな部屋から突

然音が消えました。おそらく氷結が終われば最初の船でモスクワに帰る事になるでしょう」。

　手紙を読み終えた私はそれを傍らにおきました……でもすぐに取り上げ再び読み始めました。私は空想に走り過ぎて読んだのかもしれない、そんな淡い願いもありました。でも書かれている事は事実です。

1942 年 2 月 21 日

　明日はこの地区代表団の一員として前線に出向きます。その方が私にはいいのです。心の痛みを癒す術を知らない私には何かの救いになるかもしれません。

1942 年 2 月 23 日

　本日は「赤軍の日」、ゴロホヴェツ（注：レニングラード東方 90km）にて。

　雪、雪、いたるところ雪です。私はゴロホヴェツにて、フェジュニンスキー将軍の部隊の政治部で書いています。そこはログハウスでかつては裕福な人の所有であったでしょう。壁には写真が掲げられ、箪笥の上には芳香剤の瓶が置いてあります。でも玄関ホールは馬の鞍、キャンバス袋、ライフル、フェルトのブーツ、スキー、石油缶で雑然としています。

　この小さな家の上には冷気を帯びた広大な空が広がり、飛行機の鈍いエンジン音がかすかに聞こえ、輝点が認められました。「アドルフが飛んでいるのさ」との説明を受けました。

　ここで聞く対空砲の音は違っていました。広野で聞くそれは高い建物でのエコーを伴うレニングラードの音とは異なっているのです。

　昨日―もう昨日になったのですね―ID は夜明け前にスコロホドフ通りのペトログラード地区委員会に私を伴ってくれました。そこで代表団が集合する事になっていました。幾つかの無人の中庭を通り過ぎました。空には星がまだ輝いていました。地区委員会の建物は空っぽで音がこだましました。でもそこには灯りがありました。（配電されているのはこの地区委員会の所だけです）。湯沸かし器は沸騰していました。

　間もなく代表団全員が集合し、全員が両側を合板で覆った軍用トラックに乗り込みました。星空は進行路の前方向にも、後方向にも見えました。行程

が進むにつれて星の輝きは消え、明けの明星だけが長い時間私達の旅の友となりました。やがてそれも夜明けとともに消えていきました。

　出発を前にしてやっと目的地が何処であるかが告げられました。それは、ラドガ湖の向こう側で、封鎖環の外で、レニングラード市より200kmの距離だという事でした。IDの顔が曇りました、それでも彼は別れ際には元気よく手を振ってくれました。

　トラックのベンチは狭く、後ろに身を持たせるものは無く、けっして快適ではありませんでした。また質の悪い燃料の臭いで私達は息苦しくなりました。私の隣には私の背丈ほどのドラム缶が置かれその中身が飛び散ります。依然として燃料の供給は十分ではありません。

　私達はスモルニー地区に入り、そこでかなりの時間をかけて他地区の代表団の到着を待ちました。やがて全員が集合しました。

　私達は前線への贈り物を運びました。まず5丁の自動ライフルです。銃床には「ドイツ軍侵略者を迎え撃つ最良の狙撃者へ」との献辞が刻まれています。そして迷彩コート、髭剃りセット、タバコ、皮革・毛皮の手袋、戦闘司令官達への袋、ハンカチーフ、ギター・マンドリン等々です。でもこれらの贈り物が無事につくとは私には思えませんでした。その梱包は無造作で、悪路で跳ね上げられた時にはトラックのサイドから落ちてしまうのではないかと恐れました。走行中贈り物はまるで生き物のように叫び、悲痛な声をあげ、私達は両腕と背で押さえつけました。

　フェジュニンスキー個人にはタバコ用の小さな皮革製の箱を持ってきました。贈り物について言えば、各地区様々でした。でも皆が願う事はたった一つです、この閉鎖の環をブチ破ってくれ、です。

　この行程には13時間を費やし、冷気の中での消耗するものでした。でも忍耐の限界を超えたと言うものではありませんでした。

　ラドガ湖を横切るのに一時間半を要しました。氷は依然として固く締まっていましたが運転手は日差しが強くなる午後には5トン以上のトラックの横断は許されていないと私達に告げました。加えて、氷の道には砲弾の穴が散在しています。でも湖に至るまでが雪道の悪路でしたので、この横断は至福のドライブでした。揺さぶられる事もなく、突き上げられる事もありませんでした。

　湖を横断した後、私達はその辺りを長時間かけて旋回し、燃料を調達しました。ここで私は［封鎖以来］初めて生きた山羊、生きた犬、生きた鶏を見

命の道のトラック輸送、ラドガ湖

ました。他のトラックで運ばれてきた人達もこの魔法の風景に目を凝らしました。そして湖の向こう側に来てこれまた［封鎖以来］初めて歌声をききました。私は同行者の顔を見ました、全員驚きで息を飲んでいました。

　私達レニングラードから来た人達とここの人達の違いは非常に顕著です。彼らの頬はバラ色に染まっています、早口で話します、深い呼吸をします、そして口からは深い、白い蒸気が溢れてきます。一方私達は青白く、呼吸は浅く、話しても息の白さは殆ど見えません。何より、私達の歩きは遅く、話し声も静かです。

　ジハーレヴォに来た時私達は恐ろしい火事をみました。狭軌鉄道線を走る潤滑油タンク車、灯油タンク車、ピートを積載した貨物車がドイツ軍爆撃機により火災を発生し、一列となって燃えているのでした。ドイツ軍は朝方に偵察飛行を行い、ターゲットを決め、日没前に正確に爆弾を投下しました。これら燃え上がるタンク車・貨物車をけん引する機関車は近づけませんでした。

　私はこれほどの炎を見た事はありませんでした。紫色を帯びた深紅の炎です。それが黒煙と絡まり、分厚い羽根布団となり空に向かって巻き上がります。

　私達が我に返る前に爆撃が始まりました。すぐ近くまで爆弾が落下しましたがもっと恐ろしいのは機銃掃射です、それでもって車両・トラックに次々

と掃討を仕掛けるのです。明らかに我が軍の対空砲撃は不十分でした。

　兵士を含めて皆が雪の中に身を伏せました。トラックから離れた人もいれば、そこに残った人もいます。工場労働者のスイチェフ、二人の男、そして私はトラックに残り、合板の下に潜り込みました（何と愚かな事でしょう！）。弾の破片が頭上で唸り声をあげると身を縮こませ首を下げました。

　この瞬間です、願うような気持ちからでしょう、私はレオ・トルストイ通りのシェルターを思い出しました。石造りのその壁は堅固にも攻撃の矢面に立って私達を守ってくれたのです。でも今、ここにあるのは空と空気と機銃の唸り声だけです。

　しかしながら、私達の愚かな退避行動にもわずかな意味合いがありました—それは偶然の策略でした。ドイツ軍は私達のトラックを標的として機銃掃射を仕掛けては来ませんでした。たった一つの理由からです。彼らはその内部に人がいるとは思いつかず、見捨てられたトラックだと思ったのでした。

　15－20機が飛来し、不幸な惨事が起きた鉄道駅の上空の上を旋回し始めました。先ほどの攻撃が止んでからほんのわずかな時間しか経過していません。「第二波攻撃！　伏せろ！」の声が上がりました。

　この時点で私はトラックから這い出て窪地に身を伏せるところでしたが、一人の兵士がそこから立ち上がったので攻撃はもう終わったものだと理解していました。私達一行の中でもっとも勇敢そうに見えた若い女性がとてつもなく取り乱しました。（反撃の対空砲の音が激しく聞こえます。「アドルフ」は接近してきています）

　私達はX師団に向かおうとしています、射撃手部隊訪問の為です。師団新聞「決定的戦闘の中に」を運んでいます。最新版で、そこにはスターリンの命令が載っています。

　到着。私の心配は和らぎました。フェジュニンスキー将軍に面会できなかったのは残念でした。昨夜彼は司令部となっている小さな家の一つに行っていました、そこは私達が昨日の夜を過ごした場所ではありません。司令部の家で夜を過ごした人達は幸運でした。皆は寝ることなく長時間フェジュニンスキーと談笑しました。

　彼は快活でサウナを浴びた後にやってきたのでした。「いいサウナだったけれどスチームの温度が十分ではなかったね」と言ったそうです。将軍は熱いのが好きらしい。この事で私は彼に共感を覚えました。

　砲が咆哮を始めました。家は震えています。トラック到着。出発の時が来

ました。

1942 年 2 月 24 日　X 師団にて、午前

　夜中に目が覚め、ここは何処だろうと自問しました。気がつきました─塹壕の中です。私達はモミの小枝を掛けた板のベッドに寝ました。地区委員会のヴァーリャ・ニコライェーヴナ・ヴォルクが隣です。それからスイチェフがいて、更に他の人達がいます。当番の兵士がストーブに薪を投げ入れたのでヤニの煙が目を刺しました。突然砲音が鳴り響きました。どちら側からなのか私には見当がつきません。でもここ前線の最先端にいるとこれらの砲音・銃声はレニングラードで聞くよりもむしろ恐怖心が少ないのです。

　早朝、一人の兵士が私達に粥、パン、大きなバター一切れを運んで来てくれました。なんて素晴らしい事でしょうか！　もしもう一度前線に来る機会があるならば絶対にスプーンを忍ばせておこう、そう思いました。

1942 年 2 月 26 日　レニングラード

　自宅に帰りました。自分のベッドに横たわっていますが体が暖たまりません。キルトの毛布を体に掛け、ひざ掛けとコートで足をくるんでいます。バスローブを着込んでおり、室内の温度は 14 度あります。ほぼ一時間ごとに熱い飲み物をとっています。それでも体のぬくもりが感じられません。

　前線への旅の間私は暖かいと言えるほどの衣類を身に着けていませんでした。実際、木綿入りのズボン、それにコートの下に着るジャケットを誰かが見つけてくれました。でもこれらは何回も消毒した古着でした。木綿は擦りかけていました。頭にはいつもの木綿のボンネット帽を被り、手をマフで保護し、白い格子模様のニットのショールで肩と首を覆いました。このショールはクラフディア・イヴァノーヴナから借りたものです。その時、私は「パンの配食カードと同様に大事に扱うわ」と誓いました。

　冷え切った体の回復を待つ私はニコライ・ゴーゴリの『死せる魂』のコロボーチカを思い起こしました。でも、耐えきれないとは思いません。

　ID は経験豊かな戦士です、二度に渡る戦争（注：第一次大戦・ロシア内戦）への参加者であり、医師であり、思慮に富んだ夫です、でも今回私にウオッカを持たせなかったのは彼の大きな間違いでした。

もし彼が湖を渡って帰ってくる私を見たらどう思ったでしょうか？　私は運転手達と同様に脂肪と砂糖を口に入れながらウオッカを飲んでいたのですから。でもそのおかげで生きて帰る事ができたました、私はそう思います。

　車中、こんなひと時がありました。運転手は私の顔を覗き込み（哀れに思ったのでしょう、彼は私を助手席に乗せてくれました）、こう言いました。

　「あなたが祈ることはたった一つ、このトラックがトラブルを起こさないように、ってことだよ。もしエンジンを止めるような事が起きたらあなたは終わりだ」。全くその通りでした、ラジエーターの熱のみが私を暖めてくれていたのでした。

　ラドガ湖は氷と雪の壮大な平原です、極地そのものです。フェンス、対空砲射撃兵が立て籠る半球のユルト（注：ゲル）、その砲台、これら全てが雪で造られています。見渡す限り一点の汚れもない青味を帯びた白い平原の上には穏やかな青天井が広がっています。白くない何かが現れたならばそれは目にとっての衝撃ともいえます。偵察隊車両の掲げるケシの花の赤い旗は一キロ先からでも目視できます。「雪は兵士の生命線だ、そこを掘り、そこに身を隠し、それで身体を洗う」と言われています、思慮ある言葉です。

　読む時、書く時には頭痛の種であった私の遠視はここでは大変有益でした。地平線の先まで何でも見通す事ができました。凍った湖上の道路を多色の点々が移動しているのが目に入りました─物資運搬のトラックです。もし荷がピンクならば羊肉の塊が運ばれているでしょう、もし黒ならば石炭でしょう、もし黄色ならばそれは樹皮の箱でその中に何があるか私には分かりません。もしそれが滑らかで白色で、雪との見分けが殆どつかないならば小麦袋です。そうです、これが毎日のパンとなります、それが私達にとっての生命線なのです。そして、それは封鎖環の外の『偉大な大地』からのレニングラードへの贈り物なのです。

　ラドガ湖を渡るトラック運転手の仕事は文字通り犠牲的精神に溢れた仕事です。凍った道路に目をやればその事はたちどころに理解できます。酷使され、爆弾を落とされ、痛めつくされた道路には昼夜を問わず平和な時を知りません。ここでの雪は砂と化しています。破壊された車の部品は轍の上、窪みの中、溝の中、爆弾でえぐられた穴の中、もう至る所に散乱しています。破壊され見捨てられた車両さえ目にします。

　これが爆弾と砲撃の中を縫ってラドガ湖を渡る運転手達が一日４回も横断しなくてはならない道なのです。至る所に赤い字の看板が立てられています、

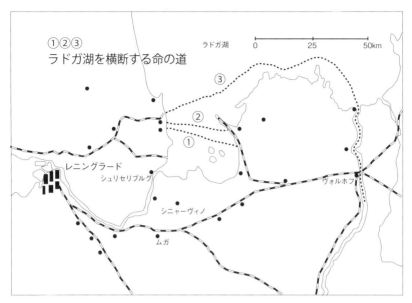

ラドガ湖を渡る命の道

運転手達への支持標識です。こう書いています。

「運転手諸君、本日は二往復をやり遂げたのか？」と。事実彼らは二往復をこなしています。

私達は司令部の置かれたゴロホヴェツに夕刻遅く到着しました。月は明るく、その外縁は凍てつくもやの輪となって見えました。輝く月の表面は私達の立つ大地よりもはるかに凍てついている事を示しています。

司令部につくや否や私達を乗せてきた車両は直ちにモミ林に移動し、その中に隠されました。今は満月なので私達は危険地帯を通過しているのだと告げられました。でも不思議です、辺りは静かです、レニングラード・ネフスキー大通りよりも静かなのです。

星が輝いている夜の間にゴロホヴェツを去りレニングラードに向かいました。徐々に敵のロケット弾の飛翔の軌跡は薄い色を帯びてきました。凍土の上に夜明けが訪れました。青いリンゴ色の地平線が赤みを帯びてきました。そうです、この瞬間でした、運転手が先述の「祈ることは……トラックがトラブルを起こさないように……」と言ったのは。ところで私は大きな失敗をしてしまいました、クラフディア・イヴァノーヴナから借りていたあの暖か

いショールを失くしたのです。

　師団司令部から軍管区司令部に帰る途中に私はそれを失いました。森の中の雪道を長時間かけて車で移動した後、私達は下車し、わずかばかりの空き地を匍匐前進しました。そこはドイツ軍にとって格好の射撃目標でした。

　私達一行を迎えに来た一人の兵士が私の傍につきました。彼の息遣いは荒く、もう辛抱できなくなり、私に囁きました。

　「あなたは劇団一座の女優さんでしょう、どんな劇を見せてくれるのでしょうか？」。

　その刹那、女優ではない事を残念に思いました。雪の上を体を折って前進するのはとても困難です。こんな状況の中で我を忘れ、気づかないうちにあのショールを雪の中に落としてしまいました。雪の中に落とした白い格子のショール、気付くのは無理でした。

　［湖を渡った］ルジェーフカ側からレニングラード市街に入りました。日々熱く燃えたぎる前線から、煙もなくただ沈黙だけが支配する閉ざされた市に帰ってきました。

1942年2月27日

　都合三日間を封鎖環の向こう側で過ごしました。私達代表団はいくつかのグループに編成され、それぞれが様々な部隊を訪問しました。私達のグループは野砲中隊を訪問しましたが、そこは敵軍から600メートルの距離でした。でもそこが最先端の陣地というわけではありません。

　各中隊は森の中に隠れており、私達はそこで短時間のミーティングを行いましたが、全員立ったままでした。私達の一人が質問し、砲撃手の一人が答えました。周りは雪をかぶった松とモミの木です。覆いを取り外された迫撃砲は発射態勢についています。私達の交わす会話のテーマはたった一つです。この封鎖を解除し敵軍からレニングラードを解放しよう、これだけです。

　一人の砲撃手が言いました。

　「第一砲撃小隊からレニングラードに挨拶を送ります。全力を尽くします、レーニンの街よ、疲労の中にも休息の日は近い、そう伝えて下さい」。

　もう一人が言いました。

　「ドイツ軍を後退させるのは可能です。でもそれが我々の目的ではありません、彼らの壊滅が目的です」。彼は続けました。

「我が戦闘員は憎しみに満ちており、復讐の炎が兵士の心の中に燃えたぎっています」。

砲撃中隊の一小隊は私達一人ひとりに栄誉の祝砲を打ちあげました。その雷音で私達の耳は何も聞こえなくなり、木々の揺れで落下した雪が私達の頭と肩を覆いました。その数分後にドイツ軍が打ち返し、辺り一面に砲弾が落下しました。

軍に同行したこの三日間で「ドイツ軍はわずかな側面攻撃にも、あるいは包囲攻撃にも耐えきれない、また彼らの後方予備部隊は希薄である」と私達は確信しました。

こんな話も聞きました。一人の兵士が前線に「逃亡」したという話です。彼の本来の職業は散髪屋です。その希少価値から彼を司令部に留める事が決定されました。でも彼はその意図を理解できませんでした。その散髪屋兵士は司令部を「逃亡」し、前線に出てマシンガンでもってフリッツ（注：ドイツ兵）の髭を剃り落とし続けたのでした。残念な事に彼は本来の職業を失職しました。

また面白い話もありました。ある女の義理の息子が前線からレニングラードに一時休暇で帰ってきました。彼女はその男が好きではなく、ぶっきらぼうに言いました。

「いつだってフェジュニンスキー軍の話をラジオで聞いているよ、一人でいいからフェジュニンスキーの兵士を見てみたいものだよ」。義理の息子が返しました。

「お母さん、あなたが見ている兵士がその一人なんですよ」。彼女は彼を初めて『シノック！』と呼びかけました。

訳者ノート：
シノック、Сынок、親しみを込めた息子への呼びかけ

……指揮官の話
もし指揮官を柔らかなベッド、暖かい部屋に移したら、即座に流感にかかってしまうだろう、彼に必要なのは寒気と塹壕と耐乏なんだ。
一人の兵士の話
彼はパンを配っている最中に殺されました。砲弾は彼の体を粉々にし、埋めるべき肉体は一切残されることはありませんでした。でもパンの塊は血に

染まって残されました。同僚の兵士達はこれをその兵士の肉体として埋葬しました。

……野営の焚火と外套とフェルトのブーツの話

疲労困憊した兵士達がやっとの事で焚火に近づきました。すぐに彼らはその火の中に足を突っ込もうとしました。焚火当番として一人のコムソモールの若者が張り付いていました。彼自身も眠気に襲われていましたが、焚火に足を突っ込んだまま眠りに陥る兵士達を起こすのも彼の任務でした。それが出来なければ彼は自らの手でもって彼等の足を火から引っ張り抜かなくてはなりません……でもブーツを履いた足の重いこと！　一日に何10キロメートルも歩いたその足がどんなに重いか、容易に想像できるでしょう。

……少佐の観察

「ドイツ軍スキー部隊は概してスキーに乗ろうとしないのだが、奴らはロシアの雪に怖気づいているのか、あるいは他の何かが理由なのだろうか？」。海岸部の出身でかつて射撃手であった労働者が答えました。

「トーチカに籠り、そこからの射撃について聞いた事がありますよ、そりゃもう快適そのものだって、そりゃあそこから出られませんよ」。

……野戦砲の正しい照準設定について議論が交わされました。それは照準手の指示に従って誰が砲尾を素早く動かし、砲身を目標に向ける、という事でもありました。指揮官が言いました。「戦場においては力だけではなく弾道計算もまた必要なんだ。屈強な男なら砲を台ごと持ち上げるだろう。でもここで大事なことは計算だ、必要以上に遠くに投げ飛ばしては駄目だって事だ」。

私達一行を戦闘本部に案内してくれた指揮者は、小柄な私は背を折らなくてもいい、と許可してくれました。ここではドイツ軍の弾丸は平均背丈の相手に照準を合わせています。これは樹木についている弾痕を見れば分かります。

同行のマシンガン射撃手が悲し気に一言漏らしました。

「戦争が終わったなら木こり達にとっては厄介な事になるだろう」。「どうして？」と誰かが聞きました。「木の幹を切り倒そうとするだろう、いいかい、幹にはこうして金属の断片がいっぱい詰まっているだろう、鋸の歯はこれでボロボロになってしまうよ」と彼は答えました。

戦闘本部からの帰途、兵士が集団となっている光景を目にしました。彼等は二重の輪を作り一人の兵士を囲んでいます、彼はその手に白い紙を掴んで

います。赤い太陽光線は彼等兵士達の厳粛な顔を照らしています。「これは何ですか？」と私達は訪ねました。「軍事革命法廷です」が答えでした。「そうですか、どんな理由で裁かれているのですか？」私達の問いに短く、そして断固とした答えが返ってきました。

「戦闘における臆病な行為」。

師団司令部が置かれた地下壕の一つに入り込もうとして警告を受けました。「急がないで進んで下さい、階段はありません、スロープだけです」。私達は降りて行きました。暗い中にも赤と緑のランプが柔らかく輝いていました、二灯、いやもっとあったでしょう。更にその奥にも一対の灯りが見えました。でもそれは灯りではなく馬の目でした。馬はとても神経質になっています。馬係役の一人の赤軍兵士が馬を撫でながら「まだ若い馬です」と話してくれました。

私はレニングラードのブロンズの馬の像を思い出しました。砲弾と爆弾から守る為に馬の像はアニチコフ橋から安全な場所に移されています。私はこう思います。それらの馬達も地下の厩舎につながれ、静かに蹄を立てているだろう、そしてブロンズの若者は手綱を引き、きっと手なずけている事でしょう。

私達は師団指揮官の地下壕で食事をとりました。そこはとても暖かく土壁の二、三箇所では白樺の木の芽が噴出していました。脆い茎です、かぼそい葉です、弱々しく青ざめています、でもその芽は生きています。

食事が始まる時私達はまずスターリンに乾杯しました。彼が本日発した勝利への呼びかけ宣言への乾杯でした。二番目の乾杯、それはレニングラード解放への決意でした。政治将校が言い放ちました。

「生きるか、そうでないかは問題ではない。我々の命はレニングラードのものである」と。

1942 年 3 月 10 日

いつもながらも、ID の仕事が心配です。この先どんな結末が待っているのでしょうか？

でももっと哀れで（そして辛いのは）ジャーナからの手紙です。最近は手紙が頻繁に届くようになりました、そしてそれは私の心を痛みつけます。耐えがたいのはその子がまだ生きていた頃に書かれた手紙を受け取る事です。郵

便事情は混乱しています。先に出した手紙が後に届くのです。私はその子の死を知らせる第一報をまだ受け取ってはいません。でもは生きていません、彼の写真も持っていません、［贈るつもりであった］ピンク色のガラガラのおもちゃだけを持っています。私はそれを机の引き出しに隠しました。

1942年3月12日　夜

IDに宛てたジャーナの手紙にはこう書かれていました。

「その日の終わりに彼は小さな目を細め、頭を後ろにそらし始めました。これは髄膜炎の兆候です、それに最初に気付いたのは私でした。以前一度この病気に接したことがあり、私は直ちにそれだと理解出来ました。その瞬間、彼にもう終わりの時が来たと思いました。私は彼が長い時間の苦しみを受けない事だけを願いました……彼の最後の模様を書く事はしません、それは私にはできません。数時間三個の酸素ボンベを使い、彼は亡くなりました。酸素の中で呼吸を続けた彼に意識はなかったでしょう。私達はロシアの農村での様式でもって彼を埋葬しました―小さな棺を橇に載せ墓地へと引っ張って行きました。私達の避難先となった町との結びつきはこうした結末となりました」。

この手紙を最後まで読み切る事はとても困難です―いえ、殆ど不可能です。さあ、私は自分を奮い立てさせなくてはなりません、これまで以上の努力でもって働かなくてはなりません。

1942年3月22日

昨日、午後3時きっかりに私達の居住区域が砲撃を受けました。これまで聞いた事のないうなり音と重い衝撃音を伴い6インチ砲弾6発を被弾しました。そのうちの2発がキッチンとなっている平屋を破壊しました。砲弾は屋根を突き抜け地下室を襲いました。そこで若い配管工が即死し、一人の少年―女性用務員の息子です―は両脚を吹き飛ばされました。

もう一つの砲弾は解剖教室（幸運でした、見学席には人がいませんでした）を襲い、図書室の書架は粉々になりました。またアルコール浸けの生体標本も破壊されました。以前IDに伴われそれらを見学した事がありましたが、最後まで見尽くす事はできませんでした。それでも肝臓・腎臓・心臓のラベル

を貼った標本ジャーとは確かめる如くに対面できたと記憶しています。次に「鼻」のラベルを貼ったジャーと対面しました。その中には若い男の頭半分がはっきりとその特徴を残して澄んだ標本液の中に浮いていました。突然私の気分は悪くなり、猛然と階段を駆け下りました。あまりにも速いダッシュだったのでしょう、階段が途絶えたところで ID がやっと私に追いつきました。

　今その標本の若者は二度目の死を迎えました。

　二発の炸裂片が私達の部屋の窓ガラスの前面を襲いました。部屋のストーブの亀裂は更に広がりました。全てが揺れました。私とマリエッタは立ち尽くしました。二人とも毛皮のコートを着たままでしたが、ここに居続けた方がいいのか、外に出た方がいいのか、判断停止に陥りました。この被弾のせいでしょうか（あるいは別の要因でしょうか）、食堂キッチンへの給水管が再び破損しました。ID も絶望状態です。彼の不屈の楽観主義もここに至り、壁と同様に亀裂を負いました。

1942 年 3 月 27 日

　数日後に私達は三面の窓が東に向いた大きな部屋に移るでしょう、その日が待ちきれません。そこでは家具にぶつかる事なく歩けるでしょう、お互いの吐息を感じる事もないでしょう。

　私達の［これまでの］小さな部屋は冬の間は快適でした、でも最近は嫌になってきています。（対空砲が発射されています、明らかに敵軍の偵察機は上空にいます。空襲が再び始まるのでしょうか？）

　本日は街路清掃の為の「勤労奉仕の日曜日」です。ID がそこに出ています。私は書いたり、アイロン掛けを交互に繰り返し、マリエッタはストーブの上で喜々として魔法を演じています。私達はとてもリッチな気分です、どうしてでしょうか？　モスクワ作家連盟から小包が届いたのです！　これらの贈り物を見た時正直当惑しました。コンデンスミルクの缶を右の手で、左の手で代わる代わる掴み、握りしめました。手放す事はできません。

1942 年 3 月 28 日

　すぐ近くのレントゲン通りが砲撃を受けました。そこにあるレントゲン研究所の前にはヴィルヘルム・レントゲンのブロンズの頭像が花崗岩の本のう

ず高い束の上に載っています。

　まるでしかるべき本を探し求める、そんなせっかちな手の為にこれらの本の束が用意されているように見えます。

　ID はヴュルツブルク（注：ドイツ・バイエルン州）市の大通りにある本屋について語ってくれた事がありました。それは 40 年前（やはり 3 月です）の事で、本屋には「手の写真」が展示されていました。それには指の骨がくっきりと写され、その一本の指には指輪がはめられていました。しかし筋、神経、血管、皮膚はまるで存在しなかったように写真からは消えていました。その写真は X 線によるレントゲン写真の最初の一枚でした。

　[ID の話によれば] その夜に全学生がタイマツと旗を掲げて市中を行進しました。一行はレントゲン教授が講義した物理学研究所の二階建ての建物を過ぎて行きました。学生達だけではなく、州の役人、兵士、商人、全ての市民が行進に参加し、この市ゆかりの偉大な人の栄誉を讃えたのでした。

　そして 1942 年 3 月、ドイツ軍の砲弾がレントゲン通りで炸裂し彼の記念像は損傷しました。マリエッタと私はそれを見に出かけました。花崗岩の本の一部は衝撃で吹き飛ばされていましたが頭像は無事でした。でも横に倒されていました。その頬を花崗岩に当て、悲し気に倒れていました。

　落ちては融ける 3 月の雪はきりっとした彼の額を流れる冷たい汗となり、頬にかかる涙となり、濃い顎鬚の中に吸われて行きました。私は海外での出版向けに『レントゲン通り』というタイトルでエッセイを書きました。

1942 年 3 月 29 日　日曜日

　朝の 6 時、強烈な爆弾の炸裂で起こされました。合計四発でそれぞれの間には長い時間ががありました。土が、そして空気までもが揺れました。それほどの破壊力を持ったロケット弾があるものなのでしょうか？

夜

　今朝、砲弾を積んだ貨車がルジェーフカ（注：レニングラード東方近郊）近くの線路上にて空爆を受け、炎上したとの報せを知りました。

　詩作活動が低下し、その事で苦しんでいます。詩は部屋の隅に置かれていました。私はその全てを散乱させ、失いました。もう取り戻せません。加えて、

ストーブが苦痛になっています。それは冷たく、ただ煙を吐くばかりです。でも、一体何処で修理ができる人、煙突掃除ができる人を見つけたらいいのやら。煙突掃除の人は確かに一人いました、でも数日前に彼は亡くなりました。

今、春を迎えようとしているこの市の運命は数日の内に決まるでしょう。流行性の病気が突発するでしょうか？　伝染病が起きるでしょうか？　レニングラード市におけるチフスあるいは赤痢の脅威を考えると私の息は止まります。私達二人のどちらがこれらの発生の中で生き延びる力を持っているのでしょうか？　そして一体誰が患者を診る事が出来るのでしょうか？

全市中において、シャベル・バール作業が出来得る人達が総員で通りを清掃しています。

この作業はあたかも汚れた北極を清掃しているかの如くです。全てが入り混じっています、氷の塊、捨てられたごみ、下水道の固化した沈殿物等々。多くのボランティアがこの作業に参加しています。レニングラード・プラウダ紙はリトフスカヤ通りに住む11歳のフィーナ・オゼルキンをインタビューしています。

フィーナ：
「誰も私達に中庭の清掃を命じてはいません。自分達の意志でやりました。私達のアパートの中庭には既に大きな雪の山がなくなっているのを気付きましたですか？　トーリャと私が片付けたのです、明日はもっともっと片付けますよ」。

堤防の側路に、あるいは橋の上に、清潔な舗装面がわずかに現れているのを見た時私達の気持ちは動かされました。それは森の中の空き地に散在する花の美しさを見るようでした。

一人の黄色味を帯びた顔の、むくんだ体つきの女性が煤けたコート（この冬を通して脱ぐことはなかったでしょう）を羽織り、バール作業に身体を曲げています。自分の手で清掃された道路に現れたアスファルトをじっと見つめ、また作業に取り掛かりました。

市中には新しい思いつきが広まってきました。市民達が松やモミの枝を運んでいます。

これらにはビタミンが含まれており、松の葉からの抽出液を飲むのです。オークの木から樹皮をそぎ落とします。とりわけ成人の背丈ほどの若木が好まれています。それらを煮沸してお茶にして飲みます。胃の不調を抑える為です。オークの樹皮にはタンニンが豊富に含まれ、物質結合性を持っており、

［止血・鎮痛に］効果的です。でも樹皮をそがれた裸の木はまるで皮膚をそがれた人間に見えます。

最近、通りで信じられないほど痩せこけた馬を見ました。その馬はこの冬を生き延びたのであり、この先も生きていけるでしょう。

私はなす事全てにひどく疲れを感じるようになっています、一体何を恐れているのでしょうか？　爆弾、砲弾、餓え、これらを恐れてはいません。私は精神の消耗を恐れています。

人が何かに、音に、目につくものに憎しみを感じるようになった時、それはその人にとって疲労が極限の状態になっている事を示しています。「強靭な精神を持つものが勝利者となる」、この事はよく言われています。大いに意味ある事だと思います。擦り切れた神経、情緒の破綻、精神の退廃、これらを私は恐れています。最悪な事は私が書いていけなくなる事です。でも……眠りましょう、何が私に起きるのでしょう、待つしかありません。

1942 年 3 月 30 日

夜は静かに過ぎ私は熟睡しました。でもいくつかの夢で苦しみました。その一つの夢の中で私は額一杯に広がった青い目をもつ小さな男の子を見つめていました。その子の母親が言いました。

「見てごらん、この子の両目が一つになってしまったわ」。

どうしてそんな夢をみたのでしょうか？　私の心の奥に青い目の少女キローチカの残像が残っていたからでしょう。昨日、私はその少女像についての話を何回も聞きました。私自身この目でその像の美しい大理石の頭を確認しました。でも頭は爆風で胴部から吹き飛ばされていました。こう思います。もし生きたキローチカがレニングラードの保育所にいたのであったら同じことが起きていた事でしょう。

この部屋はとても寒いです。ストーブの修理屋は来ると言っていましたが実際に現れる事はありませんでした。それでも今日の私の気持ちは悪くありません。多分気まぐれな春の到来が一休みしているからでしょう、窓の外は吹雪きです。

1942 年 3 月 31 日

　最悪の日でした。私のレニングラードの日々の中で最もいたたまれない日の一つとなりました。昨日、新しい部屋に越していきましたが、そこで待っていたのは不眠症といってもいい神経の覚醒でした。さしあたりの身の回り品を運び込み、疲れました。ベッドまでは手が回らず、その夜はソファーに伏せました。そして亡くなったソフィア・ヴァシリエーヴナを思い出しました。彼女はこのソファーで寝ていました。その為でしょう、私は眠れなくなりました。深夜一時、遠方で砲撃が始まりました。私には、それでも、爆弾投下に思えました、ラジオも、警報もなかったからです。

　まだ慣れない部屋の中で遠くの砲弾の炸裂音を聞きながら、私はこれまでに経験した事のない恐怖を感じました。以前ジハーレヴォ、あるいはシトニイ市場で経験した恐怖もこれほどではありません、そうです、全く初めての経験です。震えながらも体は凍りつきました、でも ID はぐっすり寝込んいます。彼を起こそうとしましたが、「何でもない、何でもないよ……」と眠りの中でつぶやくのみでした。

　諦めました、そして階段を下って司令部の部屋に行きましたが、何かの理由でドアは固く閉じられていました。月あかりと降る雪で夜は日中のように澄んでみえました。部屋に戻りました。春のふわふわ雪が掛かった木々はまるで花が咲いたばかりのリンゴの木のように立っていました。

　座り直し、もう 100 回目かもしれません、フランス小説を読み出しました。でも読書はこの場この時にはそぐいません、夢の世界の話です……人生、愛、それらはニースの海岸風景がお似合いです。

　ニコライ・イヴァノヴィッチが私達を訪ねてきました。第一、第二学年の学生はレニングラードからの疎開が決定した旨を伝えました。その日時は遅くとも 4 月 10 日まで、まだラドガ湖の氷結が固く締まっている間に、との事です。第三、第四学年の学生はレニングラードに残ります。ID も彼等と共に残ります。そして私は ID と共に残ります。

夜9時

　新しい部屋も整頓され、それに伴い居心地も良くなりました。でも、これから先の不確定と心配の種は尽きません。何処に自分を休めたらいいのでしょう。私の身に何が起きるのか、私がどうなるのか、それは分からないことです。

何もわかりません。苦痛の中にあるのでしょうか、何かを恐れているので
しょうか？　虚栄を捨て去り今の気持ちを書きます、『私は恐れています』と。
　今日マリエッタがドイツ軍が市の入り口に向けて前進して来たと語ってく
れました。その情報の真偽を私は判断できません、でもはっきりとその事を
感じています。彼等は鉄道貨車に強烈な砲撃を与え、市中に砲弾の雨を降ら
しました。

1942年4月1日

　腰を下ろし、レニングラード・プラウダ紙向けの詩を書いています。それ
は集団農場から出発した一団の食料輸送隊についてです。彼等はドイツ軍パ
トロール、前哨基地を避けながらレニングラードへの道を進みました。トラッ
ク200台分を越す食料が届きました。
　この作戦は市を包囲するドイツ軍の前線を秘密裏に突破したのです。昨日
の深夜、プラウダ紙編集局よりの電話で呼び出され、そこで輸送隊の一行を
待ちました。でも彼らが現れる事はありませんでした。それは輸送任務の完
遂の為でした、彼等のトラックにはガソリンが一滴も残っていませんでした。
　私達の部屋も徐々に慣れたものになりました。昨日は充実した仕事をこな
す事ができました。疑いありません、熱意が壁を暖めたのです。窓の外は細
やかな3月の、訂正！　4月の雪が舞っています。仕事には最高の一日にな
るでしょう。警報もありません。
　2、3日後にはわずかな灯りが戻るだろうとのいい報せを受けました。私
達の建物内にある小型発電機からの電力供給によるものです。こんな幸せが
容易く信じられるでしょうか！

1942年4月4日

　強烈な空襲でした。今年になって初めてです。6カ月前と同様に建物が激
しく揺れ、その唸りで聴覚が麻痺しました。P教授は私へのギフトに小さな
地球儀を持って私の部屋に向かっていました、彼はあやうく死ぬところでし
た。私達は一階の廊下に避難しました、そこは少しばかり安全です。
　4月6日に医科大学の半数がピャチゴルスク（注：北コーカサス）に疎開の
為ここを出発します。最初、私がモスクワまで彼等と同行し、そこでいくつ

かのすべき事（かなり溜まっています）を処理し、その後飛行機でレニングラードに戻るという計画が提案されました。でも結局学生達一行はモスクワ経由をとらない事になり、この提案は立ち消えとなりました。

あらたにグルーズデフ（注：おそらくはイリヤ・グルーズデフ、レニングラードの作家）と共にモスクワに飛ぶ可能性も出てきました。

昨日、私は第二通信連隊の前で朗読会を持ちました。小隊ごとのそれでしたが、皆とても喜んで私に耳を傾けてくれました。

でもこの朗読会はとても疲れるものでした。私の額は汗で濡れ、手は感覚を失いかけ、読み上げるのが困難になりました。加えてホールは朗読会向きにはできていませんでした、長く、狭く、消火ホースみたいです。後列にも届くようにと私は声を絞り出しましたが、［喉の回復の為に］沈黙の時間も必要でした。

朗読会を終えた後、連隊の食堂に案内されました、とてもありがたい事でした。深いボウルの湯気立ったスープ――縁まで満ち、肉片が浮いていました――を振舞われました。その中にスプーンを差し込むや否や、「乗用車が私の居住するペトログラード地区に向けて出発する」と告げられました。もしそれを逃したら私は歩いて帰らなくてはなりません、どうしたものか？　もう長い間こんなスープを、こんな量を見ておりません、でも歩いて帰れるでしょうか……私は立ち上がりました。帰途、暗い交差点でトラックとぶつかりそうになりました。暗黒の通りではこうした事故が度々起きるのです。

1942年4月7日

辛い一日でした。それは朝に始まりました。ニコライ・イヴァノヴィッチが来て学生寮でチフスの症例が見つかったと告げました。IDは衝撃で声を失いました。彼はこれまでずっとこの事を恐れていました。でもその前に悲しい事がありました。エフローシニャ・イヴァノーヴナがやって来て、夫が死んだと告げました。彼女に少量のパン（棺の前渡金になるのです）をあげました。彼女はストーブに火をつける事なく去って行きました。でも大学で働く家具工が助けてくれました。彼はここで終日働いてくれ、カーテンを取り付けてくれ、部屋を区分してくれました。彼に食事をとってもらいました。

若い少女ヴェラはこれまでキッチンからここに昼食を運んでくれていましたが明日は大学生一行と共に疎開先に出発します。それで別の少女、ニュー

ラが代わりに運んでくれました。とても空腹そうに見えたのですぐに粥を食べてもらいました。

　ユリア・マルコーヴナは生化学の教授です。少し前に通りで転倒し、腕を骨折しました。

　でもこの事故は逆に彼女を朗らかにさせました。彼女はレニングラードのこの大学を離れることを望んではいませんでした、そして今そうしなくていい正当な理由が彼女にできました。

　IDが空腹を抱え帰宅しました。彼に夕食をとってもらいました。少女ヴェラが別れを告げにやってきました。彼女も空腹です、粥を食べてもらいました。疲れきったマリエッタも空腹でやってくるでしょう、IDもまた再び空腹で帰ってくるでしょう。

　こうした状況の中にあっても私は何とか仕事に向かっています。私達の現在居住している部屋はそれまで講義室に使われていました。壁にはIDが使用した図表が掛かっています——農村の医師の仕事について、出生後数カ月の幼児の死亡率につて、等々です。部屋は広く、その中でストーブが置かれた一画を私達の居住区画にしました。この部屋の残りの部分には黒板があり、デスクがあり、インク壺があり、講義のポインターもあります。外の廊下に沿って教室がつながり、そこでは依然としてクラスが開かれています。もう暖かい季節になっていますが冬の間にも講義は続けられました。その時には教授も学生も毛皮のコートを着てストーブの回りに固まっていました。

　一月のある日の黄昏時が思い出されます。私が廊下を歩いている時、わずかに熱が残っているストーブの傍に女子学生が座っている光景が目に入りました。彼女は腕を回し、額を押し付け、体全体でストーブを抱いていました。そうして目を閉じ、そのままじっと座っているのでした。やがて夕日の差し込んでいる窓に近づき、再び本を開きました。

　やはり一月の夕闇に包まれる前のひと時の出来事です、私は『ソヴィエト大百科事典』でレニングラードの項目をどうしても調べる必要がありました。辞書・事典を収めた書架のある書斎に下りていきました。そこには当番の学生（一人の女子、一人の男子）がいました。彼女——最初は女子学生とは分かりませんでした——は男性用の着古した毛皮のコートを羽織り、男性用の帽子をかぶり、厚めのレンズの眼鏡を掛けていました。煤けたランプの灯りで彼女は生体組織学のテストの準備をしていました。

　マリエッタが後で語ってくれましたが、この女子学生はその日父と母を埋

葬したばかりだったという事でした。父は数日前に亡くなっていましたが、母は「埋葬を急がないで、あなたは私達二人を同じ時に埋葬できるのだからね」と主張したのでした。

　入院患者にとってはとても辛いことです、水が必要ですがありません。[配管工は] 長い間給排水のトラブルに取り組んでいますがまだ原因を突き止めてはいません。全て解凍しているのですが、配管深部では氷がまだ凍ったままなのでしょうか？　あるいは砲撃による欠損が生じているのでしょうか？

1942 年 4 月 8 日

　混乱があり、また興奮に満ちた一日となりました。大学は夜を徹して疎開先への移動準備を整えました。私達は駅まで同行するつもりでしたが、最後の瞬間に車から下車させられました。ニコライ・イヴァノヴィッチにも、アレーナにも、また誰にも別れの言葉をおくる事が出来ませんでした。

　ID の状態は恐ろしいほどに悪化してきました。歩行は全く不自由で正常に歩く事ができません。でももっと恐ろしいのは彼の顔です。人の顔がそんな色に変色するのを見た事がありません、生気が抜け、薄黄色になり、頬骨が真っ赤になっています。もう見ておれません、涙が出ます。

1942 年 4 月 9 日

　静かな夜でした。そして静かな（全てが静かです）一日の始まりを迎えています。大学はそこから半数の蜂が飛び去った巣です。私達が居住する学部の講義室で人を見かける事はありません。エフローシニャは夫の埋葬に出かけています。ID は杖にすがり、悪い足をやっとの事で動かし、何とか階下に降りていきました。全てが静止しています。窓の外には単調な灰色の空が広がっています。至るところで水が溢れ、全てが融けています。小鳥が枝から枝へ飛び渡り、その頭を立てています。閉めた窓を通してさえそのさえずりが聞こえます。雪はもう最後の喘ぎを見せています。

　ID はいい事を言いました。

　「このレニングラードの生物の中で植物だけは充分に食にありつけるよ」と。そうです水はたっぷりあります。昨日、暗くなってから ID と連れ立って学生寮に行きました。チフスが発生したところです。ID は私を中に入れず

に一人で入っていきました。外を行き来しながら彼を待ちました。

　グレナジェルスキー橋を渡って帰りました。見渡す市街の風景には胸が張り裂けます。

　廃墟、中庭の大きな裂け目、空き地に残る半ば破壊された壁、そして荒廃した地面には水が溢れていました。この孤独で乱雑な街の中を春が流れています。

　昨日、リョーリャとイーニャは「ラドガ湖の氷」が割れる前の最後の一団と共にここを去りました。ディーナ・オシポヴナはもう亡くなっています。

　「ラドガ湖の氷」の言葉は象徴性を持って響きます。［戦争前の］昨年の5月が思い出されます。私達は灯りに満ち、暖かい、そして音楽に溢れた劇場を出ました。そこではバレー「ドン・キホーテ」が演じられ、ウラノーヴァ・ジュリエッタは華麗に舞い、フィヤ・バラービナは輝いていました。私達は音楽に酔い、舞の魅力に暖められました。外に出て、冷気の中で市電を待ちながら、風上に背を向けました。人々は「『ラドガ湖の氷』が動いているのだ、だからこんなに冷えるのだよ」とささやき合っていました。そして私のイマジネーションは湖に飛びました。

　「氷の舞が始まっているわ、銀色にきらめく氷の舞が。泳ぐように、揺れるように、青い水の中に飛び込んでいるのでしょう、今夜は……」。

　午後

　どうやら明後日の朝、私はモスクワに飛ぶことになりそうです。あれも、これもと、そこでやるべき事はたくさんあります。

1942年4月10日

　苦悩もあり、心配は尽きません、夜中に目覚めました。心臓の鼓動はそれでもやっと感じられました。

　IDの歩行はとても困難で、見た目には痛々しいかぎりです。誰の目にもその悪化は明らかで、しかも急速にそうなっています。病院の状況もまた悪化しています。それにチフスの発生が加わりました。でも、幸運と言えるでしょう、たったの一例で収まっています―多分これ以上の発生はないでしょう。

　良いニュースも伝わりました。大学を出発した疎開の一団はラドガ湖横断

のトラックに乗り込んだという事です。湖の向こう側に到着してもう長い時間が経ちます、彼等が恐れていたここへの帰還はもうないでしょう。

ストーブの燃えが良くなったいるのが音を聞いていて分かります。エフローシニャ・イヴァノーヴナはまだ夫の埋葬を終えてはいません。

病院は依然として水を欠いています。配管経路図を持っていない為に（市水道局もそれを見つけてはいません）私達の設備係は考えられる限りの個所を突き、叩き、希少な油を使い暖めています。でもこれは適切な方法でないと結論されました。それというのも、水がない箇所を暖めても無意味ではないか、という事です。でもどうやってしかるべき箇所を見つければいいのでしょうか？　まるでたった一つのしかるべき静脈を見つける為に人間の身体全部に探針を入れているみたいです。

私の机の上にはプレゼントされた教材用の地球儀が座っています。それは私を招いているようでもあり、私を拒絶しているようにも見えます。カビ臭い臭いがしています、事実地球儀の北極地帯にはカビが出ています（爆撃を受け、暖房を欠いた部屋でひと冬を過ごしたのですから）。

私は自分の詩作「メリディアン」を赤鉛筆で追ってみました。追いながら、気付きました。何て事でしょう！　昨日はたったの二節を書いただけでした。

明日はモスクワにいるかもしれないと考えると、これ以上の素晴らしい事は無いように思えます。でも、明日は飛び立たないと思います。

1942 年 4 月 13 日

今、移動式発電機が皆の注目を集めています。もしそれが稼働したならば洗濯室は凍結から解放され、レントゲン部は機能を始めます―これなくして病院は病院たり得ません。もし発電機が動き始めたならば……でも動きません。この作業には病院工務部に加えて地区委員会書記のジガルスキー（電気エンジニアです）も参加しています。

彼はここに毎日来ています。そして私もまた毎日窓を通して、中庭を抜けボイラー室と結核病棟に挟まれた場所に向かうこの心配げな面持ちの一団を見ています。そこの小屋には頑固にも動こうとしない発電機が格納されています。

彼等は身振り手振りを交えて働いています。指の小さな動きを認めました―レバーを押し付け、指でドリルを回す仕草が見られました。彼等の頭の中

には機械図面が浮かんでいる事でしょう。一人の男が絶望するように両手を挙げました。何かの部品が欠けているのは明らかです。発電機への燃料、熱移動、等々についての議論が進んでいます。ジガルスキーが必要なパーツを確保しました、彼はこの地区の工場からの協力を得ました。そして彼自身この仕事を指揮し、発電機稼働に向けて苦闘しています。

1942年4月15日

まだレニングラードにいます。洪水の季節が始まっており、離着陸可能な滑走路は無く、飛行機は飛んでいません。市中も前線も今は静かです。

大学の疎開作業は終了しました。ラドガ湖の氷上を走行するのは危険となりました。そして私達とロシア大地ははっきりと切り離されました。湖の氷は走行荷重に持ちこたえる事ができません、そして水路もまだ確保されていません。

私の眠りはよくありません、あまりの静けさに耐えきれません。少なくとも私達の地区では砲撃は止まっています。ロシア機も飛んでいません、明らかに水浸しとなった滑走路のせいです。

日没前にマリエッタと連れ立ってグレナジェルスキー橋を歩きました。ネヴァ川の氷の上には捨てられたゴミの塊が溜まっています。氷が融けたならば川の流れがそれらを海に運び去るでしょう。

昨日、ジョージ・バイロンの「怪奇談義」を初めて読みました―ブーニンの翻訳です。

形式としてはおそらく抄録版ですが、描写はとても緻密です。秀逸な作品です。

訳者ノート:
この談義よりジョン・ポリドーリの『吸血鬼』、メアリー・シェリーの『フランケンシュタイン』が生まれている。

1942年4月18日

チフス発生の予後観察期間が過ぎました。その後の発生例はなく、患者の女子学生も回復しました。IDはそれがチフスであったとは信じてはいません。

　今日、マリエッタと連れ立ってそこの清潔度をチェックする為に学生寮にでかけました。

　以前には細長いカーペットが敷かれ、柳細工の家具が置かれていた廊下ですが今は何もなく、寒々としています。ただ寒暖計だけが、私達を冷やかすように以前のまま掛けられていました。

　私達はランダムにある部屋を覗き込みました。そこでは学生達がマホガニーのテーブルを切り刻んでおり、一本の脚は既に小さなストーブの中で燃えていました。一人の学生は燃やす事に忙しく、もう一人はストーブの傍の床に置かれたテーブルトップに座り、声を出して本を読んでいました。彼等は最後となる試験の準備に忙く、毛皮のコートを着て帽子を被っています。冷たいながらも輝きのある太陽の光が彼等の顔を照らしました、でもその顔は青白く痩せこけており、もう長い間洗ってはいないでしょう。でも彼等は立派な成績で試験をパスしようとしています、何と驚くべき事でしょうか？

　私達は寮長を探し求めました、彼もまた学生で、最終学年です。少しだけ暖かい、混みいった部屋にいました。ストーブの傍に腰かけ、毛皮のコートは着ておらず、キルトのジャケットだけでした。彼は凍傷で痛めた指をゆっくり動かして時計を修理していました―小さな歯車、針、そしてミニチュア・ドライバーがテーブルの上に置かれています。

　彼は壊血病で苦しんでいるようでした。廊下から聞こえてくる音、家具を壊す音、それについて彼はもう制止することはできません、もう完全に疲れ切っています。こうして彼はストーブの傍で、春の陽光を受け、静かな作業に身をまかせていました。それでも彼は私達の質問全部に答えてくれました。また学生達が一斉に洗濯する日を立案しているとの知らせも告げてくれました。

　帰途、私達はカルポフカ川の氷に降り、両岸の間にたまった雪とゴミの山の上を歩きました。二人の体重が軽かったのはなんと幸いだったでしょうか、氷の下の水の流れをこの足の下ではっきりと感じました。

　全てがきらめき輝いていました。靴底を通して氷の冷たさを感じながらも、私達の顔は陽光で火照りました。まるで冷たい浴槽と熱い浴槽に同時に深く身を沈めているみたいでした。

　1942年4月19日

私達は植物園に出かけました。チホミーロフとクルナーコフの二人が園を案内してくれ、枯れてしまった椰子の木を見せてくれました。それらが命ある時に見なかった事がとても悔やまれます……日曜日ごとに見れたものなのに。

　ここの植物研究所の壁の一つには黒い線の跡形が残っています。それは1824年の大洪水の水位を示しています。そしてこの洪水は『青銅の騎士』（注：1833年 アレキサンドル・プーシキンの詩）のインスピレーションになったと言われています。でも1941年に始まる私達の苦しみのレベルははるかにそれよりも高いのです。私達の頭上を越え、枯れていった椰子の木よりも高いのです。

　チホミーロフは、稀な品種のチューリップの球根があったが餓えた人達によって掘り起こされたと話してくれました、スープにする為です。一人の人がその「犯罪現場」を見られましたが、彼はガスマスクに球根を詰めて持ち去りました。私達が過ごしたこの冬の期間のそうした行為を「犯罪」と呼ぶ事ができるでしょうか？

　チホミーロフが1941年彼自身の手で戦車に反撃をくわせた話は面白いものでした。

　それは以前私達がペソチナヤ通りとアプテカルスキー大通りの角で混乱した軍用トラックの列に挟まれ身動きが取れなくなった時の話と関連しているのかもしれません。その頃、レニングラード市内に激烈な攻撃がありました—今はもう過ぎさった出来事になりましたが。我が軍の戦車隊はドイツ軍の空からの攻撃にさらされ、何処かに避難場所を必要としました。

　戦車隊は既に植物園のゲート前に集結しており、その隊列のまま園に入ろうとしました。

　すこしでも前進したならば貴重な木々は破壊されてしまいます。例えばそれらの木々の一つにピョートル大帝に植樹された有名な「黒ポプラ」があります。

　チホミーロフは危険を顧みずに突撃しましたが戦車隊指揮官は聞こうともせず、隊列は前進しました。チホミーロフは叫びました。

　「この園は200年かけて守り続けられてきたのだ、諸君はそれを数分で無に帰すのか！」。

　チホミーロフの叫びが指揮官を冷静にさせたのでしょう、また彼は200年の歴史を心に描いたのでしょう、一瞬「たじろぎ」ました。前進中の「たじろぎ」

は後退を意味します。指揮官は後列を振り返り、命令を発しました。

「反転、この位置は不適切！」。戦車隊は反転し、ネフカ川沿いのフェンス越しに伸びた木々の枝の下に退避しました。私達は植物標本の保管に割り当てられた本館の中に入りました。これは世界でもっとも大きなものの一つで、およそ500万の植物標本があります。その壁には風配図（ウインド・ローズ）、等圧線図、等温線図、地球表面を駆け巡る雲の流れ図、等々が掛けられています。

私は標本キャビネットの一つに近づき最初に目に入ったファイルを開きました。そして驚きました！　私の若い日々の植物でした。黒海沿岸に自生するニガヨモギ（注:wormwood ワームウッド）でした。そうです、それらの日々に手にしたニガヨモギでした。また多くの変種もファイルされていました。でも何という稀なる幸運だったのでしょうか、500万の標本の中から少女時代の友人に最初に遭遇するなんて。私のニガヨモギは堂々たるラテン語名を持っていました。

「アルテミシア・インドラッタ、香り無し」と。でもこれは本当ではありません、他の種のニガヨモギほど強くはありません、でもかすかな香りを持っています。私は長い時間このキャビネットの前にたたずみました。

帰宅しました。疲れてはいましたが、「レニングラード植物園史第一巻」に会えてとても幸せな気分になりました。

1942年4月22日　モスクワにて

空路にて昨日到着しました。

1942年4月23日　モスクワにて

IDより電報がありました。洗濯室、レントゲン室がついに稼働開始との事。

1942年4月25日　モスクワにて

今、とても疲労を感じています。私はレニングラードの部屋の窓際に置いていた革製のアームチェアーを愛しい気持ちで思い出しています、そこに深く沈み込み病院の庭を見下ろしていました。そしてIDの事がとても気にか

かります。

　ジャーナからの電報を受け取りました。なんと不憫な娘なんでしょう、彼女は私がチストポリに来れないか、それとも彼女自身が私に会いにモスクワに行けないか、そんな事を夢見ていると言っています。

　文学活動はうまく進んでいます。でも 24 日のレニングラードの大空襲を聞き苦しんでいます。昨夜イリア・エーレンブルグとしばしの時を過ごしました。その時私はもう遠い過去になってしまったパリ時代の若き日々を思い出しました。ホテルの一部屋、タイプライターがあり、束縛されない気安さがあり、気持ちよく仕事に向かいました。

　エーレンブルグは独特の仕事のスタイルを持っています。彼は一日に三つの記事を書いています。そして夕暮れ時にはエレガントなデカンターから一杯のワインを注ぎ、その先に長く青い灰を乗せたまま葉巻をくゆらします。その後、黄色のラクダ毛のコートを羽織り、青いベレー帽をかぶり、ブーザ（彼のスコッチテリア犬の名前です）のリードを引いて散歩に出かけます。それから彼はカフェ「赤い星」に出かけ、そこで再び執筆を続け、同時にゲッペルス（注：ナチ党プロパガンダディスト）による自身のユダヤ民族出自に対する罵りをラジオから聞くのです。

　深夜の二時に帰宅し、翌朝からも同じルーティンが繰り返されます。時たまですが、朝の仕事前のひと時、ブーザを散歩に連れ出す事もあります。そんな時私は自分のホテルの窓から彼等一行を見るのです。私もまたホテルに移りました。私のアパートは人が住むには適していません、水は無く、寒く、屋根からの水漏れがありそれが凍ります、もっと大事な事はエレベーターが無い事です。そんな訳でホテルに移りましたが、外国人になった気がします。9 階の私の部屋から中庭が見下ろせます。小さく見えますがはっきりと一人の男と小さな犬の姿を見届ける事ができます。これは本の挿絵のような光景です。

　エーレンブルグは私に自由フランス徽章をくれました。それは青白い背景に黒のラテン文字で V（ヴィクトリー）をあしらったスタンプです。V の右には小さな赤いガリア種の雄鶏のトサカがあります。

　1942 年 5 月 15 日　モスクワにて

　私にとってモスクワのさまを書くのは苦痛を伴います。ここはレニング

ラードとは全く違っています。今のレニングラードほどの苦しみを受けている都市が何処にあるのでしょうか？ 今モスクワにいます、そしてそうであるが故にレニングラードが格別に愛おしく、かつその存在を近くに感じています。私はそこに帰りたい！ そこと運命を分かち合いたい！ 私の持つ力の全てをレニングラードに注ぎたい！

1942年5月20日 レニングラードにて

　モスクワからの帰途、飛行機はフボイナヤに着陸しました。直ちに燃料タンク車が私達のダグラス機に近づき給油を始めました。細いキャンバス製のホースからの給油でしたので長時間かかりました。

　クランベリー色の夕焼け空が松の木々の上にいっぱいに広がり、春の季節の森からの匂いに圧倒されました。私はそこに行き、その匂いを思い切り吸ってみたい誘惑にかられました。きっと水晶のように澄み切った空気を吸い込む事ができたでしょう。

　機はラドガ湖を数分で横切りました。もう氷は解けていますが所々に泡の流れの線が見えました、きっと浮氷の痕跡なのでしょう。

　スモルニー飛行場の上空をしばらく旋回した後、機は着陸しました。そして……私達を襲ったのは静寂でした。それは包囲され、孤立した市の持つ特別な静寂です。この描くことのできない静寂に襲われ、もうモスクワではない、レニングラードに帰ったのだ、と私達は自ら実感するのでした。

　乗用車は一台も見当たりません。トラックに乗り込みました。私達には機で運んだ郵便物があります、それを市に届けなくてはなりません。

　幹線道路に入り、パトロール隊の注意深い点検を受けました。ルジェーフカを過ぎました、そこは爆発により破壊されています。荒涼としたすきっさらしの街路を繰り返しいくつも通り過ぎました。冷え込んできており、時折霧雪が降りました。白夜です。女性の運転手が子供の為にいくらかの砂糖がないかと訪ねましたが、不幸な事に私達が持ってきた物はタバコといくらかのパンのみでした。

　ドアをノックした時IDは休息をとっていました。彼は直ちに胸を張り、厳かにいくつかのギフトを並べました。指触れる事なく私の為にとっておいたもので、ニュージーランド赤十字からの贈り物でした。その「主役」は大きな缶詰のスイーツでした。無色の生地に黄色、紫色、ライラック色のスト

ライプの入った煮込まれたスイーツです。それはサッカリンと何かの合成物
ですが、輝くように爽やかに見えたので食べてしまうには惜しい気がしまし
た。

　さあ仕事に向かわなければ！　モスクワで過ごした為に失われた時間を取
り戻さなくてはなりません。モスクワでは多くの再会があり、それ故に様々
な思いが生まれました。私はまだその「酔い」から抜け出せていません。恐
怖心なく通りを歩けること……こんなことさえ慣れるには時間がかかりまし
た。多くの人が私の語るレニングラードの状況に熱心に耳を傾けてくれ、ま
た彼等の質問は尽きる事がありませんでした。

1942 年 5 月 23 日

　若い女性労働者が前線の友人に手紙を書き、レニングラード市の春季大清
掃について語りました。
　「5 月 1 日、私達の街は宝石のきらめきを取り戻しました。私は若い女子
を集めて、こんな状況の中でノルマをこなすだけでいいのでしょうか、ノル
マを超えてやりましょうと言いました」。
　私達の病院敷地も大清掃がなされ、整理整頓されました。ゴミは全く見当
たりません。
　戦争前より良くなった、と言う人もいました。空き地に積み上げられたゴ
ミの山は菜園の苗床となりました。
　学生食堂に当てられた建物の一角に「強化栄養食」供給所が設置されまし
た。こうした供給所は各地区ごとにもいくつか設置されました。
　青白く、疲労困憊した人々（筋ジストロフィー症第二度）が春の陽光の眩し
さに目を細め、これまで生きてこれた不思議さに戸惑いつつ、ここにゆっく
りと歩いてきます。彼等は時々腰かけ、休息を取り、壊血病の痛みに耐えて
いる腕を、脚を、陽光に向け露出させるのです。太陽光線がそれを癒してく
れるのです。
　しかしながら、レニングラードにはもう歩けない人、動けない人（筋ジス
トロフィー症第三度）もいます。彼等はアパートで動くことなく、凍てついた
ままこの冬を過ごしました。春のぬくもりは彼等には届いていません。
　若いドクター、医学生、ナース達の一団がこうしたアパートを訪れます。
完全に消耗した人達は病院に運ばれます。現在のところ私達の病院はかつて

108

の産科病棟を含め、都合 2,000 床のベッドを供給できます。産科病棟での出生は極めて少なく、実質的には新生児はいないと言えます。

強化栄養食供給所、およびドクターチームの戸別訪問は A.A. ジュダーノフ（注：ソヴィエト共産党レニングラード最高責任者）の指示によるものです。

1942 年 5 月 24 日

私は小児科医学研究所にメンデレーエヴァ姉妹を再度訪ねました。研究所はヴィボーグ地区にあります、ここは長らく被害を被り続けた地区です。私達の頭上を越えた砲弾がそこに向かう時、私達は憂いながらこう言いました。「ユリア・アロノーヴナがまた打ち込まれている！」と。

事実、研究所はとても危険な場所に建ってあります。左側には地雷製造工場、右側は兵舎、すぐ近くに鉄道フィンランド線の陸橋があります。ドイツ軍にとっては絶好の標的です。

メンデレーエヴァ姉妹—三人います—は皆もう若くありません。三人とも［私達のいる］第一医科大学を昔卒業しています。一番の年長はユリア・アロノーヴナで、長年小児医学研究所の理事を勤めてきました。その研究所は彼女の子供であり、彼女の創造物そのものです。そこは単なる研究所というより、私達の第一医科大学のように一つの小さな町を形成していると言えるでしょう。そこでは健康な子供への養育があり、病気の子供には治癒が施されます。研究所は直属の手入れの行き届いた菜園をもっており、そこからイチゴジュースが提供されます。又、小児科専門医に助言を与え、訓練を施します。

ここには結核クリニックがあり、子供達は短期間でその症状が改善されます。改善は顕著なので、母親達は自分の子供かどうかの見分けがつかなく、ユリア・アロノーヴナに他の子供と間違えているのではないか、そんな不満を漏らす事さえあります。もちろんこれは戦争前の話です。ミルクの配食は大幅に制限されましたが、このクリニックは依然として活動を続けています。その配食は各クリニック一律に一日当たり 200 グラムのクリームとなっています。これは子供達にとっては実質的に一滴です。でも幸いにも豆乳と粉ミルクがあり、それを水で溶かしてクリームに加えています。こうした環境の中にあっても子供達の状態は良好で、中には元気そのものの子供達もいます。

アルカーシャ・フェドトーヴはこの冬には衰弱が顕著で、動きもなく、死

亡診断書の発行が用意されていました。この子が冬を生き抜く事は不可能に見えていたからです。現在この子はピンク色の頬で、少し肥え、皆の中で一番の大声を発しています。

ユーラ・ゾラトイもまた良好な状態です。出産で彼の母親は死亡しました。父親は現在前線にいます。彼は感謝の手紙をここに書き送ってきました。

採光豊かな保育室には椅子とテーブルが備わっています。とても小さなもの、小さなもの、少し大きいもの、の三つのサイズです。これはまるで童話の世界です。

私達は朝ここに到着しました。その夜この研究所の敷地は激しい砲撃をうけました。

ポプラはナイフで切り裂かれたように樹頭から剪断されてました。鉄製の屋根は破壊され、粉々になった残滓が木の枝にぶら下がっていました。3,000平方メートルの広さを持つ窓ガラスは吹き飛ばされました、これらは以前の砲撃の後新たに取り付けられていたのですが。

ユリア・アロノーヴナが二重照明された長い廊下を案内してくれました。その廊下の壁にはキュヴィエ、ヴォルテール、ボナパルト、ニュートン、ルソー、ダーウインの肖像画が掲げられています。分かった事が一つあります、彼等は皆早産で出産した人達なのです。

ある人は羊毛を詰めたビールジョッキの中で、ある人は木綿の袖に包まれて保育されたという事です。

「そしてどれだけの早生児が死んでいったでしょうか?」とユリア・アロノーヴナは言い、「その数はとても多い事にまちがいないでしょう」と続けました。

ここ小児医学研究所は早生児・低出生体重児の専門クリニックを持っています。そしてその専門に関してはここ以外にはありません。たった650グラムであった乳児はミルクボトルと並んで写真を取られていましたがボトルの方が大きく写っていました。でもその子は一歳の時の赤ちゃんコンテストで一等賞を獲得しました。

こうした低出生体重児はグラスの漏斗からの細いカテーテルを通して栄養が与えられます。カテーテルには目盛りが刻まれており、どれだけの挿入深度で胃に届くかがわかります。挿入は極めて微小で、決して深くは挿入できません。そうすれば新生児黄疸がすぐに発生するからです。

私達の滞在中、研究所のラボ(その近くが被弾しました)は機能回復に努めていました。

　破損した器具は運び出され、破片は片付けられ、厚い埃と塵は清掃されました。残念です、これらの器具全部は厳しい冬の後に新しく据え付けられていたのですから。

　冬の間、ラボの温度は零下10度に下がり、ここでの仕事は不可能になりました。そこでラボ用器具の一切を隣の小さな部屋―そこにはストーブがありました―に移し、多くの凍った試薬は暖められました。冬季間のラボのとりわけ重要な仕事は在庫の塗料用乾性油から純粋の亜麻仁油を精製することでした。その精製は180キログラムに達し、研究所の職員に食料として配布されました。

　現在ここの職員一同はラボ機能回復に傾注しています。想像力に富んだラボ・テクニシアンが亜麻仁油の残りを蒸留して再び塗料乾性油に戻す事ができるのかどうか実験しています、でも私はその成否には確信が持てません。

　砲撃の間、どの子供も傷つく事はありませんでした。彼等は小さなマットレスの下に身を隠していました。照明は突然消え、それが回復するまで彼らは暗闇に身をひそめ、「ここにいるよ、踏みつけないで！」と繰り返すのでした。夜の間、シェルターの中で三人の子供が生まれました、二人の女の子と一人の男の子です。男の子は2500グラムの出生でヴィクトルと名付けられました。

1942年6月4日

　本日、私はV.G.ガルシンと共にイリインを訪ねました。イリインは年老いた地図製図家で、エルミタージュ美術館古銭部の長でもあり、彼自身もまた古銭研究者です。彼の部屋はエルミタージュの下層階にあり、その窓は「冬運河」（注：ジムニャー・カナーフカ）に面しています。彼の部屋に入った時、私は不思議にもおどおどした気分に襲われました。

　女子学生になったみたいで、白地図を見せられ、ボルガ川の支流の名前を列挙するよう問われるのではないかと心配したのでした。でもそうはなりませんでした。幸いにもイリインの地図製図の専門は山脈です、川ではありません。山脈は地図上最も重要で、最も複雑なものです。

　この老人は86歳で半身が麻痺しており、自分の手で自分の頭を支えています。しかし、麻痺のない左側の横顔は依然として輝いています。若い頃はきっとハンサムであった事でしょう。

　イリイン教授によれば、封鎖初期にこの部屋に移され、エルミタージュの

最も秘匿されたストックである薪の一束が毎日この部屋に運ばれた、という事でした。冬の間の電力はエルミタージュに近い堤防に係留された軍艦の発電機から供給されました。電灯は彼の机の上でいつも輝いていました。

　私は教授の古銭部はどうなっているのか尋ねました。それは爆弾投下が始まるや否や疎開地に移動したという事でした。

　「では、どうしてあなたはここに留まったのですか?」

　「私に行くべき所があるでしょうか?　もう老いた86歳ですよ、そして私のコレクションは永遠に若いのです。この事をまず考えるべきでしょう」

　ここを立ち退くようとの申し入れが何回もあった、と彼は付け加えました。人々が立ち代わりやって来て説得しましたが、彼は断り続けました。どうしてでしょう、彼が個人的に収集したロシアの古銭がその理由でした。それは多数のコレクションではありません、でもとても価値あるもので、彼の死後、エルミタージュに遺言で譲られる事になっています。その事に関しては最終的には公的な決定が必要で、彼は現在その手続きを進行させています。

　老人は苦労しながらもカレリア樺のソファーから立ち上がり、震える手でもって机の引き出しを開けました。そこには新聞紙の上敷き・下敷きに挟まれて、コインとメダルが列をなしていました。その他にも魚の鱗ほどの大きさの銀のコインがありました、最初のロシアン・ルーブルの一つです。黄色がかった50コペイカが私の目にはいりました、その年代はもっと新しいものでした。イリインは、変色は銅のコインの近くに長い間置いてあった為だと説明してくれました。銀は他の金属と同様に反応性を持っているのです。他の金属の影響を受ける事無く、そのままの純度を保つのは純金だけなのです。

　私達が別れの言葉を告げた時、イリインはもう一度この小部屋を賛美しました。彼は自らの意思でラジオを持っておりません、そうすることで空襲警報を聞く事もなく、それ故この先どうすればいいのかの心配を憂う必要がないのです。

　ガルシンと私はエルミタージュを出て堤防沿いをゆっくりと歩きました、そこは陽光に溢れていました。すぐ近くに係留している軍艦(ここからイリイン教授の部屋に電力が供給されたのでしょうか?)が目に入りました。水兵達がヘルメットをかぶり、対空砲を操作しています。遠くの橋の上には動けなくなった市電が放棄されています。堤防沿いの道には人気はありません。私達はそこで初めて警報が発せられている事に気付きました。私達は警報を聞い

ていません、教授がラジオを持っていない為でした。

　私は外国報道向けにイリイン教授をテーマとしたエッセイを書き、それに「純金」というタイトルを与えました。

1942 年 6 月 12 日

　昨日の夕方遅く ID と私は散歩に出かけました。銀色に塗色した防空気球が軽やかに舞い上がり、淡いピンク色の空に融けていきさました。ネフカ川に面した植物園に沿って植生しているシナノキは既に花を咲かせ、その香りがまだ完全には片付けられていないゴミの臭いを抑えてくれていました。カルポフカ川の向こう岸には警察署がありますが、その隣の小さな木造の家では蓄音機から音楽が流れていました。それは捕獲したドイツのレコードで、若い女性警官が窓際に身を寄せて耳を傾けていました。

　私達が学生食堂横の中庭に帰った時、拡声器から最新のニュースが流れてきました。ソ連邦と英国との間に今後 20 年にわたる友好条約が成立した事、モロトフが英国に出発した事、[英独間] 第二戦線が開かれた事、等々のニュースでした。

　私達は地区防空センターの司令部にてこうした一連のニュースを最後まで聞く事ができました。その司令部の隅にはまるで狩りの獲物袋のようにガスマスクがぶら下がり、壁には様々なタイプの爆弾を図示したポスターが貼られています。テーブルの上にはペン・鉛筆ホルダーではなく、焼夷弾の一片が置かれています。それは爆弾というよりも細長い鉄筒で、その端末は赤いメタルナットで絞められています。同じテーブルの角には私達の庭に落ちた 8 インチ不発弾が置いてあり、またそれと並んでもう一つの砲弾が置かれています。

　それは新しい型で六個の部位からできています。こうした砲弾を見るならば、そこに如何なる殺人の意図があったのか、という事が理解できるでしょう。

　私達に幸福は訪れるのでしょうか？　その時ヒットラーはもう消えているのでしょうか？

1942 年 6 月 22 日

　戦争勃発一周年の日です。本日のラジオニュースは厳しい戦況を伝えてい

ます。トブルク（注：リビア東部地中海沿岸）は陥落しました。ドイツ軍はクリミア半島セヴァストポリ防衛線を突破しました。ウクライナ・ハルコフ戦線ではドイツ軍が北ドネツ川渡河作戦に一度は成功しましたが、後退させられました。

1942年6月24日

ついに、ついにです、詩「プルコフスキー・メリディアン」のパート3を完成させました。
3月14日に着手していました。

1942年6月29日

ラジオが警報を発しています。クルスク（注：モスクワ南南西450km）方面が焦点になっています。その方面において、ドイツ軍はモスクワに向け更に100km進軍しました。

1942年6月30日

ラジオからの声には胸が詰まります。セヴァストポリは持ちこたえていますが……はたして。本日突然ですが、我が軍がヴォルホフ（注：レニングラード東方110km）より退却した事を知りました。IDは、私達の状況は昨年の秋に戻った、と言っています。もしチフヴィン（注：レニングラード東南東180km）がドイツ軍に占領されたならば、私達のレニングラードは第二の封鎖環に直面する事になるでしょう。

1942年7月5日

我軍はセヴァストポリを放棄しました。チフヴィンにドイツ軍戦車部隊が進軍したとの情報もあります。明らかにレニングラードに対する新たな攻撃が始まっていると考えられます。
イェヴゲニー・ペトローヴ（注：ソヴィエト作家）はセヴァストポリからの脱出時に亡くなりました。

1942年7月6日

一年前のこの日、およそ今の時刻、私はチストポリに向かうジャーナを見送りました。そしてその時がミシェンカを見た最後の時となりました。

1942年7月8日

ラジオからの戦況情報には怯えを感じます。リビアにおける英国軍の状況は悪化しています。我が軍はヴォロネジ（注：モスクワ南部450km）にて戦っており、モスクワは再度危険な状態に陥っています。レニングラードも又緊急の渦中にいます、大規模な強制的疎開の情報のせいです。［レニングラード方面］軍事評議会の決定がなされました。

一般市民を疎開させ、「それに伴う一切の帰結」としてレニングラードを軍事都市として宣言する、という決定でした。

訳者ノート：
軍事都市宣言は市街戦宣言を暗示

昨夜、私はここの建物の一階の窓がスリットを残し全て覆われる、との情報を得ました。

私は奇妙にも安堵の気持ちを持ちました。もしこの市が軍事要塞となるなば、それでいい、本当の要塞になろう！

IDは評価されるべき人物である、と私はこれまで以上に感じています。皆が何かの成功に歓喜の声を上げる時、「諸君、喜ぶのは早すぎる」と言い、皆がパニックに陥る時、「そんな理由などない」と言います。彼は自身の存在の全てをかけて勝利を信じています。でもその事は彼の望みから来たものだけではありません、なによりも彼は勝利が訪れる事を「知って」いるからなのです。

彼は抑制する事、勇気を持つ事を私に教えてくれました。対空砲の砲弾が頭上を越えて飛翔する時、とりわけ敵の弾丸が炸裂音をあげる時―その音を聞く事自体、死を免れた意味なのですが―当然ながら私は恐怖にかられます。IDは私よりはるかに勇敢です。しかしながら、私とて少なくとも外観上は常

に平静を保っています。それが真の勇気を持つ事の第一歩である、私はそう信じています。

1942年7月9日

　昨日の朝、私達は車にてカレリア地峡に向かいました。行く先はラドガ湖西岸のヴォロ・イヤルヴィです。そこで防衛線の構築作業に従事している私達の学生を訪問しました。そこにあるダーチャ（注：夏季のコテッジ）、板敷きのテラス、小さな田舎造りの家、等々に人気はありません。戦争前の様相は消えて久しくなっています。ある郵便箱の上には一対のムクドリが動き回る事無くとまっています。どうやら鳥は空っぽの郵便箱に誘われてやってきたのでしょう、そこが格好の巣と思い飛んできたのでしょう、そしてそこに住みつこうとしているのでしょう。

　レニングラード市街を抜け出ると七月の陽光は輝くばかりです。豊かに咲き誇る野の花に私は圧倒されました。この年を通じて私達はそれを忘れていました。しかしながら、ガソリンの強い臭いが私達を追いかけます、いや、前の方から来るのかもしれません。そして森の香、牧草地の香はそれでマスクされてしまいます。一台の軍用トラックが私達の車を先行していますが、その燃料タンクのキャップはしっかりと締められていません。その為に希少な燃料が道路にこぼれ落ちます。この道路は見捨てられており、無謀なドライバーに停止するようにと警告する人は全くいません。

　長時間あちこちを走り回り、やっと学生達が住むバラックとテントにたどり着きました。

　防衛線構築現場は更に奥にあり、私達は徒歩で進みました。

　遠くにはラドガ湖が見えますが、森の濃い緑と対比して鮮やかに輝いていました。新しい防衛線はこんなに遠くまで動いたのです！　ここはレニングラード市街からはるかに遠いのです、私達はドイツ軍を市の境界領域から押し戻したのでした。しかしながら総体的に見るならば、閉鎖の環は以前にも増して更なら延長となっています。また、尽きるところレニングラード市街そのものは環の中心ではありません。キーロフ工場地帯（注：レニングラード市南部）においては閉鎖の環はそれこそ目と鼻の先までに絞り込まれているのです。ともあれ今私達が立っているこの地は敵軍より60km離れており、敵軍に向かった最も遠い距離になっています。

　女子学生の手により将来の司令壕、敵と対置する塹壕がくねった小川に沿って築かれつつあります。小川には睡蓮の花が浮かび、その上をトンボが舞っています。この牧歌的な地が「戦略的水際境界線」になるとは私には想像できかねます。

　更に遠くを見ると草に覆われた土手には何かが大きな花のように咲いているのに気付きました。アオイ、百合、ヒマワリ、ポピーのようです。でもそれらは花ではありません。それらは暖かい空気の中で乾かされているブラウスであり、スカートであり、スリップなのです。

　女子学生達は仕事の後、清潔な着衣に身を包もうと川でそれらを洗濯しているのです。

　ここでの労働は過酷です。土は湿った粘土質です。チョウバエが好戦的にも飛び回っています。誰もがこれに刺され、加えて太陽に焼かれ、水泡を発生させています。履いている靴の状態は悪く、また飲料水に不足しています。しかしながら彼女達の一番の不満は、「何故クラスメートが代わりにやってこないのか、私達はもう長期間働いてきたのに」という事です。そして又、「他の医科大学はどうなの？　私達の学校だけなの？」という事も囁かれています。

　少女をわずかに脱した一人の第一学年の女子学生はとりわけ断固としてこの質問を発しました。彼女は黒い瞳を持ち、裸の足は粘土でまみれ、それでも鼻を緑の葉で覆い日焼けを避けています。不満をぶつけながらも、「さあ、もう十分に話したわ！」と叫び、真っ先にマシンガン配置用に掘られている穴の中に飛び込み、また作業に復帰するのでした。

　これら女子学生はゆとりある講義室を捨て、粘土のマウンドと窪みをそれに代えました。

　そこで軍指揮官によるテストを受けます、再試験はありません。

　夕食の後、バラックとバラックの間の草地にてミーティングが始まりました。全員が草の上に座りました。遠隔地で仕事を終えた人達が次々に後列に加わってきます。軍の一団が到着しました。彼等はよく組織化されており、また沈着です。チョウバエから守るために丸木が焚かれています。

　私達は大きな切株の上に座りました。IDが報告を始めました。我が軍がセヴァストポリから退却したと彼が話した時、黒い影が聴く人達の顔を走りました。このニュースはここにはまだ届いていなかったのです。IDはレニングラードの女子学生達に、我が祖国の名において、遠きセヴァストポリの名において、彼等の父達、兄弟達が勝利を得る為に我々が出来うる事をやろうで

はないか、と訴えました。その後、私は詩を朗読しました。

　市への帰途、困った事が起きました。いつまでも続く夏季の薄明かりの中で私達は道に迷ったのでした。被弾距離のまま長時間運転を続けました。やがて、有刺鉄線に囲まれた野原が現れました。小さな表示板には頭蓋骨と脛骨の X が描かれています、それはこの辺り一帯には地雷が埋められているとの警告です。野原には雑草が繁っています。その上の空気は滞り、全てが時の経過と停滞、そして漂う陰気を感じさせるのです。まるで過去の戦争の残存物のように見えます。森の中の道が私達を誘い、そこを走り、やがて森は背後に消えて行きました。半時間、一時間と走り続けました。

　突然、運転手のセルゲイ・パヴロヴィッチが言いました。

　「このまま突き進んでドイツ軍前線にぶち当たったら一体どうなるんだ!」。私には言うべき言葉がありませんでしたし、ID も恐怖に襲われました。ハンドルを握ったセルゲイの手は震えていました。その時、前方に監視塔を見つけました。でもそこは無人でした。私達は、もしここと塔との間に誰もいないならば直ちに反転してこの忌まわしい場所を去ろう、と決めました。

　塔の脚部にパトロール隊を見つけました。人間の顔がこれほどまでに魅力的とは!　こんな経験をした事はありません。

　私達は間違った方向には進んでいない事が分かりました。通行書類は彼等によって子細にチェックされ、私達はタバコを提供し、彼等は喜んで煙をふかしました。タバコの煙の輪が三個、風もない空気の中に舞い上がりました。車を進めながら私達はそこを何度も振り返り、これまでの恐怖を笑いました。でも体の震えは止まりませんでした。

1942 年 7 月 10 日

　私の誕生日です!　これまでの一年を振るならばたった一つの個人的な悲しみはミシェンカの死です。もしそれが起きていなかったならば今の私はとても幸せ―しかも最高の幸せ―であったでしょう、それというのもこの戦火の中において必要であると実証された仕事、即ち詩作に精魂を傾けているのですから。あるパルチザン兵士の一言でもって今の私の気持ちを表現したいと思います。

　「自分に満足している。何故ならば、働き続けるこれらの日々が闘争で満ちている時、人生は良きものであると言えるからである」と。

　そして私にとっては書く事が私の闘いなのです。

　今夜私はモスクワに飛びだちます。そこからジャーナに会う為にチストポリに向かいます。

1942年7月13日　モスクワにて

　モスクワ市モスクワホテル（モスクワが二乗掛けとなっています）に滞在しています。ラジオ放送は不利な状況を伝えています。今日まで聞く事がありませんでしたが、昨日ヴォロネジ近郊にて防衛戦が起きました。IDは全てうまく行くと信じてはいます、でも彼とて憂慮しています。私も同様です。しかし、この恐るべき戦争の後において我がロシア（いえ、どの国であろうと）は一体どんな状態になっているのでしょうか？

　ここモスクワにおいて初めてチストポリを実際に訪れた人達から直接に話しを聞く機会がありました。そしてそこの状況を肌で感じる事ができました。でも私はチストポリに住もうとは思いません。私にとって住む場所とはレニングラードただ一つです、それ以外はありません。そしてまたそこに住むことは容易であろうと考えています。何故でしょうか？

　その時がくればそこで死を迎える事も容易でしょう。それには疑問の余地はありません。

　火災の中で、空爆の中でこの命が尽きる事、それもいい事ではないでしょうか？　死ぬまで闘い続けたのですから。

　現在レニングラードは要塞となっています。その中に私達は防衛軍として守りについています。そして要塞の中では全てが闘いに備えられています。例えて言うならばサラトフ（注：モスクワ南東720km）にて死すよりも容易な事でしょう。

　（今ラジオを聞いています。我が軍は戦線を後退させました。ヴォロネジ近郊での戦いは依然継続しています）

1942年7月16日　モスクワにて

　ラジオは更なる憂慮を伝えています。我が軍はボグチャローヴァ（注：モスクワ南南西150km）、そしてミレローヴァ（ヴォロネジ南南東290km）から退却しました。アントコルスキー（注：詩人・舞台監督パヴェル・アントコルスキー）

は18歳になる息子を前線で亡くしました。アルタウゼン（注：作家・詩人ヤコブ・アルタウゼン）は間違いなく死んだ事でしょう。

セルヴィンスキー（注：詩人イリヤ・セルヴィンスキー）は杖にすがり不自由に歩いています―片方の足はブーツを履き、他方の足はスリッパを履いています。彼はクリミア半島ケルチにおけるドイツ軍による［ユダヤ系］住民虐殺には心を痛めています。セルヴィンスキーはクリミア出身です。彼もまた家族に会う為にチストポリに行こうとしています、鉄路にてです、でもそれはカザンまでしか通じていません。

私に関して言えば、いつ出発か、鉄路か空路か、まだ決まっていません。私自身は空路ではないかと考えています。

日々は過ぎ、また過ぎていきます。

困惑する事が起きています。ドイツ軍によるモスクワ攻撃が噂されています。でも彼らはポドリスク（注：モスクワ郊外南部）にて撃退されたとも言われています。いっそレニングラードに帰れたらいい事でしょうに。

本日、警察署に出向き私の市退出許可書類を整えました。天候からして空路に望みは持てません。朝方は雨と雷雨に見舞われました。

1942年7月19日　カザン空港にて

私は空港ホテルの部屋で待機しています。正確に言えば、そこは寄宿舎です。各部屋にはいくつかのベッドが備わっています。天候は……回復を願うしかありません……絶え間なく降り続く雨、冷気、そして強い風。飛行機が何故飛べないのか、これを理解するにはことさら気象予報士になる必要はありません。昨日、飛行機は完璧な着陸をしてくれました。私達の到着は遅く、西の空は真っ赤に燃えた夕焼け空でした。これは悪天候の予兆ではなかろうかと思ったのですが、事実その通りとなりました。

悪天候に加えて飛行場で悲劇が起きました。昨日、ウー・ドゥヴァ機が着陸に失敗し、乗員二人が死にました。そして本日犠牲者は埋葬されました。花とプロペラの羽根は真っ赤な布に包まれhere から墓地に運ばれました。

　訳者ノート：
　　この飛行機はソ連邦開発の単発複葉機でロシア名 У-2（ウー・ドゥヴァ）と
　　呼ばれた。独ソ戦時は実戦ではなく、連絡用・物資補給用として使用された。

また安定性に優れ、訓練機としても使用された。

昨夜は強烈な雷雨の音で目が覚めました。雷が落ちた衝撃は建物を揺るがしました。母親と寝ていた疎開に向かう幼い少女が目を覚まし、「ママ、誰が発砲しているの？」と叫び声をあげました。

そうです、私はジャーナからほんの僅かな所にいます、でも飛行機はありません。私には［ヴォルガ・カーマ川を渡る］汽船に乗る勇気を持っていません。それは長い旅となり、様々な困難を伴うでしょう。天候の回復を願うのみです。

カザン空港　夕暮れ時

風は強く、オレンジ色に染まった地平線の上には藍色の雲が勢いよく流れています。この空の様子では飛行は可能かもしれません、雲は一定の方向に流れており、雨も止んでいます。では明日は？　しばらく前に私は飛行場司令官に会い、見通しを聞きました。「間違いなく明日は飛ぶことになる」が彼の答えでした。

この間、私はラジオを聞いていません。でも我が軍がヴォロシーロフグラード（注：アゾフ海北部工業都市、現ウクライナ）から退却した事は人づてに聞いています。ある事に気付きました。

悪いニュースの中にレニングラードが入っていません、そしてそれは私の気休めになっています。

1942年7月20日　朝方

腹立たしくなりました。聞く事によると飛行時間はたった40分です。これだったら船便でもよかったかもしれません。

ともあれ朝の天気は申し分ありません、雲一つありません。雲は全て風で吹き飛ばされてしまいました。さてもう一度司令官に会わなくてはなりません。

午後

依然として待機しています。飛行機は飛んでおらず、天気は刻一刻と崩れています。私の飛行機は午後4時半出発と約束されましたが、そうではないだろうとの予感を持っています。

　私の飛行機はウー・ドゥヴァ機です。ここからは乗客用の飛行機はありません。あるのは郵便と医療用品の配送便のみです。

1942年7月22日　チストポリにて

　夕刻前に到着しました。迎えはいません。飛行場を出て、牧草地を渡る風に吹かれながら田舎道を歩きました。もう過去の出来事となりましたが1924年の時代に情宣活動の旅の一環でここチストポリに滞在した事がありました。もう一度この地に戻る事になるとはその時は思いもしませんでした。そして今、この地には私の孫が眠っているのです。

　私は女性パイロット操縦の小型の郵便配送機にてここに運ばれました。出発前の点検も女性メカニックによりなされました。この機の地上走行は長く、このまま走ってチストポリに着くのかと心配しました。でも大丈夫でした、離陸した機の機首方向にはカーマ川が見えました。間違いなくチストポリに向かっていました。

　単発複葉機では文字通り飛行そのものを体感します。流れる空気と風を感じ、もう任せるしかない気持ちになります。そして安定性もありません。空路はエアーポケットに富み、アップダウンを繰り返します。そして強い太陽光線を浴びます。カーマ川の上空では牧草地の香りまでが昇ってきました。

　チストポリ飛行場の司令もまた女性でした。彼女は腰の高さまで伸びた草地に立ち、私達のウー・ドゥヴァ機の翼を掴み停止させました。その手はまるでクレーンでした。

　パイロットと別れる時、お礼にタバコを差し出しましたが、彼女は喫煙しない人でした。

　上等の赤ワインのハーフボトルを差し出しました。彼女は飲酒しない人でした。すこし戸惑った後、私は新しいリップスティックをコートのポケットから抜き出しました。これには断り切れず、笑いながら、そしてはにかみながら、受け取ってくれました。

1942年7月23日

　苦痛なしではこの地に留まる事はできません。ジャーナの心痛を思うととても辛くなります。でも彼女をレニングラードに連れて行こうという気持ちにはなれません。私自身、ここの平和な生活に慣れるには容易な事ではありません。昨日の事です、私は窓から一人の女性を見ました。彼女の子供は通りを駆け回っているのです。私が警報を聞く事はありません、これは一体どんな事なんでしょうか？　でも警報はあったとの事でした。馬はそれで興奮し、手綱を引きちぎり通行人を驚かせました。

　夜間の停電がない事もまた驚きでした。これまでの習慣から私はいつも窓から離れて座ります。

　今夜、私の公の場所での発表会が待っています。そこで「プルコフスキー・メリディアン」の詩を朗読します。

1942年7月24日

　発表会には多くの人達が集まりました。チストポリの友人達全員が集まりました。正確に言えば、彼等はモスクワ人で、戦争の為にここに疎開している人達です。演壇に並んだ人達はパステルナーク、セルヴィンスキー、イサコフスキー、アセーエフです。これも異例な事です。

　　訳者ノート：
　　参考までにこれら作家・詩人のフルネームは、ボリス・レオニードヴィッチ・パステルナーク、イリア・リヴォーヴィッチ・セルヴィンスキー、ミハイル・ヴァシーリ、エヴィッチ・イサコフスキー、ニコライ・ニコラエヴィッチ・アセーエフ。

　私はとても興奮しました。でもそれは私個人の感情から出たものではありません。もっと深い所からのものでした。何と言えばいのでしょうか、責任感を伴った興奮と言えるかもしれません。ある意味、私はレニングラードの名において語ろうとしています。そして、全ての人がその事を私から期待しています。

　座席間の通路も、窓際の席も、人々で埋め尽くされました。ドアは開け放

たれ、そこにも人が立っています。

　窓の向こうには暑く、乾いた、星にあふれた夏の夜空が見えます。窓には黒いドレープは掛けられていません、何とレニングラードと違うのでしょうか！

　私は話し、朗読を続けました。朗読は容易ではありません、とりわけ詩のパート3の朗読は辛いものです。それは子供の死についてのパートです。

　私は朗読を休止し、しばしの沈黙を保ちました。熱い沈黙の中で多くの人達の不揃いでかつ興奮に満ちた息遣いを聞く事ができました。

　私はこの地とあの地の距離、ロシアを半分渡る距離をぶち壊そうと試みました。もう終わりかけた白夜の明かりで薄暗く照らされたレニングラードの石畳の大通りをこのカーマ川沿いの静かな町に呼び込もうと試みました。

　レニングラードの人達について、そこの女性達について、前線の兵士達について、焼夷弾を砂でもって泣きながら消火していた少年について私は話しました。その子はたった9歳ながらも、泣きながら火を消し止めました。

　私が話し終えた時、全ての人が私に駆け寄りました。彼らは私の回りに群がり、私の手を握りしめました。私に送られた賛辞、それは私を通しての偉大なレニングラードに送られた賛辞そのものでした。

1942年7月26日　カーマ川入江の乗船桟橋にて

　チストポリの日々は終わりました。昨日、私達は飛行場にて一日を費やしました。そこでの空気は申し分なく、辺りはニガヨモギの香り、それに貯蔵庫から漂うミルクの香りで満たされていました。

　そこには飛行機が数機ありましたが私達が利用できる便はありませんでした。私は電話をかけ、何とか馬車の都合をつけ、ヴィクトル・ティポットを伴い町を抜け、ここ乗船場にやって来ました。午後一時から夜中の一時までをここに付設した清潔な小部屋で過ごしました。この小部屋は「デイヴィッド・コッパーフィールド」（注：チャールズ・ディッケンズの小説）の漁師ダニエル・ペゴッティーが住む、北海に流れるヤーマス河口のアパートを思い出させてくれました。そして乗船しました。今日の午後にはカザンにつくでしょう。

1942年7月28日　モスクワにて

　モスクワに帰りました。我が軍の前線状況は全く芳しくありません。ロストフ、ノヴォチェルカスク（注：共にアゾフ海東岸）の戦線から後退しました。戦線の悪化が予測されます。

　カザンからの帰途は胸の痛む旅でした。手足を失くした人々を忘れる事が出来るでしょうか？　レニングラードでは見る事のない光景でした。レニングラードにおいても負傷者は多数います、でも彼らは回復中なのです。

　カザン駅にて若い男が松葉杖に頼り、苦労しながら列車に乗り込もうとしていました。

　女性の車掌は「気をつけて、足に気をつけて！」と繰り返しました。彼女の声は同情に満ちていました。

　彼の義足はできたばかりで、靴を履けるようにしつらえていました。でもその靴は彼の背中にぶら下がっています。彼はもう一本の義足（靴がついてない予備です）を腕に抱えていました。

　胸の痛む旅ではありましたが、一つだけ心が和むひと時もありました。クロフスカヤ駅（注：モスクワ東方80km）に停車した時、もうモスクワに近づいたと思い、私は何かに誘われるようにプラウダ紙のスタンドに歩きました。そこで私は「プルコフスキー・メリディアン」のパート3の印刷を目にしました。

1942年8月3日　レニングラードにて

　昨日、私達は編隊をなしてモスクワを飛び立ちました。5機のダグラス機の編隊です、そして7機の戦闘機がエスコートしました。ダグラスの大きな機体はお互いの距離を等しく保ち、空中に浮遊しているようでした。ただプロペラの旋回が煙の渦を造っていました。戦闘機は私達の上を飛びエスコートしていますが、側面方向の彼方では始終空中戦が起きていました。でもラドガ湖上空に来た時には戦闘の音も聞こえなくなりました。

　深夜です。時折りの射撃音は聞こえますが静かです。私の心の底には様々な思いが溜まっています、でも詩作パート4に向かう事が私にとって最もなすべき事であると考えています。

1942年8月4日

帰宅するや否、清潔と整頓を求める嫉妬深くて要求の高い神の子達が私に宿ったようです。

　彼等は際限なく私の献身を求めました。

　仕方ありません、彼等に跪き、綺麗な水とはたきをでもって清掃を捧げました。その甲斐もあり、家事労働を要求する暴君もほんの束の間ですがおさまってくれました。

　夜間、途切れる事のない砲弾を聞きました、夜明け方は特に激しいものでした。今、おさまりました。

　ニコライ・チーホノフ（注：1944 − 1946 ソヴィエト作家連盟議長）のスピーチを聞く限り、全体として我が軍は前進しています。レニングラード南部に張り付き、そこでドイツ軍への反撃を開始する事が決定されたようです。

　しかし南部の戦況は厳しいものです。米国において、［欧州］第二戦線の構築を急げとの政治集会がもたれたようです。世界の状況はこうした緊張の中にあります。そしてその中の一つの粒でしかない私も又、耐えきれない重みに潰されているかの如く自分の骨の軋みを感じています。

　マシンガンの銃声はすぐ近くです、驚かされます、ジャーナをこうした戦場の中に連れてこなかった事は良かったと思っています。これから先がどうなるか、誰にも分かりません。でもたった一つ言える事があります。

　我が軍の前線では一方的な防戦に終止符が打たれました、反転攻勢です。火山は今煙を上げ、火を吹き上げつつあります。爆発はすぐそこまで来ています。

1942 年 8 月 5 日

　仕事のリズム感が戻っていません。昨日、市中に出かけましたが、これという目的もなくただ疲れただけのものでした。それでもたった一つ嬉しい事がありました。レスユチェフスキー（注：おそらくは作家・文芸評論家のニコライ・レスユチェフスキー）から私の詩作「レニングラードの魂」の校正版を受け取りました。小さな本です、紙質もよくありません、でも私にとってはかけがいのない本です。

　身体的には不調をかこっています。仕事に向かっていない時、慢性的な不快感に向き合わなくてはならず、しかもそれは身体中ここかしこです。でも仕事に向かう時そんな事は起きません、事実です。

働けよ、弾丸さえ私を避けるのだ
働けよ、私の士気が沈むことなし

1942 年 8 月 7 日

　静まりかえり、見捨てられた街とはなんと衝撃的なのでしょうか。菜園さ
え手入れされていません。そこにあるべき野菜は生えていません。キャベツ
の芽の間引きもされていません。結球の無い巨大な得体の知れない葉が生え
ています。その味は苦く、私達の病院の馬でさえ食べようとはしません。
　あまりにも静かです。砲弾の音さえ聞こえません。こんな街の中にいて
書く事が出来るでしょうか？　これなら空爆の最中であっても気が休まるで
しょう。来るべき今年の冬はいったいどんな冬となるのでしょうか？
　9 日にはショスタコーヴィッチの「交響曲 7 番」（注：C メージャー、通称レ
ニングラード）がフィルハーモニック・ホールにて演奏されます。この曲が
この悪魔の静けさを吹き飛ばしてくれるでしょう。
　南部戦線の戦況に変化なし。

1942 年 8 月 8 日

　冷え込み、灰色にくすみ、盛り上がりのない一日です。何かをしよう、そ
んな気にはなりません。明日のショスタコーヴィッチのコンサート・チケッ
トを買いに街に出かけました。
　冷気の一日。
　南部戦線は危機的です。ドイツ軍はアルマヴィル（注：北カフカース主要都市）
に進軍しています。ID は言いました。
　「くい止める事はまだ可能だ」と。でも「まだ」の言葉に私の心は凍りつ
くのです。

1942 年 8 月 9 日

　フィルハーモニック・ホールは戦争前の、あるいは戦況悪化の前の時と同
じように聴衆で埋め尽くされました。オーケストラ楽団員、そして指揮者エ
リアスベルクは明らかに興奮しているように見えました。

私は「交響曲7番」を聞き終わり、これはレニングラードそのものをテーマとしたのではないかと思いました。その交響曲の中にまさしくドイツ軍タンクの咆哮音を聞きました。でも私達にとって輝くべき終末はまだ訪れてはいません。

　チーホノフは以下のように語りました。

　人生、それは豊かなる技の使い手だ

　木々の葉に入り込みそよぎを引き起こす

　大西洋の荒波がネヴァの、テームズのさざ波に変わる如く

1942年8月14日

　IDは地区委員会からの緊急呼び出しを受けました。今しがた電話がかかり、大至急来てくれ、との事です。とても気掛かりです。

1942年8月15日

　昨夜の呼び出しは、敵軍の市内突入に対して我々の準備はできているか、との確認でした。

　私達の窓に設けられた射撃孔よりの反撃を見る事になるのでしょうか？

1942年8月17日

　我が軍はマイコップ（注：アルマヴィル近郊）から退却しました。

1942年8月20日

　クラスノダール（注：北カフカース）は陥落しました。しかし我が軍はダンジック（注：現ウクライナ）、そしてケニスベルクとチリジット（注：ともに現カリーニングラード州）への報復爆撃を行いました。

　昨日、私は降り注ぐ砲弾の中を一人で帰宅しました。砲弾は明らかに新型で長い射程距離を持っており、風切り音を伴って落下してきました。それ故にそれらが飛翔してくる空の一角を正確に指摘できました。まるで釘の束をガラス板に叩きつけるかのようでした。

　砲弾が降り注ぎ始めた時、通りに立っている一人の女性が、「また気が狂いだした！」と叫びました。もちろんこれはドイツ軍を指しての言葉です。

　でも私は恐怖を抱きませんでした、この事を理解した時、大きな満足感を感じました。

　部屋に入ると ID が椅子の上に立っていました。砲撃が依然として続く中、彼は家具職人オムリーの手を借り装飾皿を壁に掛けようとしていました。その皿はソヴィエト・ロモノソフ工場（注：レニングラード郊外磁器工場）製造の物で、縁には敵辞が刻まれていました。

　「精神は捕らわれを許さず」。象徴的な言葉です！

1942 年 8 月 23 日

　市中にはタス通信の速報掲示板があります。そこに私の詩「敵を打て」がプリントされています。

1942 年 8 月 24 日

　ちょうど一年前私はここに到着しました。

1942 年 8 月 26 日

　スターリングラード（注：現ヴォルゴグラード、ヴォルガ川下流域の西岸）の戦闘は複雑な状況になってきました。私達一行は読書会を催す為にクロンシュタットに出かけます。ケトリンスカヤ、ベルゴリッツ、マコゴネンコ、そして私です。

　　　訳者ノート：
　　　それぞれ詩人ヴェラ・ケトリンスカヤ、詩人オルガ・ベルゴリッツ、文芸評論家ゲオルギー・マコゴネンコ、全員ソヴィエト作家連盟メンバー。

1942 年 8 月 27 日

　我が軍は西部戦線及びカリーニン戦線（モスクワ北西 160km）において敵

の防衛線を突破し、ドイツ軍を 45km 後退させました。この戦闘で 4 万 5 千人が死亡しましたが、我が軍の戦果は大きいものでした。南部戦線にも改善の兆しがあります、すくなくとも悪化してはいません。何と言う事でしょう、私達がスターリングラードの戦況を恐れていたのはつい昨日の事でしたのに。

　これらの戦況報告はラジオ放送によるものでした。アナウンサーが「最後のひと時において」と話した時、彼の口調からして何か特別な事がこの後に続くのだと私は理解しました。

　たった一つの公式声明がこんなにも人々の顔を劇的に変えてしまうのでしょうか？　今日の私達は皆、それこそ錬金の霊液を浴びたかのように見えます。エフローシニャ・イヴァノーヴナは晴れやかな顔で部屋に入って来て、「ドイツ軍後退！」と言いました。

　明日私達はトゥチコフ橋から小型快速艇に乗船してクロンシュタットに向かいます。

1942 年 8 月 29 日　クロンシュタット「海の聖堂」にて

　私達はトゥチコフ橋にて暗闇が落ちるのを長時間待ちました。快速艇は夜間にのみ航行する事になっていますが、今夜のような月明かりの下では残念ながら暗闇は保護となってはくれません。でも辺りは静かです。時折ロケット砲の発射音が聞こえます。

　煙幕装置を備えた複数の艇が私達の艇と海岸の間を伴走してくれました。それら艇の小型砲は月明りの下でくっきりと黒いパッチとなって見えました。

　私達は身が冷えるまで甲板にいましたが、やがて小さなキャビンに移動しました。しかしタバコは厳禁です、対岸は敵軍で占領されています。

　夜遅くクロンシュタットに到着し、「海の聖堂」（注：旧セント・ニコラス教会）に案内されました。クロンシュタットの街は月光に照らされ、完全な静寂に包まれていました。

　広場において私達の通行許可証が巡視隊によりチェックされました。彼等は懐中電灯の発光面を地面に近づけ照明効果を殺していました。でも、その小さな黄色の発光はこの夜の月明りに吸い込まれていました。

　ここに来るとレニングラードにいる以上に戦争の緊迫感を感じます。街路はより一層見捨てられ、それ故より一層破壊されているのが見て取れます。幾世紀を耐えた栗の木は爆弾により裂かれています。通りにて子供を病院に

クロンシュタット島－フィンランド湾

運んでいる婦人に会いました。子供は母親の肩に担がれ、その頭と眼はガーゼの包帯で止血され、その小さな手は虚しく空に踊っていました。その少年は一昨日の砲撃にて負傷しました。子供達をこの地に留める事は許されません。私ならば、全員を、最後の一人も見失しなう事なく隔離したでしょう。

　私は艦の残像を自分の心の中で追っています、そこで私達は詩を読み上げました。でもそれは正確にはもはや艦ではありません、海の中に構築された要塞と言った方が適切でしょう。昨年ドイツ軍の急降下爆撃によりこの艦は大きな損傷を受けました。その結果、砲塔間の通信網は破壊され、各砲塔は孤立した要塞と化しました。

　中央砲塔の指揮官が艦首の砲塔に伝令を送りました。伝令は指揮官に、艦首の砲塔はもはや存在しないと報告しました。指揮官の目に飛び込んできたのはクロンシュタット島の大聖堂でした。それほどのスペースができるほど艦は大きな損傷を受けていたのでした。

　今、錆付き、大きな屈曲を受けた鉄の砲塔は小山の如く艦近くの防波堤の上に座っています。戦闘の後に移設されました。艦は航行できません。しかしながら敵軍には依然として脅威なのです。

　残っているこれらの砲塔が砲撃の雄たけびを上げる時、レニングラードの私達はその咆哮を聞く事ができます。そんな時エフローシニャ・イヴァノーヴナは「さあ、神の怒りよ！」と言うのです。

　私達の読書会は士官食堂で催されました。そこは発電室に近いせいで暖かく、少し熱気もありました。また多くの人が私達の発表を聞く為に集まった

せいかもしれません。

　クロンシュタットの街は全体としてまさに海軍の街です。通りで女性を見かける事は稀です。「海の聖堂」の中庭からある窓に貼りつけられた魚が見えます。以前、一人の女優が前線支援の仲間達とここにやってきました。彼女はここの聴衆から感謝のしるしに魚をもらい、天日の下で干物にして、記念に残していきました。

　ここの聴衆は何と感謝の心に満ちた人達なんでしょうか！

1942年9月2日

　もしクロンシュタットがレニングラードの運命の鍵であるならば、［その南に浮かぶ］クロンシュロット（kronshlot）要塞はクロンシュタットの運命の鍵です。

　それは小さな島でピョートル大帝の時代に当時の軍事技術の粋でもって見事な要塞となりました。クロンシュタットの入り口に位置し、文字通り玄関口の役を担っており、入港時にここを迂回する事は不可能です。

　あまりにも小さいので周辺全てが波のしぶきを浴びています。歩いて周回するのには20分あればいいでしょう。ここで女性を見かける事はなく、現地の水兵達はこのクロンシュロット要塞を「見捨てられた花婿殿の島」とジョークを込めて呼んでいます。

　私達一行は小型艇に乗りそこへ行きました。そして、どんな砲弾も突き抜けられなほどの厚い壁に囲まれた部屋で朗読会を催しました。その後、花崗岩の欄干のある見晴らし台に案内され、そこに長時間立ち、フィンランド湾から本土側方面を見続けました。半ば破壊されたペテルゴフ宮殿が秋の澄んだ空気を通して眼に飛び込みました。宮殿の外郭、聖堂、森が見てとれました。ドイツ軍はそこを占領しているのです。

　一人の指揮官が言いました。

　「どうって事はないさ、その日はやがて来るのさ……」。

　夕方の強い風の中、クロンシュタットに戻りました。明日は島の北西に伸びた半島にある艦隊空軍基地を訪ねます。

1942年9月4日

外国での出版向けにパイロットについてのエッセイを書き上げました。

＜エース（撃墜王）＞

　　パイロット達の読書室は森の中の木造の家の中にありました。テーブルの上に置かれた雑誌には松の葉の臭いがしみ込んでおり、壁にはポスターが貼られています。それらの一つは有名なエースの防衛軍中尉ペトロフでした。革製の飛行帽をかぶったその顔は厳格で勇敢に満ちたそれでした。その外見から30歳ぐらいでしょう。彼のポートレートの下には飛行歴が書かれています。出撃回数500回、空中戦50回、単独撃墜ファシスト機5機、攻撃飛行30回、偵察飛行40回、敵機撃退36回となっています。

　　私はここに案内してくれた大佐にもし時間があればペトロフ中尉と話してみたい、と申し入れました。「あなたは幸運に恵まれていますよ、本日彼は非番です。直ちに彼を差し向けましょう」と大佐は答えてくれました。

　　一人で待つ間、私はこの小さな家の玄関に立ち、飛行場を見渡しました。それは四方を森で囲まれています。戦闘機が飛ぶさまはこの広大な原野にあってはまるでトンボのようです。

　　あたりは完全な静寂に包まれ、わずかなエンジン音だけが秋の青空の彼方から聞こえてきます。

　　時間が経過しましたがペトロフは現れてきません。二人の若い飛行士が身振りを交えて話しながら私を通り過ぎ、つなぎ服のメカニックも一人通り過ぎていきました。青い瞳を持ち、顎にえくぼのある若者が私を通り過ぎようとしました。彼と歩いていた赤褐色の犬が私に駆け寄ってきました。

　　「ゲッペルス、戻りなさい！」とその若い飛行士が叫びました。

　　「どうしてゲッペルスと呼んでいるの？」

　　「私もそう質問したいです。誰がどうしてこの雌犬にそんな嫌な名前をつけたのでしょう？　でもこの犬は反応するのですよ」

訳者ノート:

ゲッペルスはナチ幹部ヨーゼフ・ゲッペルス

飛行士は立ち止まりましたが、私達二人はほんの僅かの間無言となりました。
　「どうしたものでしょうか、一人の男に会う事になっていますが、私にはもう時間がないのです」
　「私もそうです」と彼は息をつき、「大佐が読書室に行くように言いましたが何の為かは言ってくれませんでした」と続けました。
　「失礼ですが、あなたがペトロフですね!」私は声をあげました。
　「そうです」
　「エースですね」
　「そう呼ばれています」
　私は無意識に壁のポスターと本人を比べました。似たところはあります、でも年齢の異なった従弟同士以上の近さはありません。
　「そのポスターは私です、ただそちらは年上に見えますが」とペトロフは言いました。
　「確かに、少々……」と私は笑いを抑えて同意しました。
　「大変失礼ですが、あなたは何歳になるのですか?」
　「21歳……」と彼は一息つき、「にもうじきなりなす」と続けました。
　私は、写真家がエースのあまりの若さに当惑し年齢を加工したのだ、と理解しました。
　「同志ペトロフ、どうやって戦闘飛行しているのか教えてくれませんか?　生まれながらにして勇敢かつ英雄的なのですか、それとも激しい訓練でそうなったのでしょうか?」と質問しました。
　ペトロフは小さな木の幹に腰かけ、雌犬のゲッペルスは寄り添うように彼の足元にくつろぎました。
　「あなたの質問に何て答えていいのか、自分が英雄的とか勇敢であるとか、そんな事を考えた事はありません。飛び立ち、ドイツ軍機を撃ち落とす、ただその事しか考えていません。そして撃ち落としたのです。この事の為に私はいつでも準備を心掛けています。そうしているのは私だけではありません。冬期には私達は通常、マスクとゴーグルを着けて飛行します、寒気からの保護の為です。でも、この事で視界が狭まります。この過ぎた冬の事です、私達はマスクとゴーグル無しで飛行しました」
　「それは誰の提案でしょうか?」
　「仲間の一人です」

「あなた自身ではなかったのでしょうか？」

「それは重要ではありません。重要な事はそうすることで私達は飛行をより効果的にしたという事です。冬の間私達は皆厳しい時を過ごしました。時には機から数日、数夜、離れる事がありませんでした。翼の上で寝ました。その当時空中においてドイツ軍は私達よりも強かったのです。彼等が空の上にいる時は何時であろうと私達の上空を飛び、ここに爆弾を落としました、彼等はそうする事を義務と考えていました」

「そして今は？」

「今彼等はここを大きく迂回しています、我々との遭遇を避けています」

「空中戦について何か話してくれませんか？」

「最近の事です、二機のメッサーシュミット109型と空中戦をしました。一機を直ちに撃墜しました。後の一機とは追いつ追われつとなりましたが、私は雲から雲へと飛び、終始リードを取りました。敵機に急降下し、反転し、また急降下し、また反転し、これを繰り返しました。こうして私は彼をイライラする精神状態に追い込みました。そして彼は大きな間違いをしでかしました。彼は私を追跡する中で私を見失いない、大きな隙を見せました。彼を撃墜しました。その場を離れようと周辺を見回しました、何という事でしょう、友軍機の一人がパラシュートにぶら下がっているのが眼に入りました。そこにメッサーシュミットの第3機が彼にマシンガン攻撃を仕掛けました。私は直ちに旋回し、その機を攻撃し、追い払いました。撃墜はできませんでした、それというのも私の機自体損傷を受け、燃料も残りわずかとなっていました」

「お尋ねします、あなたがしたようにドイツ軍機もまた同僚をそうやって助ける事はあるのでしょうか？」

「捕虜にしたドイツ軍パイロットから得た情報があります。彼等は我が軍の機を撃墜したならば報酬を得るのです。お分かりですか、金です。ドイツ軍パイロットは我が軍の機を撃ち落とす度に金銭出納係に走るのです。パラシュートで脱出する同僚を助けても何にもならないのです。全く胸が悪くなります。報酬目当てとは！」ペトロフは立ち上がりました。その青い瞳に影が走り、口元に深いしわが現れ、首の静脈が筋を立てて浮かび上がりました。エースのペトロフはポートレートの如く背を伸ばして私の前に立ちました。

1942 年 9 月 5 日

　昨日の夜明けに私達一行はクロンシュタットから帰りました。そこでの滞在は一週間で、その間 11 回の読書会を持ちました。他にラジオ放送にも出演しました。

　最後の夜は「海の聖堂」で持たれ、800 人もの人が出席しました。水兵の制服はブルー一色で小さな錨の紋章が黄金色に輝いていました。私達の朗読はこうした大きな関心をもって迎えられたのでした。

　その夜のクロンシュタットからの出港は平穏とういう事ではありませんでした。最初私達は煙幕艇を待ちました、海軍はそれなしの出港を許可しなかったからです。しかしながら、結局はそのエスコート無しで出港する事になりました。大きな問題はバージ船でした。

　私達の乗船する艇がそれを曳航する事になっていましたが、事は簡単にはいきませんでした。その夜の風は強く、疾風といっても過言ではないでしょう。

　全ての条件は良くありません、夜の航行で、月は欠け始め、雲は厚く空を覆い、風は吹き荒れ、波はうねりを見せていました。バージ船は大型で、気まぐれに照らす月光に不気味に照らされていました。曳航の出艇は容易ではありません、バージ船は私達の小型艇にその船尾を、その舷をぶつけてきます。私達の艇はその都度桟橋にぶつけられました。

　曳航して出港しましたが、航行中もバージ船は荒れ狂いました。時には私達の艇から離れようとし、私達は針路を変え、何とか曳航を調整しながら航行を続けました。対岸のドイツ軍ロケット砲には脅威を感じざるを得ません、煙幕艇のエスコート無しの航行を悔やみました。荒れた航行に私達は翻弄されました、文字通り足元をすくわれ、投げ飛ばされました。キャビンに備えられた器具が次々と私に襲いかかるのではないかと感じた瞬間もありました。でも悪夢は終わりました。

　夜明けにトウチコフ橋に着きました。未明の空はピンク色に輝いていました。まだ市電は走っていません。ケトリンスカヤと私はボリショイ大通りに沿って歩きました。私達は朝食を食べ、コーヒーを飲み、ベッドに倒れ込みました。尽きるところ陸の上は海よりもずっと快適です。

1942 年 9 月 6 日

　南部戦線の戦闘は例えようのない激しさで進行しています。スターリングラードは持ちこたえそうです。

　私は「エンスコヤの丘」という歌を書いています（注：エンスコヤと呼ばれる丘に眠るロシア兵士への鎮魂歌）。夜の半分は眠る事が出来ませんでした、この歌の作詞の為です。

　しかし、書き終えました。

　今日は静かな秋口のしとしと雨です。木々の葉の香りが漂っています。こんな日に作詞するのは楽しい事です。

　昨日、植物園に出かけました。園の夏は終わりを告げ、表現しようのない美しさがもたらされていました。小さな池の上をトンボが飛び交い、風の一吹きもありません。園の小道の木々の葉は黄色に染まりかけ、ローワンの木が水面に移されていました。時として不思議な気持ちに襲われます―レニングラードは世界の中でもっとも静かな都市の一つではなかろうかと。

1942年9月9日

　昨日はレニングラードが一年前に初めて空襲を受けた日でした（その日有名なバダーイエフスキー倉庫が焼失しました）。その時私達は「コウモリ」を上演している劇場にいました。

　その時以来フェージャ・Pを見る事はありませんでした―彼は飢餓で亡くなりました。当初彼は病院に来て読書会の読み手を務める強さを持っており、その奉仕で食を得ていました。でも、その後彼の脆弱さは進行し、動く事が不可能となりました。

1942年9月10日

　私は詩「プルコフスキー・メリディアン」のパート4を書き改めています。南部―スターリングラード―の状況は好転しています。ノヴォロシースク（注：黒海東岸）では既に市街戦が展開されています。

1942年9月12日

　我が軍はノヴォロシースクを放棄しました。

レニングラードは強風に襲われ洪水の危険があります。近所のカルポフカ川の水位は危険水位に到達してきました。
　詩パート4の改訂は思うように進行しています。

1942年9月13日

　強風はおさまり水位も降下してきました。
　戦線状況の「確固たる変化」は伝えられていません。
　パート4は進行していますが私は依然として不満を完全に消し去る事ができません。パステルナークはかつてこう言いました。
　「詩は細い糸にぶら下がっている」と。
　最近は本を多く読んでいません。詩作に没頭している時、読む本を頻繁に変えないのは大事な事だと思います。一つ二つの本に留まる事により、それまでの思考の流れを保つ事が出来るのです。反対に何か新しい本を読めば思考に混乱が生じ、結果として書き続ける事が困難になってきます。

1942年9月15日

　市街からの帰途、ヴェデンスカヤ通りを走る市電を二台やり過ごしました。その間チーホノフのラジオ放送に聞き入りました。
　それはコーカサス―ドイツ軍はそこに向けて進軍しています―の出身者に向けてのアピールでした。それらの人に彼は呼びかけました。「グルジョア人よ、オセチア人よ、ダゲスタン人の子供達よ……」とチーホノフは呼びかけ、彼等に古い歌の一節を思い出させました。
　「熱き日となるだろう、我々は我がサーベルでのみ陰を取るのだ」。その日の夕方時、多くの人がレニングラード広場の暗闇に立ち、遠くの砲声を聞く中でこのスピーチに聞き入りました。

1942年9月16日

　私達は新しい部屋に移りました。今度は二つの部屋がありました。この先の運命にもよるでしょう、でも戦争が終わるまでここで暮らすのではないか、そんな気もしています。

　昨日、私は［ドイツ人コミュニスト］マックス・ゲェルツの名にちなむ工場にて詩の朗読をしました。ここでは少年職工が働いています。彼等は静かに腰かけ、朗読に耳を傾けていました。

　朗読を終えた時、耳あてのついた帽子をかぶった若者が演壇にやって来ました。「彼はこの工場で最高のスタハーノフ労働者です」と、工場書記が私に囁きました。工場を代表して彼は私に感謝の言葉を述べました。この詩が気に入りましたか？　と私は質問しました。

　しばらく無言でしたが、こう答えました。

　「それは詩ではありません、それは真実の事なのです」と。最高の賛辞でした。

　カルポフカ川の向こう側の自宅に帰る私を二人の技術者が電灯を持ってエスコートしてくれました。彼等は工場に終始詰めています。家族は疎開先に移住しており、彼等は工場の中で生活しています。

　数日前彼らの一人が自分のアパートがどうなっているか見にいきました。そのアパートはノーヴァヤ・デレーヴニャ地区にある小さな木造アパートでした。そこで見たものは崩壊した家屋の跡でした。家具は粉々になっていましたが、その中から妻と子供の写真2,3枚を見つけました。それだけが無事だったのです。その技術者は「私の家の全てをポケットにしまい込んでいます、そしていつもそれを運んでいます」と言いました。

1942年9月18日

　ハンマーが二カ所で響いています。一つ、カーテンが壁に釘付けされています。二つ、小さなストーブが床に据え付けられています。冬の準備です。私達にとってレニングラードでの二度目の冬が近づいています。

1942年9月20日

　スターリングラードは壮絶な戦闘の場となっています。でもまだ持ちこたえています。

1942年9月21日

　フォン・クライスト将軍はモズドック（注：北コーカサス）で死にました。

英国軍はミュンヘンを粉々に空襲しました。スターリングラードの状況は安定化に向かっています。

　戦況の公式声明が発表され、それが良いものであれば直ちに人々の顔に現れます。市電の中で、街路で、何処でもそうです。

　訳者ノート:
　フォン・クライスト将軍とはバルバロッサ作戦第一装甲軍司令官パウル・L・E・クライストであるが、モズドックでの戦死は明らかに誤報。1945年の敗戦後米軍の捕虜となり、ニュルンベルク裁判に証人出席している。最終的には1948年ソ連邦に引き渡され、ヴラディミール収容所にて1954年に死亡。

1942年9月24日

前線状況変化なし。スターリングラードは市街戦の只中。

1942年9月26日

　5カ月間聞く事の無かった空襲警報があり、それは30分続きました。散歩の途中から何とか帰宅できた事は幸いでした。それというのも私は空襲時通行許可証も、またガスマスクのどちらも持っていないのですから。

1942年9月29日

　発表された公式声明によると三戦線の状況は芳しくありません。シニャーヴィノにおいてドイツ軍は我が軍の防衛戦にくさびを打ち込みました。

　午後の公式声明は夕方のそれよりはよかったのですが。

　訳者ノート:
　シニャーヴィノ（ラドガ湖南端、レニングラード東方50km）における赤軍のレニングラード封鎖環突破攻勢。結果は失敗に終わる。

1942年9月30日

　作家連盟から歩いて帰りました。昨年と同様に黄金色の秋景色でした。ID
は、これまた昨年と同様に管理上の仕事、さらに様々な諸問題に没頭してい
ます。

　レニングラード防衛軍の砲が沈黙する事はありません。遠くの砲声が始終
聞こえます。

　でもスターリングラード市街戦と比べるならばここは天国かもしれません。

　その地を思うと私は沈痛になります。シニャーヴィノについては語る言葉
の一つもありません。公式声明の発表はありません、ただ砲声が響くのみです。

　何か「とてつもなく怖い事」がここレニングラードに起きるに違いない、
そんな予感がしてなりません。それが起きたとしてもその結末はきっと良き
事に終わるでしょう、でもその為には「とてつもなく怖い事」を通過しなく
てはならないでしょう。

　私達の新しい二部屋は微生物研究所に属するものですがとても快適にアレ
ンジされています。そこが微粒子さながら粉々とならない事を願うのみです。

　本日、新しい負傷者の一団が病院に運ばれてきました。彼等が何処で負傷
したのかは分かりません。

1942年10月6日

　私は時として大家族の母親になっている気がします。私の子供達は詩作
パート4の各節です。そして私はその子供達を夜昼問わず絶え間なく見てお
り、一人からもう一人へと世話を続けていくのです。一人の子供のドレスが
見劣りすれば飾ってやり、次の子供の無造作な髪を束ねてやり、三番目の子
供の鼻を拭いてやり、四番目の子供以降は詩作から完全に消す事さえします。
子供達をいつも飾り立てようとしています、そしてその装飾を清潔に保ち、
洗濯をし、アイロンをかけているのです。私のかけがいのない小さな子供達
たる詩の小節は私の目から見て常に改善されています。こうして詩作パート
4は完成の道を確実に歩んでいます。

　ラジオが故障しました。それ故に前線の状況を知る事ができません。たっ
た一つ私が確信している事は、もうこれ以上の戦線の拡大はあり得ないとい
う事です。

　灰色に包まれた湿った秋、詩作にとっては最良です。クローゼットの後ろ
の一角が私の仕事場です。そこに入り込み、電燈のスイッチを一もし電気が

通じているならば―押します。夜の私の寝入りは速やかです、そして朝目覚める時には私の詩作の一節は半分出来上がっています。 私には魔法のオーヴンがあるかのようです、夜に小麦粉の生地をそこに入れておけば朝にはパンが焼きあがっています。

1942年10月7日

昨日、私の「エンスコヤの丘」がレニングラード・プラウダ紙上で発表されました。この小さな詩を見ると愛おしい気持ちになります。しかも紙面の目につきやすい場所にあり、大きい活字となっており、詩はとても素敵に見えました。

1942年10月8日

アームストロングの「フランスの陥落」の記事を読みました。

訳者ノート:
ハミルトン・フイシュ・アームストロング、アメリカン・ジャーナリスト。「フォーリン・アフェアーズ」誌編集者。ここで参照されている記事は、"The Downfall of France", Foreign Affairs, October 1940 ではなかろうか。

1942年10月9日

各戦線ではこれまでになかった壮絶な戦いが続いています。スターリングラードは依然持ちこたえています。今日はいい詩作ができる気がしています。
　静かで、そして琥珀色に染まった日が始まりました。砲声は聞こえます、でもそれは遠方です。

1942年10月11日

スターリングラード北西部の我が軍の五次に渡る反撃ははね返されました。捕虜とした［ドイツ軍］航空兵の情報によれば彼らは大きな地上兵力をスターリングラードから引き揚げているとの事です。明らかに彼らは絶望的

な状況に追い込まれています。

　シニャーヴィノの反撃は成功ではなかったものの、ドイツ軍をある程度までレニングラードから遠ざけました。この事により、彼らはレニングラード市内突入作戦—もしそれがあったならば—の遅れを余儀なくしたに違いありません。

　詩作パート4は進行しています、でも一体誰が読むでしょうか？ 壮絶な戦いの最中、詩というものが必要とされるのでしょうか？

1942年10月14日

　「前線状況変化なし」となって三日目です。ドイツ軍の攻撃が停止を余儀なくされているという事は真実でしょうか？ それは信じがたい事です、またそれを望む事もできません。

1942年10月15日

　依然として各戦線においては「実質的な変化なし」の状況が続いています。アメリカ大陸発見400年記念日をテーマにした［フランクリン］ルーズベルトのスピーチをラジオで聞きました。スピーチは連合国勝利の自信にあふれていました。

　　訳者ノート：
　　10月第二月曜日は米国におけるコロンバス・デイ祝日。

1942年10月16日

　ドイツ軍は自軍を再編し、再びスターリングラード及びモズドックに兵力を投入したようです。もちろんスターリングラードに集中したでしょう。彼等はそれでもって市の労働者地区の制圧を試みています。我が軍はわずかに後退しました。

　この戦争の行方はスターリングラードにて決定する事は明らかでしょう。本日正午には大事な声明が発表される予定です。

午後

　本日午前の声明はいい知らせではありませんでした。スターリングラード
労働者地区の街路はドイツ軍により占領されました。

1942年10月17日

　公式声明は最悪状況を伝えました。我が軍は労働者地区を放棄しました。
私の心は沈み込み、息苦しさを感じています。
　仕事に向き合う時にのみ心の平静を保つ事ができます。しかし、それも束
の間、突然にも心の底で揺れを感じます。今直面している困難に思いを馳せ
ざるを得ません。

1942年10月18日

　公式声明から張り詰めた状況が伝わってきます。我が軍は反撃に転じまし
た。

1942年10月19日

　朝方の体調の悪さを感じております。これまでに比べて起き上がる事が困
難になっています。でもこの今の時、病気になる事が許されるでしょうか？

1942年10月20日

　詩人としての集大成を賭けてこの詩作に没頭してきました。そうであるが
故に昨日私は完全な消耗状態に陥りました。そして、唐突になりましたが、
最初の二節を切り捨てる決定を下しました。この二節には満足していません
でした。でも愛着もあり、残したままで削除していなかった部分でした。こ
うして完成に向け舵は大きく切られました。
　いつまでも強情を続けるべきではない、この事は私に大きな教訓となりま
した。間違った道を歩んでいる、これは誰にも起き得る事です。それが間違っ
た道だとは分かっています、でも進み続けます。そしてますます間違った道

の奥へと入り込み、やがて森の中に入り込もうとします。結局はそこで全て
を捨て去り、別の方向に進路を変えるのです。

　さあ、これで詩作パート4の完成に向って大きく進む事ができるでしょう。
問題が解決でき、ほっとしています。私は家事雑用に時間を当てました。

1942年10月27日

　ついにやり遂げました！　信じられません。パート4は完成しました。ほ
ぼ書き改め、ここを拡張し、あそこを切り詰めました。

　勇気ある詩作活動でした。私はパート4を一時休み、他の小作品に取り組
もうかとも考えました。実際に小作品を書き始めましたが、思い直し、反転
を試みました。背水の陣の気構えで、そこの詩を捨て去り、パート4に敢然
と立ち向かいました。一体どうやってやり遂げたのでしょうか？　奇妙な精
神の高揚の中にいたのでしょうか？　床の上を舞っていたのでしょうか？
恍惚の中で空中へ浮揚していたのでしょうか？　もし部屋の天井のダスト掛
けを望んだならばきっとできたでしょう、なにしろ舞っていたのですから！

　もう意志の力は殆ど必要とはしませんでした。

　周りの出来事はただ流れるだけで、実質私の心を動かす事はありませんで
した。こうした夢をさまよう精神の中でモスクワからの重要なゲストを迎え
ました。彼等は医科大学を訪問してきたのです。コーヒーをすすめ、迎える
ホステスがそうすべきと望まれる事の全てをやりました。私はまた歯の治療
もしました。そんな中、たった一つ私が怠った事がありました―英語の勉強
です。どうしてでしょうか？　頭を休めたかったのでした。

　前線状況変化なし。しかしトゥアプセ（注：黒海北東岸の都市）の戦闘が新
たに加わりました。そしてこう言えます―もう第二の前線はありえないと！

1942年10月30日

　パート4は成功です。バルチック海作家会議にても読み上げました。さあ、
残るはパート5です。今年はまだ残っています、時間を無駄にはできません、
年内に取り組みます。

1942年11月2日

昨日、地区委員会の大きなホールで医科大学の卒業式の夕べが持たれました。式次第は盛況のうちに終わりました。IDはこの日の訪れをどれだけ心配した事でしょうか！　私もまた祝いの言葉を述べました。

　　夜

　「プルコヴォ天文台」という子供向けの立体パノラマ画像を見ていましたが、突然衝撃を受けました。最初は砲弾かと思いましたが、爆弾と分かりました、空襲警報が鳴る前に投下されたのです。
　11時45分警報解除。しかしナーバスになった私は着替えして寝付く事ができませんでした。しばらくはこのまま時を過ごした方がいいでしょう。

1942年11月3日

　我が軍はナリチク（注：大コーカサス山脈北側）から撤退しました。
　スターリングラードの戦いは依然続行しており、世界中の新聞がこの状況を伝えています。あるアラブの新聞はこう書いています。
　「スターリングラード市街戦はカイロ、アレキサンドリア、ベイルート、ダマスカス、バグダッドの通りに平穏をもたらすものだ」と。
　4時12分前、警報あり。

1942年11月8日

　恒例となっている［冬支度に向けた］休日明けの清掃をしました。部屋全体を整頓し、ダストを取り除き、新聞を分類整理し、一息つき、お茶を飲みました。働く日々が新たに始まりました、私はそれを「愛おしい労働の日々」と呼びたいです。

　　訳者ノート：
　　ロシア現行のグレゴリー暦11月7日はかつて使われていたユリウス暦10月
　　25日で10月革命記念日。

　革命記念日が私にはそれほどのものと迫ってこないのは不思議なことです。その日のスピリットを受け継ぎ、自分の心に吸収する、そういったさまには自分ができていないのだろうか？　その日に高揚を期待してもそれほどのものが得られないからでしょうか？　あるいはその日は働くという習慣を避けなくてはならないからなのでしょうか？

　このところ私は演劇について思う事が多々あります。もしレニングラードについて劇を書くとすれば、一定の時間のスパンを取り上げたらどうでしょうか？　例えば、空襲警報の発令から解除の間に何が起きるか、そういったプロットです。それには都合のいい理由があります、つまりプロットの始まりと終わりが否応なくあり、あえてそれらを創る必要がないのです。また、私は古典的なスタイルのローカル色を持った活発なドラマに惹かれる事もあります、ただし現代的なタッチを持ったものですが。

　あるいは時限爆弾が建物に落下したというプロットです（事実、レニングラード Are 映画館に落ちました）。爆発が起きると分かった時、人はどんな反応を見せるのでしょうか？　そして、実際に爆発するかどうかは作家たる私が決める事です。

　スターリングラード労働者地区での戦闘は続いています。そこでの戦闘を思う時、スターリングラードへの精神的絆をより強く感じる都市がレニングラードの他にこの世界にあるでしょうか？　丘を越え、森を超え、牧草地を超えて二つの都市はお互いを呼び合っています。何時であろうと、二つの都市はお互いを意識の中に持ち、一つの都市で起きた運命は他方の都市の心にこだまするのです。

1942 年 11 月 9 日

　私がエフローシニャ・イヴァノーヴナにドイツ軍はスターリングラード近郊にて釘付けになっていると告げた時、彼女はこう返しました。

　「ヴェラ・ミハイローヴナ、何て事でしょう、そんなニュースを聞くと私は体の震えを抑えきれません」と。

　私は彼女をよく知っています。私とて、ドイツ軍が打ちのめされたと聞けば嬉しさで体が震えるでしょう。そして彼らが最終的に撃退された日には喜びに溢れるでしょう、喜びのあまりそのまま死んでしまわない事を願うでしょう。

スターリンのラジオ・スピーチの後半部分だけを聞きました、それと言うのもその時間、「赤軍ハウス」にて会議があったからです。私達は会議が終わるとすぐにクラブ理事のオフィスに向かいました。音声は明瞭でした。まるでスターリンが私達が今しがた離れたホールで演説しているようでした。

　スターリンの声には抗しがたい調子がありました。その声の持ち主は全てを熟知しており、決して偽善者ぶってはいないと感じられました。

　このスピーチで彼は落ち着いており、ソ連邦と同盟国との関係について、また疑いのない勝利について自信を持って話しました。[勝利に]誰しも疑いを持っていません、でもたった一つの問題は「いつの日か？」です。このスピーチの後、「いつの日か？」は「遠くない時期」に変わりました。その日を迎えたい、その為にだけ生きていたい、私はそう感じました。

　ここのところ毎日数回の空襲警報があり、空襲の規模も大きくなっています。

　昨日、[フセヴロッド・]ヴィシュネフスキー、[アレキサンドル・]クローン、[フセヴロッド・]アザロフの合作による「海は何処までも広く」の舞台を観劇しました。

　劇はメロドラマ仕立てのミュージカルです。観客の目には三人の作家の個性が明瞭に映りました、事実、彼らは個性に富んだ作家です。しかしながら、全体としてどの部分も楽しく、生き生きとしていました。[ニコライ・]ヤネットの演技は秀逸で、彼には適役と見えました。

　幕間の休みに、二人の女性が交わす会話を聞きました。彼女達は新しい年を何処で祝おうか、と話していました。

　一人は、「私達の所にはいい音楽バンドがいるわ」。

　もう一人は、「私達には防爆シェルターがあるわ」。

　帰宅し、くつろぎながらお茶を飲み、ロンメル将軍敗北のニュースを聞きました。その時です、空襲が始まり、しかも大規模だと分かりました。ドイツ軍爆撃機は至近距離です。

　我が防衛軍の対空砲が咆哮し、私達の声はかき消されました。たくさんの榴散弾（シュラップネル）が地上に落ちました。屋根を叩きつける音も聞こえました。

　しばらくの時間をおいて次の空襲が始まりました。エンジン音が聞こえ彼等の空襲が分かりました。今度の攻撃は私達の真上を飛びました。多くの爆弾が落とされ、午前一時半過ぎまで続きました。

昨年の事を思い出しています、彼等の空襲は12月まで続きました。おそらく今年もまたそうなる事でしょう、そして今日はまだ11月9日なのです。まだまだ多くの日々が私達を待っています。

夜11時40分、第一波空爆

警報あり、直ちに爆弾落下、とても近い。我が防衛軍の対空砲が激しく抗戦しています。

それが過ぎ去ると静かで、慣れ親しんだ夜の空が戻りました。そして私達は部屋の事に気を遣い始めました。家具を別の場所に移しました。来るべき冬を過ごすために小さな部屋に移らなくてはなりません、大きな部屋はとても寒いのです……（今は静かです、第二波空襲を待っています）。

深夜2時、第二派空爆終了

事実空襲は二波に及びました、それらは大規模でした。第一波と第二波の間隔はおよそ25分、我軍の対空砲部隊はその間待ち構え続けました。今、空襲は終わり完全な静寂に包まれていますが、警報解除には至っていません。ドイツ軍の攻撃は明らかに計画に基づくものです。一日に最低二回の空襲、昼に一回、夜に一回です。昼の空襲は正午前後、夜のそれは深夜一時です。こうして彼らは私達の神経をすり切ろうとするのです。

1942年11月10日

こうした眠れぬ夜が続くならば私は極限までに消耗し、もう書く事が出来なくなるかもしれません、私はその事を恐れています。詩作パート5の世界に自分を完全に沈めてみたいのです、そこには空気の為のわずかな隙間さえあればいいのです。

正午数分過ぎ

警報が鳴った時、それでも私にはラジオニュースの冒頭を聞く機会がありました。スターリングラード市街戦において「敵の小部隊を個別撃破」して

おり、彼等の攻撃をはね返している、とのニュースを耳にしました。
　北アフリカ戦線ではドイツ軍―むしろイタリア軍と言った方が正確でしょう―の敗走は拡大しています。

1942 年 11 月 11 日

　医科大学防空本部長のブラートフが彼の友人（著名な軍人です）の言葉を引用しました。
　それによれば前線で活発化してきた敵軍の攻撃はドイツ軍指揮官の交代に起因しているとの事です。
　ラドガ湖への進軍、その為のシニャーヴィノ占拠作戦の失敗に激怒したヒットラーは新しい将軍を任命したのです。彼の名前は知りません、でもこの「新しい箒」はその任務を忠実に実行していると言えるでしょう。

1942 年 11 月 12 日

　私の小さな部屋の冬支度がやっと一段落しました。ソファー、ダイニング・テーブル、陶器の入った本棚を移動させました。蝿でさえストーブの近くでは活発です。でもそれはストーブが暖かい時のみです。エフローシニャ・イヴァノーヴナがその暖を保つのを忘れた時には蝿は壁にとまりぐったりしています。そんな蝿の仕草は私の温度計の役を果たしてくれています。
　夜は静かです、今もそうです。北アフリカの戦況が分かりません、外国放送による戦況のニュースがドイツ軍の干渉を受けている為です。私達がラジオ放送に耳を傾けるや否や決まって空襲警報が鳴ります。でも気にする事はありません、リビアにおけるドイツ軍の敗走はもう事実です。

夜

　ドイツ軍はチュニスに上陸しました。それに加えてマルセイユ、ヴィシー、リオンが占領されました。今やフランス全土が彼らの手に落ちました。
　スターリングラードの戦闘は継続しています。通りから通りで、家から家で、階段から階段で、激しい市街戦が続いています。
　私は電波が流れる世界を想像しています。そこではラジオ波が交錯し、ス

ピーチが、レポートが、コミュニケが、電信が、伝搬されています。
　私自身について言うならば、詩作パート 5 を休む事なく書かなくてはなりません。さもなければ今起きている事が直感を持って理解できなくなります。

1942 年 11 月 14 日

　私は考えています。
　「詩を書く事の中に潜んでいる危険性」とは何なのか？　あなたのペンがあなたの望むままに走る時は嬉しいものでしょう、でもだからといってそれほど重要でない細部に誘われてしまう事は避けるべきでしょう。こうした細部、枝葉はいつのまにか独り歩きし、あなたのインスピレーションの閃きを更に誘うのです。これらは詩の、あるいは小説の、ドアの前に哀願者の如く立っています。ドアにわずかな隙間を見せるだけでこれらはなだれ込んできます。でもこれは許される事ではないと考えます。

1942 年 11 月 19 日

　ID は冬期スケジュールに関して多くの問題に直面しています。その為に不眠症が彼を苦しめています、これまでなかった事です。
　彼は昨夜就眠前に野生の百合と混ぜたバレリアンの服用を私に依頼しました。私は飲ませました、そして私も一服しました。様々な心労で私も苦しんでいます。私達はこの冬をどうやって乗り切っていくのでしょうか？

　　訳者ノート:
　　バレリアンとは不眠治療の薬草で、セイヨウカノコソウ。

1942 年 11 月 20 日　午後一時

　ラジオによれば、オルジェニキーゼ（注：コーカサス地方）で我が軍は大きな成功をおさめました。5 千人のドイツ軍が死亡し、ほぼその 3 倍が負傷しました。また多くの武器を捕獲しました。連合国にとっても戦況は好転しています。彼等はビゼルタ（注：チュニジア北岸）に進軍しています。
　強烈な砲撃が今終わりました。近距離からでした。まるでここのところ空

襲が無かったことへの倍返しみたいでした。

1942 年 11 月 22 日

ラジオにて特別声明あり。スターリングラードにおいて我が軍は攻撃に転じました。北西から、南から、二方向の反撃です。60 － 70km 前進して、カラチ（注：スターリングラード西方 70km、ドン川沿い）を押さえました。最も大事な事はこの言葉です
「前進は続いている！」。
おそらくこれが戦争の転機になるでしょう

午前 4 時

私達の地区への激しい砲撃がつい先ほど止みました。近くで炸裂がありました。家屋番地 10 番（近所です）で一人の女性が窓を突き破って飛んできた榴散弾の破片で死にました。私達は大学司令部に詰めており、そこから医療用務員がそのアパートに送られましたが女性は既に死んでいました。私達の部屋は「鳥の巣」のごとく危険な為この司令部に降りてきていました。近隣全体が大きく揺れました。
夜は表現しようもないほどに美しく、空にはピンクの光が走っていました。青い月光と白い雪がこのピンクの輝きを創りだしているのだと気づきました。
12 発から 15 発の砲声を 15 分から 20 分の間に聞きました。これはこの地区の配給食準備完了の信号です。明らかに非常に重いセヴァストポリ型大砲（注：四輪台車架装砲）の咆哮でした。もちろん、私達にとってこれはスターリングラードへの連帯の意志の咆哮でもありました。

1942 年 11 月 23 日

昨夜、予期した如く砲撃のすぐ後に空襲が始まりました。睡眠を破り対空砲の音が聞こえましたが、その後は何も聞こえなくなりました。一つ明らかな事があります―スターリングラード戦の失敗にドイツ軍は怒り狂っているのです。こうした状況の中、睡眠薬の一錠も取る事はできません、常時全てに渡り準備を怠ってはなりません。

1942年11月24日

スターリングラードにて大きな勝利がありました。

午後

　Z・V・オグロブリーナが語ってくれた話です。病棟の一人の患者が彼女に言いました。
「ドクター、あなたが神に見えます」。もう一人の患者が訂正しました。
「1キロのパンに見えます、と言った方がいいでしょう」。

1942年11月25日

　昨夜、睡眠中にドアがノックされました。［防空本部長］ブラートフがカルポフカ川の水位が危険レベルに上昇し、植物園前には水が溢れていると告げました。もし風が強くなれば洪水は避けられません、しかし今日風は強くありません。小雪が降りました。カルポフカ川が今日どうなるのか、私には予想がつきません。
　ドイツ軍の［通信妨害、ジャミング］のせいでラジオが聞けません―これには怒りが収まりません。

1942年11月26日　午前

　ラジオを聞きました。スターリングラードでの我が軍の攻勢は続いています。新たに15,000人を捕虜にし、6,000人を殺しました―これらは今月25日までの戦果です。
　連合国の状況は一進一退です。イタリアにおける不穏な情勢（どうしてそうなったのでしょうか？）は興味ある所です。フランソア・ダーラムに関しての質疑が英国議会でありました。
　今夜は静かです。レニングラードへの空襲はドイツ軍に効果をもたらしていません。一年前とは全てにおいて異なっています。

フランソア・ダーラム。フランス・ヴィシー政権海軍相、副首相。

午前 3 時 30 分

今、外からの会話が耳に入りました。医科大党組織書記のセルゲイ・パヴロヴィッチが廊下でイリインを呼び止め、彼に質問しました。
「あれは榴散弾の破片だろうか？　それとも？」
「私に分かるわけはないだろう、知った事か」とイリインは答え、二人は仕事の話に戻りました。
私にはこの事がよく理解できます。仕事に没頭しており、その仕事の重要性を理解している時、人は恐怖に屈する事なく、また危険を顧みる事はないのです。

1942 年 11 月 27 日　明け方

今日は寒くなりそうです。朝の太陽の光を浴びて家々は淡いピンク色に輝いています。とても寒そうに見えます。月はまだ空にあります、夜を徹した衛兵なのでしょうか？　寒さにかじかみ、一片の暖かい雲の中に倒れ込み、眠りに落ちようとしています。

午後

スターリングラードにて更に 12,000 名を捕虜としました。合計 61,000 名です。
ドイツ軍はドン川に向けて敗走しています。これは私達が生きて戦争の終結を見る事ができる吉報なのでしょうか？

1942 年 11 月 28 日

特別声明はまだなされていません、でも我が軍の前進には間違いありません。スターリングラードにおいては地区から地区へとドイツ軍を掃討しています。

　ドイツ軍はトゥローン（注：地中海フランス港湾都市）に入ろうとしましたが、フランス艦隊はそのすべての艦（戦艦、重・軽巡洋艦、駆逐艦、25隻の潜水艦）を自沈させました。現地の報告は、「朝方において、湾は異様な光景を見る事となった。全ての艦船は船腹を見せ浮いている」と伝えています。その光景は想像できます、でも良き事はトゥローンはヒットラーの手に落ちなかった事です。

　アフリカ戦線においてビゼルタを巡る決定的な戦闘が近づいています。たとえ「勝利をもって」ではなくとも、「近づく勝利を確信」して新しい年を迎えるのはいい事に違いありません。

　11月25日付けプラウダの社説の見出しは、

　「レニングラード、オデッサ、セヴァストポリ、スターリングラードの各都市へ!」となっています。これら四都市に防衛勲章が捧げられます。これらの都市の一つ一つを思う時、私は誇りを感じます。オデッサは私の故郷です、そして私は今レニングラードで生きています。

1942年11月29日

　私達のラジオが故障しています。それで昨日の午前一時過ぎに防空センターからメッセンジャーがニュースを届けてくれました。彼が伝えてくれた「特別声明」によれば、「ルジェフ（注：ボルガ上流、モスクワ西方220km）を中心とする中央戦線において、我が軍はドイツ軍防衛線を打ち破った」との事でした。

　私は一片の紙に書きつけられたこれらの語句を冷たい部屋の中で、灯油ランプの灯りで（夜には電気はありません）読み返しました。このニュースに興奮した私達はその夜は寝付く事ができませんでした。

深夜

　更なる特別声明がありました。中央戦線及びスターリングラード（ここではドイツ軍防衛線をもう一つ打ち破りました）において我が軍は進軍を続けています。

1942年11月30日

26日付けプラウダにヴァシーリ・グロスマン（注：作家。従軍記者）の秀逸な記事が載りました。スターリングラードについて「主たる攻撃は何処に向かうのか？」のタイトルです。私はそれを切り取り、保存しました。

深夜

特別声明の発表あり。我が軍の攻撃は続いています。中央戦線においてドイツ軍の戦死者は一日で7,000名を記録しました。

1942年12月7日　午前2時15分前

詩作完成、ついに完成しました。

1942年12月16日

「プルコフスキー・メリディアン」は既に印刷に向けて活字が組まれています。そしてカバーさえも出来上がりました。明日、それを見に行きます。

1942年12月17日

本日作家連盟から帰った後、IDに私の党員加入の可能性について尋ねました。私自身この事を長い間考えてきました。そして、詩を完成させたなら直ちに加入を申請し、審査を受けようと決めていました。IDは医科大学の党組織はその事に関して賛意を示すであろう、と告げてくれました。

1942年12月18日

党委員会は今協議をしています。私は既に党員加入申請書を提出しています。S・P・イヴノフ、ジルムンスカヤ、ディミトリェーヴァが推薦人になってくれました。彼等全員はここ医科大学の労働者で、私がここに移って以来生活を共にしてきた人達です。私はいずれ出席を求められるでしょう、委員の前で自分の活動履歴について話す事になると思います。

1942年12月23日

昨日、党員候補者として受け付けられました。我が軍の攻撃はドン川中流域にて始まりました。

1942年12月29日

詩作パート5に関して気になる事があります。それはあまりにも緻密に組み立てられているのではないだろうか、という事です。如才のない性格のKがこう言いました。

「作者の優れた見識が詰まった作品である」と。私の詩がこうした賛美の対象ではない事を願います。

全ての戦線にて戦況は有利な展開を見せています。スターリングラード南部ではドイツ軍が25km後退しました。

四つの都市への防衛勲章授与の記事は既にプラウダに掲載されましたが、その勲章の写真もまた掲載されました。

パート3（1943年）

各戦線にて
赤軍反転攻勢

1943年1月1日

　大晦日のお祝いを迎える為に昨夜遅く食卓が整えられました。ピロシキとワインが準備され、気も軽く、明るい気分になりました。ゲストのほぼ全員が集まりました。それでも、あと一人の到着を待つことになりました―ヴィシュネフスキーです。彼は今ラジオにて話しています。彼のスピーチはスターリングラードでの6週間の進捗を要約する事から始まりました。（マリエッタと私は手に持ったグラスが鳴らないように体を固くしました）

　ドイツ軍の損害は175,000名です。137,000名が死亡し、37,650名が捕虜となりました。我が軍は彼等の22個の師団を包囲したのでした。

　私達は最初の乾杯を最高司令官に、次の乾杯を赤軍に捧げました。

1943年1月2日

　過ぎ去った年の最後の一日は私が望んだようには経過しませんでした。つまり、なし得た事、できなかった事、これから望む事、等の要約を試みましたが、その日のうちにはできませんでした。そして今日もまだその為の時間を見つけてはいません。その最後の日、一昨日となりましたが、夜を通しての空襲がありました。でもそれについても書く時間を持てませんでした。爆弾は近所に落下し、私達も大きな衝撃を感じました。まだ私には時間の余裕が無いように思えます。

　［新年を祝う］モミの木が飾られた第二外科病棟を訪れました。患者達の為に読み上げようにしましたが、急に気分が悪くなりました。私はひどく消

耗していたのです。

　詩作パート5を憂慮しています。誰も好きになってくれず、理解もしてくれないのではなかろうか？　私は言いたいと願った事を言っていないのではないだろうか？　最後のパート5にてこの詩作全体を壊してしまったのだろうか？　最後のパートというものは詩作全体に栄冠を与えるべきなのですが。

　何か長編を書くべきなのでしょうか、それとも休息を取り、何かを読むべきでしょうか？　最近殆ど読んでいません。

　……さあもういいでしょう、私は不満をこぼしました、誰かのベストにすがり泣き叫びました。これで十分です。

　　訳者ノート:
　　「誰かのベストにすがり泣き叫ぶ」はロシア慣用句。

1943年1月6日　夜9時前後

　最近の事です、私は11棟区の治療科から帰りました。そこでは病院職員の為にモミの木が飾られていました。看護助手の中には何人かのとても綺麗な少女達がいました。彼女達は若さを醸し出し、如何なる困難も処理・解決しようとの気迫に満ちていました。私はこう思います、前年の冬に彼女達はどう見えていたのだろうか、と。

　モミの木を囲んだパーティーで私達はブラック・コーヒーを飲みましたが、ズルチン―サッカリンの類です―で甘みをつけていました、いい味でした。そしてグルコースを振りかけて黒パンのスライスを頂きました。それはコテッジチーズに見え、味も悪くありませんでした。

　痩身ダイエットは効果があったようです、とにかくも私は散文を書きたくなりました。

1943年1月7日

　昨夜は警報が朝まで解除される事なく、実に荒れ狂った夜でした。ドイツ軍は大量の焼夷弾を落としました。私達の近所にも大量に落ちました。そのシリンダーにはナフサが充填され、その上部には引火性物質が加えられていました。

　前線状況は我が軍に極めて有利に展開しています。ナリチク（注：北コーカサス）を奪還しました。

1943年1月9日

　笑えるような会話をIDと持ちました。彼は、爆弾の直接被弾は200,000ルーブルの賞金に当たるほどに確立の低いものだ、と言いました。さもありなん、と私も思いました。でもその事を夜中考え続け、朝、彼に質問しました。
　「確かにそうでしょうね、それほどの賞金を得るのは全く稀な事でしょう、でも少額の賞金―そう、爆弾の破片に当たるのはよくある事でしょうね。違いますか？」。IDは私に同意しました。

1943年1月14日

　今日はとても多くの事が起きました。詩を書きました。その後、［10月革命初期の革命家］ヴォロダルスキーの名にちなむ印刷工場に行き、そこでニュース映画の撮影をする為です。でも、二度の砲撃を受けました。
　工場での私の写真撮影はライノタイプ（注：鋳植機）の横でとられました。その印字機械には私の詩「プルコフスキー・メリディアン」が組まれていました。私は一人の若い女性労働者に質問しました。
　「昨年の冬、ここでの状況はどうでしたか？」
　「あなたの詩のパート2に書かれた状況そのものでした、同志インベル」
　コルピノ（注：レニングラード南東30km）の前線では活発な展開となっています。封鎖の環を破る為に更なる一撃―それは本格的な一撃です―が試みられています。その為、追いつめられたドイツ軍はレニングラードに空襲と砲撃を同時に仕掛けています。
　現在、警報は発せられたままですが静かです。対空砲も沈黙しています。しかしながら、敵の砲弾は近くに届いており、それは私達の地区だとラジオは伝えています。私はどうすべきでしょう、床に伏せるべきでしょうか？疲れてはいますが、喜々と喜びを感じています。
　もしその前線で我が軍が勝利したなら？　それを聞く前に死ぬ事はできません。

1943年1月16日

特別な日となりました。市はこの瞬間を待っていたのです。我が軍はシュリセリブルグ（注：レニングラード東方40km）を奪還しました、事実です。更に二つの前線、即ちレニングラードとヴォルホフは既に結ばれていると噂されています。でもこれについての公式声明はなされていません。市はそれを待ち望んでいるのですが……。

何処からか砲声が聞こえます、でも警報は今しがた解除されました。囲まれた都市の生活はいつものように進行しています、でも誰もが「待っている」のです。そして誰も「それを」口にはしません、もし間違った言葉が流れて、それが人々の運命を決定づけ、変えてしまうであろうと皆は恐れているのです。

私も混乱の中で当惑しています。どうすればいいのか分かりません。書こうとしました、でも無駄でした、できない事でした。地区委員会に出かけ、党員候補者の為の写真を撮りました。突然に「公式声明」が発表されたならどうなるのでしょうか？

深夜12時分30分

「特別声明」を静かに聞けるでしょうか？　解放はまじかでしょうか？

1943年1月18日

「特別声明」あり！　封鎖は打破されました。レニングラードは解放されました。

1943年1月19日

昨夜、特別声明の後直ちに放送が始まりました。私の最初の衝動は「ラジオ局に行かなくては」でした、でも夜間通行許可証を持っていませんでした。その夜はだれしも許可証の提示を求められなかった事を後になって知りました。次に私が心配した事は、行ったとしても遅いのではないか、でした。ラジオ局まではそれなりの距離があります。それにラジオ放送は明け方の3時

まで続けられているだろうか、私にはこの事が分かりかねました。
　自宅に留まりましたが、その夜に放送された言葉を、実質その全てを、書き続けました。
　シルコフ（労働者）が言いました。
　「今のこの時、誰も寝ていないと思います」。彼の言う通りです、こんな時に誰が眠れるでしょうか？

ラジオ放送スピーチ

　［詩人］オルガ・ベルゴーリッツ
　「昨年の一月、私達は同志達を凍土の中に埋めました。倒れた戦士に捧げる栄誉礼もなく、裸のままの彼等を共同墓地に埋めました。別れの挨拶に代えて、『封鎖は破られる、我々はこの戦いに勝利する』と彼等に誓いました」。
　女性労働者ムヒーナ
　「私は職場集会、いえ工場全体集会と言った方がいいでしょう、そこからここに駆けつけて来ました。集会がどうであったのか、同志の皆さん、それを語る事は不可能です、語るべき言葉がありません。これからもより困難な仕事に向かうつもりです。既に砲の発射台を築きました。それに対して政府から栄誉賞を受けました」。
　Ｘ工場技師サコロフ
　「語りかけているこの瞬間において、錠前工は新しい戦闘部隊に編入されています。その名をつぶやきながら私達が闘い、そして働き続けたスターリンよ、永遠に！」
　［作家］イリヤ・アレクサンドロヴィッチ・グルースデフ
　「同志、市民、国民の皆さん、あの限りなき忌まわしい敵はついに赤軍の強力な力を、ソヴィエト人民の不屈の力を知る事となりました。歴史が示したところの偉大な戦略家レーニン、彼の才知の後継者スターリンに乾杯を捧げようではありませんか」。
　パイロットのイエリキン
　「ファシストはレニングラード占領の栄誉勲章を彼等の兵士に準備していました。ユンカー、メッサーシュミットは何回となくわが市の上空を襲いました。しかし、レニングラードの空はこれまでも、今も、これからもソヴィエトの空です。我々がいつも心に留めている人、同志スターリンに、永遠の

挨拶を捧げましょう」。

　兵士ツベトコフ

　「我が中隊の兵士が如何にしてレニングラード封鎖を打破したか、この場で報告させて下さい。二日前、我々は敵が占拠する労働者地区を攻撃しました、タンクが敵陣の中に突入し、大隊が続きました。進軍を続けながら『同志スターリンの為 !』、『レーニンの名を頂く都市の為に !』と叫びました。要塞化した建物に籠るあの卑劣なファシストを撃退しました。攻撃の中で私は敵の銃弾で頭を負傷しました、血が顔面を流れました。指揮官は救急手当班に行くようにと、私に命令しました。『同志指揮官、攻撃が決着するまでここにいさせて下さい』と私は言いました」。

　「1月17日の朝、その地区は我が軍が占拠するところとなり、私は野戦病院に行きました。このレニングラード市の為の戦いで私は三度負傷し、あなた達の解放の為に三度血を流しました。しかしながら、最後の勝利の為には血の一滴一滴を、全ての血を流す用意が出来ています」。

　X工場労働者ターニャ・セローヴァ

　「何と嬉しい夜となった事でしょう、今日は！　この日を長く待ち望んできました、そして今、生き耐えてその日を迎える事が出来ました。私達のレニングラードを絞め殺そうとした敵の黒いわなはついに切られました。同志の皆さん、私達も皆さんと同様にこの大攻撃に参加していたのです。10日間昼夜と問わず、睡眠も休息も取らず、私達の工場は戦闘車両の組み立てを続けました。そしてその車両は前線に送られました―そうです、勝利の為に !」。

　　　　　　　　　　　　　　　　　　　　──ラジオ放送スピーチ終わり

　これらのスピーチの間には詩が読まれ、歌が歌われました。私は外国での配布に向けてエッセイを書きました。「彼らは一つに結ばれた」がタイトルです。

　これの後半に私は以下のように書きました。

　「空襲と砲弾が続く最悪の夜間においてもレニングラードの各工場では夜間操業が続きました。そうした最中、一つの工場―印刷工場です―においては落下した照明、破損した窓、ドア、更に飛散した壁土により47名の負傷者が出ました」。

　「封鎖打破に先立つ週の間、レニングラードはそれまでの16カ月と変わらない日常を続けました。夜には二つのコンサート、チャイコフスキーとスク

リャービンが催されました。また赤軍劇場においてはコンスタンチン・シーモノフの戯曲「ロシアの人々」が演じられました。バルチック海の船員の運命を描いた「海は何処までも広がりて」はミュージカル・コメディー劇場で演じられました。映画館では多くのソヴィエト映画と二つのアメリカ映画が上映されました。1月14日付けレニングラード・プラウダ紙は学校の前半期において生徒達の60%が良・優良の評価を受けたと報じています。一人の幼い少年は「算術で不十分の評価を受けたのは焼夷弾の為でした」と私に説明しました」。

「ある日、第49小学校の第4学年の少女はラジオにて『伝書バトは戦場の写真家』との話を生徒達向けに語りました。そして第52小学校のヴォーヴァ・キシレフは救助犬の訓練について語りました」。

「1月17日の事です、7歳の少女リャーリャ・プリヴィッツは英語教師の母親に、明日または明後日に封鎖は間違いなく突破される、と言いました。彼女の通う幼稚園ではこの事をある部隊から告げられていたからです。その幼稚園は部隊と手紙のやり取りをしていたのでした。『部隊は封鎖を破って私達にジンジャー・ビスケットを持って来てくれるわ』と彼女は母親に言ったのでした。

「1月18日の夕刻にラジオが封鎖突破を知らせた時、リャーリャは小さなベッドから飛び出しました。パジャマだけの彼女は寒さと興奮で身体を震わせました。青白いレニングラードの少女は封鎖を耐えて生き続けました。少し大きく見せたかったのでしょう、彼女は椅子の上に立ち、その日幼稚園で教わったばかりの詩を大声で読み上げました―『懲罰からヒットラーを逃がす事なかれ！』と」。

「1月17日から18日にかけての雪の降る月光の夜は封鎖に耐えて生き続けた人達にとっては忘れられない夜となるでしょう。若かろうと、年老いていようと、私達全てにはまだ喜びと悲しみの人生が依然として待っています。ナチス・ドイツの完全な破壊がもたらす幸せ、敵軍からの完全な解放、これらが私達の前に立ちはだかっています。でも私達はレニングラード解放の喜びを決して忘れないでしょう。『彼らは一つに結ばれた』の短い言葉は至る所で聞く事ができます。工場で、司令部で、防空隊で、個人の家で、通りで、産院で、負傷者の横たわる病棟で、そうです市の全て場所でこの言葉が聞こえてくるのです」。

「この言葉『彼らは一つに結ばれた』の意味を書き添えます。それはレニ

ングラード防衛部隊とレニングラードに向かうヴォルホフからの部隊が合体
したという事です。それは封鎖が打破された、という意味を持っているので
す」。

1943 年 1 月 20 日　夜 10 時前後

封鎖突破後初めて空襲警報が鳴りました。

1943 年 1 月 23 日

我が軍はスターリングラード包囲網を狭めています。1 月 8 日、［掃討作
戦指揮官］ロコソフスキーはドイツ軍第 6 軍に対して最終通告を発しました。
「ロシアの激しい冬が始まった。この後全ては凍てつき、身を切る風が待っ
ている。そちらの軍事配置には希望が全く存在しない」と。
ドイツ軍はこの通告を突き返し、1 月 10 日には我が軍の総攻撃が始まり
ました。今、それが続いています。スターリングラードではドイツ軍の壊滅
を待つのみです。

1943 年 1 月 24 日

私は小さな（そうあって欲しいのですが）失敗ばかりしております。私の文
筆活動は全く進んでいません、封鎖突破の重みを語るべき言葉を見つけてい
ません。換言します、この厳粛な時において［詩人たる］私は何ら成功して
いません。およそ 10 分間ラジオのスイッチを切りました。そして今スイッ
チをいれました。メトロノームの刻む音は既に速くなっています、警報です。
封鎖突破にもかかわらず当地の状況は好転していません。空洞の木に潜む
蜂の如くドイツ軍はそこから飛び出し、刺しにきます。昨日の警報はほぼ全
夜に渡りました。一発の爆弾が植物園の池に落ちました、これで二回目です。
他の二発がそれぞれピオネールスカヤ通りとヴェデンスカヤ通りに落ちまし
た。空襲は繰り返されています。ドイツ軍は前線での敗北、とりわけ北コー
カサスでの敗北の復讐戦を仕掛けています。北コーカサスの都市アルマヴィ
ルは既に我が軍が奪還しています。
外気の寒さはとても過酷です、私達の部屋とて決して暖かくありません。

寒さに関してある兵士が言った言葉を付け加えます。
「寒さの中では狂うほどの空腹を感じます」。

1943年1月26日

私が書いた歌「エンスコヤの丘」をラジオで聞きました。音楽はいつも心を慰めてくれます。

1943年1月27日

昨日レニングラード近郊にてドイツ軍の飛行機26機が撃墜されました。そのおかげで本日は安心して仕事に向かえるでしょう。タス通信の速報掲示板の為に何かを書かなければなりません。
ラジオがまた故障しました、何が起きているのか分かりません。エフローシニャ・イヴァノーヴナが言いました。
「ラジオがないのは暗い瓶の中で暮らすみたいですね」。
ブラートフがボリショイ大通りで起きた火災について語りました。それは焼夷弾によるもので、彼の言葉を引用するならば、「その威力をまざまざと見せつける火災であった」という事です。

1943年1月28日

スターリングラードにおけるドイツ第6軍の武装解除は実質的に終了しました。

1943年1月31日

これから書き記す事は昨年の冬、公立図書館の党書記に起きた話です。
書記Fは図書館職員一人を伴ってあるアパートを訪ねました。情報によれば、一人の少女がそこに残されたままになっているとの事でした。
部屋の中から生気は感じられず、ただ寒さだけが包まれていました。昨年の冬のアパートの様相は全く悲惨でした。去ろうとした時、二人はかすかな吐息を聞いたような気がしました。「誰かがまだ生きているわ」とFは言い、

ぼろきれに覆われたベッドに近づきました。「電燈を持っているから、あなたは様子をみて」とFは同僚に言いました。「いいえ、私が持つのであなたが見てください」と、その同僚が返しました。二人は恐れていたのです。

　Fは勇気を絞り出し、もつれて氷のようになった毛布をめくりました。老いた男女がそこに横たわっていました。二人は死んでいました。二人の間から一対の目が枕から輝きました。その小さな少女は三、四歳くらいでしょう、二人の老人の孫娘でした。

　Fは彼女を家に連れて帰りました。少女の体は床ずれで傷み、またシラミに襲われていました。少女の身体を洗うと、彼女は言いました。

　「お粥を下さい!」と。

　粥を与え、病院に運びました。回復の為に出来得る事全てを尽くしましたが少女は17日後に亡くなりました。少女の正確な名前は確認できませんでした。マシェンカ、あるいはひょっとしてニノーチカ?　書記Fはその少女に「ニノーチカ・マシェンカ」と名を与え、日記に書き記しました。

1943年2月1日　夕方5時

　散歩に出かけました、植物園に沿った私の好きな道を選びました。ラドガ湖を横断するトラックは既に出発しており、道は空いていました。でも園の入り口に着く前に砲撃が始まりました。それはかつてシトニイ市場が受けたのと同じくらいに集中的で激しい攻撃でした。

　通りには私と子供を連れた女性がいました。彼女は歩道に身を伏せ、自分の身体でその子供を覆いました。私も小さなカルポフスキー橋を渡り、家を目指して走りました。

　自分はひょっとして砲火に向かって走っているのではないかと錯覚するほどに激しい攻撃でしたが、絶対に立ち止まりませんでした。宿舎の中庭に走り込み、一番近い建物に入り込みました。そこは薬剤部で、たまたまIDがいました。彼を見るや否や私の恐怖は失せ、二人で自室に戻りました。砲弾は10発を超えてはいなかったでしょう、でも明らかに敵の砲は氷上ヨットの類で、市の近くまで運ばれたに違いないでしょう。

1943年2月4日

スターリングラードにおいてドイツ軍第6軍は完全に消滅しました。それに関する公式声明はかつてのピョートル大帝の軍事報告書の形式を踏襲したものでした。

捕囚将軍：元帥1名（パウルス）、大将2名、その他中将及び少将

捕囚合計：将軍24名、兵士9,100名

スターリングラード市及びその近郊の戦闘消滅。

1943年2月5日

ある手紙は以下のように述べています。

「各都市の防衛の道をきりひらいたのはレニングラードの人達です。そしてこの道はスターリングラードの人達により完遂され、更に新しい段階が切り開かれました。そうです、ナチスドイツの壊滅です。ありがとう、レニングラードの人達、人類への偉大な貢献を、なによりもソヴィエト市民へのあなたの貢献を感謝します」。

1943年2月8日

神経痛にひどく苦しんでいます。何もかもがうまく運ばない時、「足がバタついている」という表現が使われます。私もこの痛みが顕著になる前は、「手がバタついている」状態でした。モスクワへの旅がどうなるのでしょうか、私には分かりません。

1943年2月9日　澄み切った、そして凍てついた朝

未明に砲撃を受けました。およそ4時間続きました。攻撃は二層になっていました、一つは上空から飛来し爆発し、更に次の爆発が誘発されました、ジェット推進によるものでしょう。もう一つは低空で飛来し地表を揺らしました。まだ眠りから覚めていない明け方の砲弾は、円形劇場でその声、その音がこだまとなって客席に広がっていくがごとく、市中にその炸裂音を反響させました。

エフローシニャ・イヴァノーヴナが「負傷者が衣服から血を流しながらここに運ばれて来ました」と告げてました。一発の砲弾が［植物園南の］サン

クトペテルブルク・モスクの近くで爆発しました。

　こうしてドイツ軍はまずスターリングラードの、そして昨日彼らが失った
クルスク、コーロチャの恨みを晴らしているのです。

　　訳者ノート:
　　クルスクはスターリングラード北西 620km、コーロチャはスターリングラー
　　ド北西 570km。

1943 年 2 月 10 日

　私は行き詰まっています。自分で立てたスケジュールを守る事が出来てい
ません。自分のリズムを失っています。これは私にとっての大惨事といえま
す。私のスタイルは「思いつきで何かをなす」のではありません。急ぐので
はないが、休む事のない努力の継続でもって何かをやり遂げる、それが私の
スタイルです。

　神経痛で苦しみ、電話の知らせで希望が途絶え、消耗しています。ままな
らない予定でフラストレーションは溜まっています。モスクワへの旅の予定
は宙に浮いたままの状態です。散文に関して言えば、当初の構想に大きな変
更をなす必要があると考えています。

　こうした事の中で最悪なのは私自身の意志が弱体化していることです。意
志の筋肉が弛緩しています。何をなすべきかが分かっていても、それを実行
する力強さを欠いている、そんな状態です。弓の弦が緩んでいては矢は射て
ません。

　本日やるべき事を列挙します。

　1　消耗していても絶対に臥せてはいけない。気を静め、電話の前に座り
　　諸事を整理していこう。

　2　タス通信速報掲示板向けの記事を完成させる事（夜明けに取り掛かりま
　　した）。

　3　不平を言うのを抑える事。不平を言えば、それだけ私のエネルギーが
　　消費される。

　文学の確固たる組み立てについて言えば、単なる感覚への依拠は韻文・散
文を問わず一過性を持っている、この事を知るべきです。書く事においては
詳細をしっかりと固めなくてはなりません、これが組み立てにおいて「安定

剤」の役を担ってくれます。

1943 年 2 月 11 日

　私の病気はいい事かもしれません。と言うのも、それが韻文と散文の分水
嶺の役割を果たしてくれています。私は散文の本をいつも考えるようになっ
てきています。
　モスクワへの旅はまだ決定されていません。
　（警報が鳴っています、一体何回聞けばいいのか）
　我が軍はドイツ軍撃破を続け、[ウクライナの] ハリコフに進軍しています。
ドイツ軍の混乱状況についてプーシキンの言葉を借りて言いましょう。
　「私は読んでいる、でも十分には読み切ってはいない」。この日の為にいい
言葉を残してくれました。

1943 年 2 月 12 日

　戸外ではあの不愉快な雪解けが始まりました。でも今年の雪解けは昨年と
異なり、厳しいながらも優しさを伴って始まりました。今は全てが融けつつ
あります。そしてそれは汚くて、夕方には滑りやすくなります。神経痛の痛
みが全身を走り回っています。ネズミが猫をからかうようにその痛みは私を
翻弄しています。
　こんな季節、こんな天候の時には、仕事に没頭するに限ります、それが最
良です。モスクワへの旅は延期となりました。飛行場は浸水しており、また
直接の鉄路はまだ確立されていません。一言自分に言いましょう、惑わされ
る事無く腰を据えて仕事に向かえ、です。

1943 年 2 月 14 日　午後 8 時前後

　夕食時、砲弾の雨となりました。建物全体が衝撃にさらされ、まるで曲がっ
たかのように喘ぎました。その刹那、二つの欲望が交錯しました。お茶を飲
み干すのだ、そして 3 階から下に降りるのだ。私は立ち上がり、舌をやけど
させながらもお茶を飲み干しました、とても熱かったのですが。また、飲ま
ずにはいられませんでした。そして私達が司令部に駆け下りた時、全てが静

かになりました。今のところ静かです、でも今夜は何が起きるのか？　月光の輝きが鮮やかな夜です。

1943年2月15日

夢を見ました。新聞を開くとあるページ一面にツバメがいました。プロペラを持った新しい種のツバメです。この鳥は大陸のあらゆる場所へと記事を運んでくれるのです。

どうしてこんな夢を見たのでしょうか？　これは昨日会った幼い少年が私の脳裏に焼き付いていたからではないかと思います。彼は整った顔立ちで、真剣な眼差しを持ち、長いスキーパンツをはき、ウサギの毛皮帽をかぶっていました。少年は祖母と歩いており、ドイツ軍の飛行機が飛んでいるのかどうか見極めようとして空を見上げました。母親は離れたところを歩いていました。彼女は少年に手を振りながら言いました。

「恐れないでヴォヴィーク、心配ないよ、おばあちゃんと一緒なんだからね!」と。何と力強いお守りなんでしょう、おばあちゃんと一緒とは!

我が軍はロストフとヴォロシーロフグラード（注：ともにアゾフ海沿い東北）を奪還しました。

夜

冷酷にも月が輝いています。警報は鳴っていませんが砲撃は続いています。砲火は凄まじいものです。市中の灯りは完全に消えています。明らかにどこかの主要なケーブルが損傷したのでしょう。私達の部屋では小さな灯油ランプが燃えています、これに度々注油しなくてなりません。

マリエッタは明日の講義の準備をしています。青酸等々についてです。IDは電話で誰かと話そうとしましたが、駄目でした。

ある種の消耗感が広がっています。

レニングラードの困難はまだ終わってはいません。今回の封鎖突破はまだ最終的なレニングラードの解放ではありません。レニングラード叙事詩はそう簡単には終わらないのです。状況は異なった展開を見せており、より一層の悪化がより大きな規模で待ち受けてるやも知れません。

1943 年 2 月 18 日

　徐々にですが、仕事のルーティンが戻りつつあります。自分に対しても「立てたスケジュールを守れ！」と繰り返し叱咤しています。休まずに働く、これが大事です。

1943 年 2 月 25 日

　赤軍記念日（注 : 2 月 23 日）の夜、ID と私は対空砲火中隊でのスピーチを求められました。ID は国際状況について報告し、私は詩を朗読しました。中隊はトゥチコフ橋たもの堤防に係留されたバージ船の上に砲を据えています。
　レーニン・スタジアムを過ぎた後、木製の舷梯を渡り、そこに乗船できます。ネヴァ川は依然氷結しており、大変寒く、春の訪れはまだ先のように思われました。
　甲板では若い女性射撃手がくすんだ夕闇の空の下で対空砲に配置されています。
　私達は船室においてスピーチをしましたが、そこは『リンゴ、木の実が落ちる隙間もない』ほど狭い部屋でした。私が朗読を始める前に中隊長が起立し言いました。
　「同志インベル、我々の砲の咆哮をほぼ毎夜聞いている事でしょう、さあこれからあなたの声を聞かせてください。いつもはラジオで聞くだけなのです」。

> 訳者ノート :
> 『非常に狭い場所』のロシア語慣用句は где не то что яблоку - ореху негде было упасть（リンゴ、木の実にとって落ちる隙間が無いほどの場所）。ロシア農村的な生き生きとしたな表現ではある。

1943 年 3 月 5 日

　レニングラード・プラウダ紙にダンチェンコによる興味深い記事が掲載されました、「アルブミン合成工場―タンパク質酵母」のタイトルです。その工場での合成工程の研究は一年前、封鎖が最悪であった頃に始まりました。

研究チームのメンバーとして、シャルコフ教授、カリューズニ助教授、イズチック技師、ペトローヴァ工程設計士、ズボロードヴァ上級化学者、サルターニャ技術主任、等々が挙げられます。

「何千種の中から、一つの酵母菌バクテリアが発見された。それは小さな化学工場の如くパルプの糖質からアルブミンをその体内で合成する」という記事です。

工場は前線近くに建てられていましたので安全な場所に移転させなくてはなりませんでした。

記事は続けています。

「装置の製造クルー、据え付けクルー、将来これを運転するクルーは夜間に前線の防衛戦にやってくる。砲弾で穴だらけとなった無人の建物の中に装置は据え付けられており、それなくしては製造は始まらない。敵の塹壕からの距離 100 メートルのところでこれらのクルーは細心の注意を持って装置の分解作業にとりかかる。凍えた手が震えたならば金属の触れ合うかすかな音が響くだろう、それは極めて危険な事だ。夜明け前、分解した装置の重い荷を背負い、彼等は帰途につく」。

記事は合成工程を次のように描写しています。

「最初の検体が何体か取られた。顕微鏡のレンズを通して奇妙な変化の過程を見る事ができる。ぼんやりとした影が矢の如く動き回っている。これらは酵母菌にとって恐ろしい敵であり、競合者である。これらは食物を思いのままに食い尽くす」。

「化学者の全スタッフは菌の生存をかけた闘いを支援する。この闘いのドラマは一見何でもない外観の培養タンクの内側に展開されている。そこの温度及び培養培地の組成は常時監視されている。酵母菌の外形は最初コーヒー豆の形状をしているが、徐々により尖った形状へと進行していく。ある一定の高温を保つ事により酵母菌は生存を続け、その敵は死滅していく」。

「糖濃度が上昇したならば、直ちに新規の麦汁が追加される。これにより『コーヒー豆』は眠りから覚めるように活性化してくる。酵母菌は既に環境に自らを適合させており、活性化により更に彼等の『食料』を積極的に消化しようとする」。

「3 時間経過。灰褐色の泡が培養タンクの縁からこぼれてくる。菌は半トンにまで増殖する。生産高は原料にたいして 5 倍となってくる」。

「熟成期間が過ぎた後、分離機が動き回る。強力な遠心分離機が水分を分

離してゆく。そしてついに薄茶色のプラスチックにも似た生成物が現れてくる、これがアルブミン酵母であり、その1キログラムは肉の3キログラムに相当している」。

　私はこの記事を一気に読み終えました。これからはこの酵母から作られた食物製品—よく食べています—を別の感慨を持って見る事になるでしょう。

1943年3月10日　モスクワに向かって

　空路での旅の機会をこれ以上待つ事なく、私達は鉄路で行きました。しかしながら、それは危険な旅で、空からと陸からの二重の攻撃が待っていたのでした。この時点、レニングラード・モスクワ間には客車を連結した直行便はまだありません。貨物車のみがシュリセリブルグ近くのネヴァ川に浮かせたポントゥーン（注：舟橋）を渡って走っていました。そこはラドガ湖の水がネヴァ川となり、レニングラードに向かう場所です。鉄道員達はこの橋を「死の回廊」と呼んでいます、ドイツ軍の攻撃の絶好の標的であったからです。レニングラードに運ばれる全ての食料、全ての小麦粉の袋、全ての缶詰はこの回廊を通るのです。

　私は貴重な荷をレニングラードに運ぶ役を担ったラドガ湖の運搬船の乗組員の話を思い出しました。それは封鎖環の突破の前に起きた話です。その船は搬送途中で爆撃を受け、乗組員全員が負傷しました。しかしながら舵手はなんとか操舵を続ける事ができました。「無事に届けましたね、何を運んでいたのでしょうか？」と、私は尋ねました。「ココアとチョコレートですよ、レニングラードの子供達への」と、彼は答えました。

　IDと私はフィンランド駅にて列車に乗り込みました。列車は混みあっていました。夕方にボリソーヴァ・グリーヴァに着きましたが、辺りは漆黒の闇に包まれていました。ここの避難センターの長に会い、橇を借りました。そして私達はそれにスーツケースを載せ、ぬかるんだ雪道の上を引き、今夜の宿泊先であるセンターに到着しました。

　ベッドには消毒液の臭いが残っていましたが、汚れ一つもなくとても清潔でした。ストーブに火を入れ、簡単な食事をとりました。電灯が一つ私達の為に点灯されました。朝方、湖の対岸のカボニイに向かう救急車に乗り込みました。そこは［作家連盟の詩人］アレキサンドル・プロコフィエフの生まれた村です。春の雪解けは既に始まっており、車はぬかるみの中を走り続け

ました。

　カボニイにて列車に乗り込もうとした時、空襲警報が鳴りました。夕方、多くの貨物車が集結しているヴォルホフにても再び空襲警報を聞きました。敵の飛行機から機銃掃射を浴びながら私は ID に「起きては駄目？」と尋ねました、私は列車の寝台の上段に伏せていたのでした。「で、何処に行くの？」と彼が答えました。

　事実、逃げていくべき場所などありません。右も左も貨物車です、その先には爆弾を被弾した駅舎があります。その向こうは湿地帯、荒れ地、が続いています。私達は列車寝台の中で時を過ごさざるを得ませんでした。

1943 年 3 月 25 日

　モスクワで諸事に追われる中、私の頭は詩作プルコフスキー・メリディアンの「春」のパートで占められています。パート 2 で冬を描いたようにこのパートではレニングラードの春を描きたいのです。

1943 年 3 月 27 日

　技師 R から軍需工場についての話を聞きました。その工場は二つに分割されました―そこに残る父工場とウラルに疎開する子工場です。ウラルの子工場は驚くべき早さで製造工程を組み立て、成功裏に稼働させました。そして父工場から軍事生産拠点のシンボルたる「赤い旗」を奪い取る事になりました。でも子は休眠状態に追い込まれた父に慰めの手紙を送る事を忘れませんでした。

1943 年 4 月 14 日

　レニングラードに帰ってきましたが、長い間こんな喜びを味わう事はありませんでした。今回のモスクワへでの滞在では際限なく続くフラストレーションを感じました。次から次へと続く電話のやり取り、無数の細かい仕事の消化、「もう時間が無い、次に遅れてしまう」と追い込まれ、更にはジャーナからの悲しい手紙が届きました。そして最後に大きな失敗をしました―飛行場に遅れた為にホテルに戻らざるを得ませんでした。情けなさに歯をくい

しばりながらもスーツケースを開けました、そして翌日には再度旅支度を整えました。でもその後には素晴らしい旅が待っていました。一つだけ不満を述べるとしたら、機内が寒かったことでした、それはとてつもない寒さでした。でも、窓の外には乾き澄み切った、そして冷たい早春の空が広がっていました。

　その途中、フボイナヤ（注：レニングラード東南東 270km）に一時的に着陸しました。夕暮れ時の雲一つない空でした。三日月が鮮やかに輝き、まるで機体の一部のように見えました。それは、アルミニウムの輝きでしょうか、それとも銀のかがやきでしょうか？　フボイナヤにて一つ座席が空き、そこに移りました。固いベンチの後でしたからとてもありがたく思いました。快適になり、おそらくはプラウダ紙印字の鋳型でしょう、そこに身体を預けました。寒さに震えていましたが、眠りに落ちました。やがて夢の中に現れたようにラドガ湖が私の視線に飛び込んできました。湖の中心部には氷はもう見えません、解氷しています。そして静かです。私達は護衛の戦闘機なしでレニングラードに向けて飛行を続けました。

　私達は魔法にかけられ、身動きを失い、月明りの下で警報におののく街の中に入って行きました。街は灯っています、でも音は聞こえません。電車は止まり、無人の通りでは月光に照らされた冷たい春のもやが踊っています。なんとモスクワとは違うのでしょうか！

　今回は空港からのバスが乗客をリテイニイ大通りまで運んでくれました―なんと便利になったことでしょうか。

　それぞれの家々は輝き、清潔な臭いさえ漂ってきます。夜は静かでドイツ軍は私達を悩ませてはいません。飛行機の中で凍てついていたからでしょう、私はたちまち眠りに落ちました。このレニングラードの一夜は長い滞在となったモスクワでの疲れを洗い落としてくれました。

　モスクワの日々と比してレニングラードはとても平穏に感じられます、仕事には最適です。

　朝が来ました。私はある決意を固めました。それがどんなに困難であろうとも詩作パート 5 に向かうべきであると。修正が、あるいは新たな書き直しが必要かもしれません、でもどんな事があろうとも。

　バルチック艦隊について、現在も航行不能となったままのある艦の悲劇について書きたいと思います。その艦にとって航行すべき海はありません、まるで海中に根を張ったままの状態です。その艦は強力な軍艦です、言うなら

ば「海の鷲」です。でもこの鷲は小さな鳥—より小型な艇を、水雷艇、小型快速艇—を羨ましく見つめるしかなす術がありません。（今大きな砲声がありました。でも私は鳥のさえずりを聞きました。鳥はもうそんな音にとっくに慣れており、怖気づく事はありません）ロマンチシズムに溢れ、怒りに燃え、うっぷんを晴らすべき歌の一節をその艦に捧げましょう。

「航行すべき我が海は何処に」。

1943年の春は戦火の春となっています。戦争は続いており、その終末はまだ見えておりません。（再び静寂が戻りました。砲の音はもう聞こえません）

1943年4月16日

マリエッタと私は散歩に出かけましたが砲撃を受け、戻らざるを得ませんでした。榴散弾の破片が至る所に飛び跳ねています。散歩を続けようかとも思いましたが、エフローシニャ・イヴァノーヴナに出会い、彼女は私達にこう言いました。

「弾の破片が至る所に飛散しています、もう至る所です。その一つが鍛冶作業所に命中しました、私はそこから這い出して逃げてきました……」。その作業所は私達が向かおうとした薬剤調合部の隣だったのです。この日は春風—強くありません—に誘われた素晴らしい日でした。アメリカのパイロットであったジミー・コリンズが「自叙伝・テストパイロット」で書いています。

「こんな良き日に生きているなんて申し分ないことさ」と。彼はもう亡くなっています。

昨日、チーホノフ、ヴィシュネフスキー、クローン、アザロフ、ベルゴーリッツ、そしてマコゴネンコが私を訪ねて来ました。私は彼等にモスクワ旅行について報告しました。彼等との会話は気が晴れるもので、楽しい時間を過ごしました。警報の鳴る中、彼等はそれぞれの自宅に向かいました。その日の夜中の砲撃は強力なものであったと後から聞きましたが、私は一度も目覚める事なく睡眠を続けていました。

もっと生きていたいと願う時に死ぬ事はとても残念でしょう。私にとってレニングラードは、そしてそこに住む人達の顔は、決して忘れられないものです。生き続ける限りにおいて、私はその事の多くを書きつけておきたいのです。

若いときのヴェラ・インベル

1943 年 4 月 17 日

　恐怖に満ちた夜、月光の下での恐怖におののいた夜でした。空襲は夜の早いうちに始まり、対空砲が全市中から応戦しました。やがておさまり私達は眠りに落ちました……でも再び起こされました。振動でした、音ではありません。ベッドが震え始めました。随分昔の事ですが、私は地震の揺れを鮮明に覚えています。一つはクリミア地震で、もう一つはもっと前で、オデッサの地震です。[オデッサの時] 私はほんの少女でした。地面が突き上げるショックを受けました、夏の夜の事でした。私は寝間着のまま、素足でアパートの中を走り父の部屋に駆け込みました。

夜 7 時

　散歩から帰りました。私達の建物の真後ろのレオ・トルストイ通りが通行止めになっていました。「危険につき運転者・歩行者の通行を禁止する」の

告知板が立てられていました。すぐ近くに不発弾が落ちているのです。そこは私達が通常、地区委員会に出かける時に通る道です。爆弾の信管はやがて外されるでしょう。でも今夜はもちろんそこに横たわったままです。

1943年4月18日　午後5時

　市中から帰ってきたばかりです。少年少女の芸術オリンピアードに出かけていました。それはピオネール宮殿（注：宮殿とは課外活動用施設の愛称）と教師高等教育院によって共催されていました。このオリンピアードは既に数日間開催されており、市中各地区の学校が参加していました、いってみればこれらの学校は疎開しなかった学校なのです。

　「宮殿」の各ホールでは子供達の歌、ダンス、朗読、オーケストラ演奏が同時に進行していました。いずれも清潔に掃除され、できる限りの暖房がなされていました。また絵画、手工芸品、塑像の展示もありました。

　ドームの下の小さな青いホールではヴォロダルスキー地区第341学校は彼等自身のオーケストラの伴奏でマホローチャ（注：ヴァデイム・コージン作曲）の歌を演じました。聴衆に便利なように何人かの演奏者は椅子に腰かけましたが、立ったままの演奏者は彼等を羨ましがる事もなく気に留めてはいませんでした。

　合唱団の一人のメンバーは乳歯の前歯の生え変わりを痛がっており、その子は一時的に指揮者に移されました。それで彼は聴衆に背を向ける事ができました。

　笑い声の陽気なヴィーチャ・イヴァーノフはアコーディオンを演奏しました。彼の顔は蛇腹の動きとともに楽器の裏にしょっちゅう隠れてしまいました。彼の上着には夏季訓練隊伍長のストライプが光っていました。

　ヴィヴォーグ地区第116学校は操り人形劇「賢いペトルーシュカ」を演じました。出演者はパセリ（注：ペトルーシュカ）、豚飼いの女の子、馬、牛でした。

　年長の女生徒達は詩の朗読をしました。オルガ・ベルゴルツと私の「プルコフスキー・メリディアン」の厳格で苦渋に満ちた詩の節は子供達の唇で読み上げられる時、とても異なった響きとなりました。

　最後にロシアダンスを見ました。ちょうど一年前この子達は衰弱してやっと歩けるばかりでした。

　ピオネール宮殿から私達はカザン聖堂に向かいました。そこにはミハイル・

クトゥーゾフの墓があり、一度訪ねてみたいと思っていました。

　聖堂のあるネフスキー大通りの空は四月の雲が厚く、冷たい風が吹いていました。聖堂の中は文字通り「大理石の冷たさ」が感じられました。入り込む光の束が柱と柱の間で煙っているように見えました。そして墓の上には旗印が掲げられていました。銘板には黄金色の文字が彫られています—アレクサンドル・スヴォーロフ将軍がイズマイル要塞攻撃時にクトゥーゾフについて語った言葉です。

　「彼は私の左翼軍である、だが私の頼りとする右腕である……」。

　帰宅しました。留守の間に宿舎の地面には四発の砲弾が落ちていました。

　訳者ノート：

　ミハイル・クトゥーゾフ、帝政ロシア軍人、ナポレオン戦争時の総司令官。アレクサンドル・スヴォーロフ、帝政ロシア大元帥。

1943年4月19日

　飛行機の来襲には全く不適当な天気です。曇り、雨が降っています。もし砲撃にもそんな天気があったなら！

1943年4月27日

　［作曲家・ピアニスト］セルゲイ・ラフマニノフに捧げられたコンサートの会場、フィルハーモニック・ホールにて風邪を引きました。こうした大きな石造り建物には冬の寒さが溜まり、それは次の年の冬まで保たれるのです。

　ホールは満席でした。私はフェルトのブーツを履き、毛皮のコートを着て着席しましたが、以前ここで会った事のある人達がいるのに気付きました。その頃、シャンデリアは四分の一程の明るさでした、そして今はクリスタルグラスの吊りランプがさん然と輝いています。多くの軍人が勲章をつけています、この事は1941年の秋（注：封鎖初期）には見られなかった事です。

　ただ寒さは身に沁みました。席に着き、このままでは風邪を引いてしまうと思いました。でもピアノ協奏曲二番を聞く事なく席を外す勇気は持っていませんでした。この作品で私は魔法の杖で叩きのめされた状態になりました、他の言葉では表現できません。［ロシア語表現をするならば］私の肌を霜が

流れていきました。この事、そしてホールの寒さ、二つの霜が重なり合い風邪をひきました。今、寝込んでいます。

1943年4月29日　正午

　昨日の砲撃は封鎖以来最も激しいとは言えないまでも、そうしたものの一つでした。220発が着弾しましたが、私達の場所には落ちませんでした。クイビシェフ地区に落ちました。遠方からの炸裂音が聞こえ、それはとても大きく、まるで私達の地区に着弾しているように思えました。

　砲弾はレニングラード市防空センター司令部を直撃し、政治士官が死亡しました。またラジオセンターも被弾し、ニュースを放送するスタジオが破壊されました。幸いな事に全スタッフはシェルターに避難しており無事でした。

　敵軍の市中への進軍がこれまで何度も人々の話題に上りましたが、再びそれを聞きました。レニングラード・プラウダ紙のオフィス近くの広場にはこれまでにない強固なトーチカ陣地が建設されつつあります。

　私の右耳に痛みが走っています。そこが脆弱になり、雑音が入ってきます。しかし私の士気は高く、子供達についての記事、詩作の出来映えには満足しています。

1943年5月1日　およそ正午

　今朝9時、建物の揺れで眠りが破られました。揺れて止まり、また揺れる、まるでブランコでした。これがメーデーを祝うヒットラーのやり方なのでしょう。砲弾の数は多くありません、合計8発が次々と着弾しました。明らかに装甲砲台からの発射でした。二回目の集中攻撃は午後にありましたがそれほどひどいものではありませんでした。

　昨夜の12時半にうっとりする音楽がラジオから流れてきました。ウクレレ伴奏の伝統的なハワイアン・ソングがそれまでは砲火で揺れた空に響きました。

1943年5月9日

　2週間の病気からやっと回復しました。肺炎を起こし始めており、硫化物

の投与を受けました。これは肺炎球菌を死滅させます、私は危険な状態でした。

　回復はしましたが、まだ神経痛が頭を苦しめています。昨日はその発作が6時間続きました。

　肺炎球菌と闘っている間に素晴らしい春の季節が始まりました。たとえ窓際で横たわっていても柔らかな若葉を見る事ができます。

　菜園づくりの熱気が市中に広がっています。でも私は寝たままです。今年になってそうした作業は全くしておりません。

1943年5月10日

　今日、頭痛がまたひどくなりました。それに加えて衰弱を感じています。青白く、そして薬で弱っています。私は熱水を瓶にいれ、それをウールでカバーし、抱いています。

　大きな部屋の窓がやっと開きました……春の空気が流れ込んできます、楽園の吐息です。

　心の底からの不安に駆られたのでしょう、夜通し起きていました。計画した事は実行されていません、やるべきと決めた事全てに手をつけていません、手紙も書いていません、電報も送っていません、詩作の各節は不十分なままです。私の回りにはこれらが恐ろしいまでに渦巻いています。悲しいながらもその渦の回転軸は私自身なのです。灯りをつけました、将来詩となるであろう節をいくつか書きつけました。この後気分はよくなり、眠りに着きました。

1943年5月13日　午後

　警報が解除されました。これまでの中でも長時間に及ぶ警報の一つでした。メッサーシュミット機が飛来した時、マリエッタと私はちょうど中庭にいました。我が軍の対空砲が咆哮し、空は暗い煙の雲に覆われました。前線から帰ってきた一人の飛行士が言いました。

　「奴らは大規模な空襲を企てている」と。彼はこうも付け加えました。

　「敵軍に新たな補強がなされたようだ。でもレニングラードがそんなに長く苦しむ事はない」。

　天候は再び荒れ模様になりました。しかし、夕方の空は例えようもありません。月相はまだ満ちてはいませんが、その明かりは強く、星はプラネタリ

ウムで見るように大きく、これによって暗く青味がかった空は黄金色の輝きに満ちているのです。

1943 年 5 月 22 日

　今、キーロフ工場からの迎えを待っています。そこでの朗読会を以前から頼まれていましたが、自分の病気の為、また多忙の為、遅れていました……窓の下から車の警報がなりました、迎えが来ました。

夕方

　キーロフ地区から帰ったばかりです。多くの聴衆が集まってくれました。病後の為に私の朗読はよくありませんでした、始終息が詰まりました。でも皆熱心に聞いてくれました。

　会場となった工場のクラブは防空シェルターの中にありました。そしてドイツ軍はすぐ隣で陣地を構えています。

　興奮する事無くしてこの工場群を見る事ができるでしょうか？　そこはヴァシーリ・グロスマンが「主たる攻撃は何処に向かうのか？」で描いたスターリングラードそのものなのです。

　そこは各種の製造工程があり、既に酸化工程を終え、青味を帯びて濡れて輝くレールがあります。また破壊された貨物の山、石炭の山、頑強な工場配管—しかしドイツ軍の砲弾が所々貫通しています—等々が見られます。

　スターリングラードとは対照的にここキーロフにとって「主たる攻撃」は幾度にも渡る休みなきものです。

　私達が地下シェルターから出てきて新鮮な空気を吸い込んだ時、ワルツの音楽が聞こえてきました。煉瓦の破片の上には蓄音機が据えられており、ズボンとキャンバスのブーツを履いた少女の消火隊が二組、焼けた製造工程の跡地の残り火を検索しながら巡回を続けていました。彼女達をしばし陽気な気分にしてやろうと思ったのでしょうか、一機のホーク型戦闘機が爆音を立てて飛来しました。

　私は昨年の夏に訪れたヴァシーリエフスキー島のセヴカベリ電線工場を思い起こしました。ドイツ軍はその工場を目標にしてフィンランド湾本土側のリゴヴォから砲撃を仕掛けました。そこの製造工程の全てが大きな損傷を受

けました。

　損壊した建物の裂け目を通して花を咲かした庭の雑草が見えました。花はとても愛おしく見えました。

　レニングラードにはこうした偉大な工場群が歩哨の如く市を取り囲んでいます、かつては僧院が見張り塔の役を担って市を囲んでいましたが。

　　訳者ノート：
　　セヴカベリ電線工場にて製造された海底ケーブルはラドガ湖に敷設され、それにより湖対岸の発電所より封鎖された市への電力が供給された。

1943 年 5 月 24 日

　昨日、ある海軍部隊での朗読会にでかけました。海軍ながらも内陸にあり、スパスカヤ基地の後方に駐屯しています。メドヴェージュ・スタン（注：熊のキャンプ地）と呼ばれています。近くにオフタ川が流れ、辺りは鳥達が好んでついばむチェリーの樹が至る所に繁っています。

　車の中にいる私はその繁みの中に埋もれてしまいました。ゲートの歩哨は私の通行許可証をチェックしながら、ジョークを飛ばしました。

　「一体何処に市民がいるのかな？」。

　帰宅し、建屋の廊下ですれ違った人達全員に花が満開したチェリーの小枝をプレゼントしました。

1943 年 5 月 25 日　午後 3 時 10 分

　今しがた、張り裂けるような強烈な音を聞き、椅子から転げ落ちそうになりました、今まで聞いた事の無い音でした。数秒後に再び聞きました。爆弾かと思いましたが、おそらくは榴散弾でしょう。

　エフローシニャ・イヴァノーヴナはその時窓ふきを始めようとしていました。

　「全くやる気をそぐわ！」。そして彼女は窓ふきを止めました。

　三度目の音が響きました、ラジオは無言です。

その後

ブラートフの言葉で私は安堵しました。彼は、あれは我が軍のもので、近くに据えられた新しい「おもちゃ」がテストされたのだ、と言いました。

1943 年 5 月 26 日

非常に才能に恵まれ、かつここの医科大学の講義を受け持っていたアブラムソン教授が昨日砲弾により亡くなりました。数日前、彼はマリエッタを訪れ（壁越しに彼の話し声を聞きました）、彼の幼い娘が書いた詩を私に見てもらいたいが都合はどうかな、と尋ねていました。マリエッタは、私が今は忙しくしており数日待ったらどうでしょうか、と答えました。

その死の時間、アブラムソン教授は輸血研究所の学術会議に出席する予定でした。会議に遅れるないよう 20 分前にはカール・マルクス病院での学生向け講義を終えていました。彼は時間に正確で、「遅れた事は今までありませんよ」とよく言っていたものでした。

1943 年 5 月 27 日

その後分かった事ですがアブラムソン教授は砲弾ではなく、爆弾の破片を受けて死にました。彼の頭部半分は粉砕されました。マリエッタは棺に安置された彼を見ました。頭部はガーゼの包帯に包まれ、その空洞部にはコットンが詰められていました。彼の年老いた両親はまだここレニングラード市に住んでいます。

1943 年 5 月 28 日

昨日、教師高等教育学院のマリア・ニコライエーヴナ・エゲルシュトレムの訪問を受けました。彼女のアパートの窓は爆弾の爆発により 5 回に渡り吹き飛ばされました。6 回目の被弾の後、もう住む事ができない事は明白となり、その代替えとして新しいアパートの割り当てを受けました。でも一体、彼女の所有物をどうやって運んだらいいのでしょう、今はピアノ一台の搬送に 9 キログラムものパンが要求されるのです。

彼女の同僚達がこの事を聞きつけ、家具・所有物を搬送する為に「土曜労働」

のボランティアを組織しました。引っ越し作業は3日間続きました。ピアノを除き、全ては手作業でなされましたが働き手は女性達のみでした。家具の中には重いブロンズのランプがありました―プロメテウスがトーチを掲げたデザインです。

マリア・ニコライエーヴナは新居に落ち着き、献血で得た特別の割り当て品で引っ越し祝いの会を持ちました。

お茶、サンドイッチ、ヴィナグレット・サラダでもてなしました。そして招かれたゲスト全員がプレゼントを受け取りました。各人の皿には、「包み」を贈りますよ、との感謝のメモ用紙がついていました。その「包み」は綺麗に包装され、受取人のフルネームが書かれていました。それらの「包み」は受け取る人が格別に喜ぶであろう、というものでした。プーシキン作品に詳しい人には小さなプーシキンの胸像が贈られ、磁器の愛好家にはアンティークな皿が贈られました。そして、子供を持つ人達には幼児用の本が贈られたのでした。

いつもどおりの空襲がある中、引っ越し祝いはお茶を飲みそして語らう、楽しいひと時になりました。彼等を照らしたのは掲げられたプロメテウスのトーチでした。新しいアパートでは充分な電力が供給されていたのです。

マリア・ニコライエーヴナはある頼みごとを持って私を訪ねて来ました。私に子供達の文学作品コンテストの審査員になってくれないか、との事でした。彼女は沢山の紙の束、練習帳を持ってきました：詩、物語、日記、科学的エッセイ等、多岐にわたるジャンルでした。

第26区学校の第4学年の生徒はロシア都市へのドイツ軍の侵攻をこう綴っています。

　　　奴らは町に進軍してきた
　　　店を覗き、手当たり次第に手をつけた
　　　ウオッカをがぶ飲みだ
　　　缶詰を開け、貪り食った

もう少し「成熟」した第6学年の生徒は科学的考察を持って綴っています。

　　　本は人々にとっての友だ
　　　18世紀から20世紀の間に人類は意義ある発展をなしとげた
　　　私達はこの事を本から学ぶことができた

実に貴重な指摘もありました。例えば、「レニングラードの生徒の記憶に残る大祖国戦争」がそうです。これは第10区学校第6学年生の言葉です。

ピオネール団の少女、ジーナ・カラセーヴァの散文「初めての爆弾」は興味深いものです。

　「夜は静かで星があふれ、月の光は通りを輝かせています。私は屋根に上り、煙突の傍に座っています。無音の空を見上げ、音を探しています。大熊座が見え、そして子熊座が。驚きました、大熊座の傍に新しい星が現れました。突然の事です、エンジンの籠った音が聞こえました。徐々にその音がはっきりと聞こえてきました。これは敵軍の飛行機に違いない、そう理解しました」。

　ジーナは更に爆発、衝撃、ガラスの破砕のさまを書き綴っています。

　「下の方から、『ジーナ、ジーナ!』の叫び声があがりました。私は屋根から駆け降りました。両親は私が生きているとは思わなかったのでしょう、自分達の目を疑いました。でもそれに構うことなく、私は『爆弾は何処に落ちたの?』と聞きました。隣の家に落ちたのでした。私はそこに走り、負傷者の搬送と止血の一団に加わりました」。

　第47区学校第9学年のインナ・ビチュゴーヴァはいささか堅苦しいタイトル「国営農場の作業経験で何を得たのか」で、エッセイを書きました。タイトルと異なり、その内実は詩的で魅力的でした。戦争の前においてすら、彼女は「何か有益な事をしたい、その事で無為な人生を過ごさなくてすむ」と考えていました。

　1942年の夏、レニングラードの生徒達は新たに「菜園づくり」に取り組みました。それは実りある経験となりました。彼女は書いています。

　「割り当て地の作業を始めました、そしてそれは価値のある労働になりました。私は徐々に植物の成長に夢中になっていきました。自分が小さな人格を育成しているのだ、そんな気になっていきました。成長していく彼等がここにいます、やっと目につく大きさです、でもその小さな足は日ごとに力強く大地を掴み、小さな緑の頭は誇り高く上をむいています。そんな彼等を見る時、私は長い間の夢がやってきたのだと実感するのです」。

　更に続けています。

　「二つの道が眼に浮かびます。一つは前線に向かい、もう一つは私の町に向かっています。これらの道に沿って小さな緑の野菜の小人達が走っています、一人、また一人と。その中の一人が大きな石造りの家に飛び込みました。その一室のベッドには一人の金髪の少女が横たわっていました。彼女の腕は枝木のように細く、頬はこけ、目は悲しみに溢れていました。敵軍がその子を飢餓に追い込んでいったのです。でも私の緑の小人は敵軍全てを合わせた

力よりはるかに強いのです。彼は小さく、そして衰弱した少女を助けにやって来ました。さあ今、彼女の頬はピンク色に変わりました、腕は丸くなりました、目に輝きが戻りました。彼女は起き上がり、歩いています。彼女は私の夢を実現してくれました」。

エッセイは続きます。

「もう一つの道を野菜の小人が走っています。でもその行く手は敵軍に阻まれました。彼等は爆弾を落とし、銃弾を浴びせました。でも小人は無敵です。塹壕に飛び込みました。そこには偵察の兵士が地図を覗き込んでいました。兵士には困難な戦いが待ち受けています。彼は自分が一人ではない事、ソヴィエトの子供達が自分を思っていてくれている事、自分を頼りにしている事、これらを突然理解しました。兵士は野菜をかじりました。彼は血の中に英雄の力を感じました。勇敢にも攻撃に向かい、闘いに勝利し帰還しました。ほどなくしてソヴィエトの地にソヴィエトの旗が立ちました……」。

ビチュゴーヴァは次のように書き終えています。

「私は厳しい仕事とは何か、を理解しました。もう女生徒ではありません、女生徒兵士です。市の為、そして前線の為に働いたのです」。

インナ・ビチュゴーヴァの物語の表紙にはビート、チューリップ、そして小さなラディッシュの絵が色付きで描かれています。それは優しい顔つきをしていました。

詩に関してはヴァラジェイキナが優秀でした。

1943 年 6 月 3 日

暑い夏の日となりました。帽子を物色しようとアナ・イヴァノーヴナと共に外出しましたが、警報を聞きました。私達の市電はマルソーヴァ・ポーレ庭園で止まり、そこの入り口から地下シェルターに潜り込みました。そこから、まるでトンネルの出口から見るように半球の青い空が広がって見えました。雲は無く、輝いた空でした。

数分前にラジオが、マスタードガス抑制剤 No5 が量無制限で販売されている、と伝えました。

1943 年 6 月 4 日

エフローシニャ・イヴァノーヴナが「ドイツ軍が大量のリーフレットをまき散らしていました」と教えてくれました。今、銃砲の音が聞こえています、とても近くなっています。発射音というより、なにやら空気を切り裂く音に聞こえます。

私はプーシキンについて語る予定です。

プーシキン没後144年を記念した催しがモイカ川沿いのプーシキン・アパートメントで開かれます。私達はその事でラジオに出演し、語る予定です。

1943年6月7日

詩作パート5は仮ではありますが、一応の完成に至りました。しかしながら、そのままにほっておくと「酸っぱく」なります。更に完成度をあげなくてはなりません。この事について老ゲーテは随分昔に警告を発しています。

昨日、プーシキンアパートメントにて読書会が催されました。私はこれまでここを訪れた事がありませんでした。部屋は閑散としています、これは、レニングラードの封鎖が始まった時にここにある物全てが運び出され、安全な場所に保管されたからです。暖炉の上、窓の敷居の上には桜とライラックのブーケが飾られました。今年のライラックはとても魅力的です、その枝は豊かで、重みがあって、それを彫刻すればマーブル玉さえできるでしょう。そして少ししばみかけた花の甘美な香りが部屋から部屋に漂っていました。プーシキンの書斎、空となった本棚にマイクロフォンが置かれました。アパートメントはいい状態で保存されています、床も磨き上げられています、でもひび割れは至るところに見受けられます。彼のかつての寝室の壁はとりわけ傷みが目立ちます。書斎の窓の下の中庭には爆弾穴が見られます。

私はプラウダ紙にこれらの全てを書きました。強調すべき事があります、プーシキンその人はジャーナリストでもあったのです、しかも詩人、散文家、ジャーナリストの三つの才能を兼ね備えた人だったのです。

とても快適な日です。レニングラードの「雲の無い35日」の一日でした。一年を通してそんな日があるのです。私はソヴィエト大百科事典・レニングラードの項でその事を見つけました。

1943年6月8日

本日、スモルニーでのレニングラード防衛勲章授与式に出ました。ポプコフ（注：ピョートル・ポプコフ、市長）の書斎には私の他に数人が招かれていました、芸術・科学部門の代表者達でした。メダルを授与された時、誰一人として言葉を発する事はありませんでした。私も当惑しており、言葉はありませんでした。この小さなメダルの中にはレニングラードの全てが、そして私達のこれからの人生で決して忘れる事のない思い出が詰まっています。

1943年6月10日

IDは食べ、飲む事がとても困難になりました。そんな彼を見るのはとても辛いです。抱え込んだ様々な問題で彼はすっかり消耗しています。

ルーズベルトは記者会見において化学兵器使用の可能性を宣言したと、放送が伝えました。その可能性は私達にも影響が及ぶのでしょうか？　何百万年もの間この大地に根を張ってきた生きる物全てが、この恐怖を前にしては蒼ざめるしか術はありません（注：ルーズベルトはマンハッタン計画を暗示か？）。

私は別れの言葉を言うかの如く、緑の樹を見ました。私の目には彼等が既に塵と灰に化しています。

1943年6月14日

IDが泥炭の切り出し作業から帰ってきました、そこでの状況は厳しいものです。作業は重労働であり、学生達も困難な時を過ごしています。

1943年6月15日

割り当て地菜園情報について書きます。「金属学における電気分解」の第2巻を完成させた化学者ユーリー・ヴラディミロヴィッチ・バイコフ博士が科学者会館での野菜展示会で6キログラム重量のカブを展示しました。ポリテクニカ学院近くの菜園で彼はジャガイモを育成しましたが、食べる事はしませんでした。その誘惑に耐えてそれらを種イモとして残しました。そしてそれを植えました。彼は自分の手で肥やし袋のカートを引き、過リン酸塩と塩化カルシウムを化学肥料として使いました。100平方メートルの菜園からの収穫は600キログラムの野菜となりました。

紙不足にもかかわらずバイコフ博士の本は出版されています。

ヴェラ・ラジオノーヴナ・ストレーチネヴァ（ソヴィエト芸術勲章受章者）は39年間も舞台に立ち続けました。彼女の菜園はアパートの中庭にあり、収穫は良好です。

マルソーヴァ・ポーレ庭園では教授達の菜園は端から端まで伸びています。私は一度、年老いた教授が成育中のキャベツの害虫駆除にナフタリンを散布しているのを見た事がありました。

1943年6月18日

ヴァシリエーヴァ、それと一人の写真家とともに市中の島に行きました。そこはかつてキーロフの名にちなみキーロフスキー島と呼ばれていましたが、今は「子供達の島」と呼ばれています。そこの17個の建物、パヴィリオンの中にピオネール団のキャンプが設けられています。レニングラードの封鎖以来、この種のものが設けられたのは初めての事です。942名の子供達が現在ここに住んでいます、ゆくゆくは1500名になるでしょう。

市内から来た私達は子供達の質問攻めに会いました。

「砲撃を受けていますか?」、「どの地区がやられていますか?」等々。一人の少年はこう尋ねました。「今日の予測はどうですか?」。もう一人14歳の少年は市中に連れて行ってくれと私達に懇願しました。

「ママは2カ月の赤ちゃんと一緒です、僕なしで上手くやっていけているかどうか見届けたいのです」。

子供達には充分栄養が与えれています、グルコース、それにミルクが。

私は外国向けに出版される記事の中で以下のように書きました。

「この『島』の中には格別な地区があります。革命前、そこには豪華な個人住宅が建てられていました。今、ここには父が前線に行き、母が市中防衛任務についている子供達が住んでいます。最高の建物が子供達にあてがわれています。彼等を世話すべきスタッフはかつてメイド、用使い、執事が住んでいた部屋に居住しています」。

「一つだけ例外がありました。そこはかつて裕福な水産業者が所有していた家です。その中の一部屋はオフタ川の風景を一望できる素敵な部屋です。そこに子供達の若い女性教師が住んでいました。まだ発していない私の質問を感じたのでしょう、その若い女性はそれこそ髪の毛の根元まで赤くなるほ

どに赤面しました。彼女のおさげ髪にはヒナギクの花輪が結ばれていました。子供達がこの効用あるハーブを摘んでから時間は経っていたでしょう、でもその美しさは失せてはいませんでした。『そうです、そうです、あなたの思っている通りです、この部屋には少なくとも15人の子供達が入れるでしょう、でも天井をみてください』と彼女は言いました。私は半円形の華麗な天井ドームを見上げました。そこには退廃を感じさせる緑がかった紫色の陰影を背景にして豊かな乳房を持つ楽園のイヴが描かれ、いかがわしい表情の蛇がリンゴをイヴに差し出しています。『教師として私は子供達にこの絵を見せる事はできませんでした』と、ヒナギクの女性教師は続けました。『見せた時、子供達は恐怖で泣き声をあげたのです。天井一面を覆うほどの白の漆喰はありません。封鎖が完全に解除された時は……多分可能でしょう、それまでの間私はここに寝ます。私がどうしても叱責しなくてはならない時、子供達はここにやってきます。でも、いいですか、この事をご理解ください。彼等は決して天井を見上げません』と彼女は言い切りました」。

「若い女性教師は『最近子供達を注意する事が増えています。彼等はいたずらが好きになるほどに力強くなってきました。最初ここに来た時とても衰弱していました』と喜びを見せて話を締めました」。

1943年6月24日　午前11時

激しい砲撃です、でも何処に着弾しているのかを正確に知る事は難しいです。風を切り裂く音で飛来し、爆発の音もまた風を切り裂きます。明らかに私達の地区ではない事だけは確かでしょう、ソフロニツキーのピアノ演奏がラジオから聞こえます。

（爆発音です、近くです……）

私は7月3日に詩について語る事になっています。

（音からして我が軍も反撃しているようです）

IDに関して私の気が晴れる事はありません。彼が抱える問題は止む事がありません。泥炭の切り出し、割り当て地の菜園作業、対空防衛任務、これら全てが彼の通常任務に加えての事なのです。

（ラジオがやっと攻撃を伝えました）

1943年6月25日

ID についての私の心配が少しだけ軽くなりました。充分な菜園の割り当てが確保でき、泥炭切り出し作業者へのアルブミン酵母も確保でき、彼の困難も少し改善されました。

1943 年 6 月 30 日

　とてつもない大きな発射音が聞こえました、近くです。再び砲弾が飛んできています。風を切り裂く音、そして炸裂音を聞いています。

1943 年 7 月 4 日

　小さな出来事が起きました。子猫です。子猫が私達の部屋で住むようになりました。調理部に住んでいるマーシュカの息子です。クージャと名付けました。彼は痩せており、小さな生き物と言った感じです。小さな足でヨロヨロと立ち上がりますが、その歩きは蟹の横歩きです。

　皆がクージャを見ようとやってきます。そして彼の後背部には悪性のコブがある事が分かりました。

　子猫を見ると人々は熱狂します。今の時期、誰もが生きた小動物を欲しがります。加えて猫はネズミを追い払ってくれます。ある謎かけを思い出しました。

　「2000、但し小さな尾っぽがあります、これは何？」。答え：「子猫」。もし子猫がお金で得られるならば、2000 ルーブルはするでしょう。もっと成長した猫が欲しければ、リシイ・ノスの小さなダーチャと交換しなくてはならないでしょう。でもこの地区は激しい砲火を浴びました。そこで可愛い猫に出会う事があるでしょうか、私には分かりません。

　訳者ノート：
　　リシイ・ノス、文字通りには「キツネの鼻」。レニングラード北西郊外、フィンランド湾に臨むダーチャ（夏季別荘）地区。

1943 年 7 月 6 日

オリョール、クルスク、ベルゴーラッドのモスクワ南部戦線においてドイツ軍は攻勢に転じ、戦闘が継続しています。我が軍は500台以上のタンクに損害を与え、200機以上の飛行機を撃ち落としました。戦闘の局面はこれにて変わる事でしょう。

1943年7月7日

ドイツ軍はオリョールでは撃退されました。でもベルゴーラッドではまだ激しい戦闘が継続されています。

1943年7月8日

昨日、砲撃は一定の間隔をおきながら終日続きました。IDが電話にて、可哀想な母親が付き添いとして病院で夜を過ごす事に許可を与えました。彼女の息子は腹部に重傷を負いベッドに横たわっています。

夜のラジオの戦況報告はまずまずです。ベルゴーラッドでは一進一退です。

1943年7月12日

誕生日の良き日を過ごしました。朗らかな気持ちになりました（そうそうある事ではありません）、そしてウオッカを一杯飲みました。皆も同様に朗らかでした。

レニングラード・プラウダ紙編集局から美しい薔薇のブーケを受け取りました。戦争が始まって以来このような物を見る事はありませんでした。花は私のテーブルの上に飾られています。

午後4時

二つの爆発がありました、とても近くです。万一に備えてタイプライターを安全な場所に隠しました。

1943年7月15日

私自身の比喩を使います―私はいま「渦」の中に落ち込んでいます。

　もし人生を川と見るならば（アレキサンドル・クプリーンの優れた小説を思い出しています。いみじくもその小説は「人生の川」のタイトルを持っています）、そうです、人はその川の中にその人の生きざまを目に浮かべるでしょう。その流れに沿って泳ぐ事ができます、決して容易くはありません、むしろと流されていると言えるでしょう。そして深さも分からない渦が現れてきます。

　あなたはそれに抗して脱しようと試みるでしょう、でも渦の縁で振り回されます。力は尽き欠けます、しかし、やがて……。「ウラー！」と叫びましょう、あなたは脱出できました！　でも、時として渦に吸い込まれ、振り回され、水の中を下へ下へと川底に落ちていく事もあります。

　こんな事もあります、あなたの目の届かない何処かで人生は良き流れをしており、机があなたを待っています、そしてあなたの仕事は順調にはかどって行きます。また、何かの出来事、何かとの出会い、これらは始終あります、そんな時あなたは戻る事の出来ない消耗に落ちてしまいます。弱くなり、更に弱くなり、やる気になる事すら嫌悪していきます。

　「渦」から抜け出す唯一の方法は自分の努力の中にしか存在しません。凍死に向かう時、眠りにおちます、でもそこで起き上がらなくてはなりません。寒さに襲われます、でも雪を自分に擦りつけなくてはなりません。仕事に立ち向かえ、救われる道はこれしかありません。

　でも、私は横になり、何もしない事を求めています。

　私は疲れています、友よ、私は死ぬほどに疲れ切っています……

1943 年 7 月 17 日

　朝 4 時に目が覚め、もうそれからは眠る事はできませんでした。まず対空砲が発射され、その後砲弾が雨あられと飛来しました。今は午前 9 時、攻撃も徐々に引きかけています。炸裂音は遠くなりつつあります、雷雨が過ぎて行くみたいです。

　昨日私は市郊外にでかけました、そこに医科大学・小児医学研究所の割り当て地があり、ユリア・アロノーヴナ・メンデレーヴァを訪ねました。

　私は、自然は変わることなくその命を刻んでいる、という事実をいささかの驚きを持って見届けました。自然が作り出すものは変わることなく美しいのです。

そうした自然への賛美の思いは平和な時には当然の事として受けとめられていました—子牛、イチゴ、バラの花、等々です—そして今、それらは何と美しく見えるのでしょうか。この事が私の胸に迫りました。

子牛は私に子猫のクージャを思い起こさせます。大きさは違います、でも同じく長い四肢を持ち、同じく横歩きをしています。

イチゴ、赤いスグリ、ラズベリー、これら全てはユリア・アロノーヴナの仕事にとってはビタミン製造の原料です。

でも、詩作パート5を思う時、私は酸っぱいミルクを思い出さざるを得ません、私の詩はいまだヨーグルトまでには熟成していません。ミルクは凝固し始めています、上層はサワークリーム状になっています。もし、ここで振動を与えたならば全ては消えてしまいます。

1943年7月18日

本日はマヤコフスキーの生誕50年の日に当たります。私は講演会場、またラジオにて話す事になっています。しかしながら、ドイツ軍の砲撃はほぼ市内全域において激しくなっており、どうすべきかと私は混乱しています。市電は動いていません、各路線は多くの場所で損害を受けています。電話も不通で、講演会場に電話し、集まりが予定通り開かれるのかどうかの確認を取る事ができません。IDは、「行くべきだ、君は講演者なのだから」と主張します。もちろん彼は同行してくれます。

私達は貴重なドキュメントを持って出かける事にしました、万一の事態を考えての事です。これは賢明だと思います。帰宅した、でも何も残っていなかった、これは起き得る事です。

1943年7月19日

マヤコフスキー記念講演の夕べは格別の成功となりました。多くの人が出席したからではありません—100人程度でした。私達全員は小さなホールに集まりました。厳しい状況下でありながらも、人々が文学の夜に集うのはなんと感激的な事なのでしょうか！

私の開会のスピーチの後、チーホノフ、エレーナ・リィヴィーナ、俳優達が続きました。

その後、私はラジオで話しました。静けさを取り戻した通りを歩き帰宅しました（この時刻までに砲撃は完全に終わっていました）。

記念講演は過ぎましたが、私が語った「詩とは何か」は今私に迫ってきています。

1943年7月24日　夕方

恐ろしい一日でした。ドイツ軍は新たな砲撃戦術を採用しました。短い時間の攻撃を何回も繰り返す、これが彼らの戦術となりました。これにより数多くの死傷者がでました。第一次の攻撃はもっとも危険です、予期しないものですから。その後の繰り返し攻撃は彼等ドイツ軍砲兵部隊の正確な位置推定を困難にします。

昨日、一台の木炭ガス駆動のトラック（救急車ではありません）が医科大学負傷者治療棟に駆けつけてきました。私の部屋の窓のちょうど反対側にあります。トラックには市中で乗せた負傷者が溢れていました。運転手は軍服の女性です……何て事がおきたのでしょう！　私も司令部に行かなくてはならないと思います。IDは外出中です、マリエッタは勤務中です。

司令部にてしばらくの時間を過ごし、部屋に帰りました。今はおそらく夜の12時でしょう。IDはまだ帰ってきていません。市中からの電話で警報解除を待っていると伝えてきました。でも彼はそうしてはならないと思います。警報解除のサイレンが鳴った瞬間は最も危険です。ドイツ軍はその時を待ち、再び攻撃を仕掛けるのです。

本日は何と大量の血が流れた日なのでしょう！　トラックがまた一台、死体を満載して到着しました。幌の下からむき出しの脚の骨が見えます。今は白夜の季節、これら全てが明瞭に見えるのです。

トラックが負傷者治療棟につく前に当番医が飛び出してきました。幌の中を覗き、手を振りました。その後若い女性運転手は死体置き場へ向きを変えました。このトラックで運ばれた人達は医療措置を必要としなかったのでした。

昨日の日中に到着したトラックについて書き記すべき事があります。その中に一人の少年—14,15歳でしょう—がいました。おそらくは見習工でしょう、重傷を負っていました。大量の出血で彼の顔には血の気がありません。両足は粉々破壊され、赤と黒の古布で巻かれ、かろうじてその足は保たれて

いる状態でした。ストレッチャーに寝かされた時、彼が叫びました。

「悔しいよ、僕はまだ若いんだ、こんな事になるなんて悔しいよ。奴ら、どうして殺さなかったんだ！」。

私は彼が叫んだ「悔しいよ！」に胸を打たれました。聞き違えたのでしょうか？

いいえそうではありません。建物の中に運ばれる間も、少年の叫びが私に届きました。

「悔しいよ！」。

少年はエフローシニャが差し出したコップの水に口をつけました。

トラックにいる人達は無言でした。女性達が降ろされました、一人は胸を負傷しています、もう一人は足です、その人の膝は火薬で黒く焦げ、大きく腫れあがっていました。

負傷者全員が運ばれました、トラックに残されたものは血痕にまみれた古布でした。

1943年7月26日

昨日の事について。多くの人が負傷し、やがて死にました。足を粉々にされた少年も死にました。

ラジオが重大なニュースを伝えました―ムッソリーニが辞任。

1943年7月28日

昨日、外科医Bが1942年冬期に彼が施術した膿瘍切開について語りました。切開で溢れた血と膿は彼の手の中で凍結し、まるでグローブの様に手を覆った、と。

1943年8月3日　夜

本日私は危うく死ぬところでした。8時15分前の日没時、私は菜園にイノンド（注：セリ科の薬草）を摘みに出かけました。皆が来る頃までに全て準備しておきたかったのでした。マリエッタは講義中で、IDは地区委員に出かけていました。砲弾は早朝から止んでおらず、私はIDに市中の通りには出ないと約束していました。そう約束しました、でも医科大学の菜園は市中で

はありません、カルポフカ川の堤防に沿った大学敷地の中です。そこはかつて荒れ地で、さび付いた雑具、義肢の部品、壊れたマットレス等々が捨てられていました、そう記憶に残っています。でも今、そこは飛行機から見る森の様に豊かな緑のうねりとなっています。

　ちょうど散水の時間、看護スタッフ、婦長、寝具修繕係（彼の育てたキャベツは最高です）がそこに集まっていました。夏のひと時、平和なひと時でした。カルポフカ川の水面には植物園の美しい景色が映っていました。

　アンフィサ・シミョーノブナ（彼女は学術研究員・ファローと呼ばれており、会計主任イヴァン・ザハローヴィッチ・クルチコフの妻です）が畝と畝の間を渡っていました。夫のクルチコフはもう若くありません。彼は 40 年間病院で働いてきました。青白き細顔で、ぼそぼそと抑揚のない声で話す人でした。私がこれまで会った人の中では最も静かな人の一人でしょう。

　アンフィサ・シミョーノブナは精神に病を持っています。かつてはこの病院の小児科医でしたが、突然その症状が現れてきました。症状が最悪になった時、精神科病棟に留置されましたが、夫の要求でそこから解放されました。彼ら二人は思いやり深く古風な形でお互いに寄り添って生きています。

　アンフィサ・シミョーノブナは日よけ帽子の下にもう一つの内帽子をかぶり、顎の下でその紐を結び、鼻眼鏡をかけ、手に小さなスーツケースを持っていました。彼女は精力的で、雄弁で、その口調も強く、全てに博学です。まとめて言うならば、全く無害な人です。たった一つ、彼女は自分を「学術研究員・ファロー」と呼んでくれと主張しています。彼女はドアから、キャビネットから、巧みに鍵を盗みます。そしてそれらの鍵を彼女の小さなスーツケースに隠し込みます。もうこうなったらそれを彼女から取り戻すのは不可能です。これに備えて、私達もそれなりの機転を働かせなくてはなりません。

　私が菜園に来た時、「学術研究員・ファロー」はここでカボチャをかじっているネズミがチフス菌の感染に如何に関連しているかの講義─公衆衛生学です─を終えたばかりでした。私はいくらかのイノンドを摘み取り、その後大きく熟したズキニーにかがみ込みました。その時、雷が落ちたのかの様な音を聞きました。近くの第二外科棟に砲弾が命中しました。続いてこの菜園に第二弾、第三弾が飛来しました。火柱が立ち、煙が吹きあがり、土が舞い上がりました。こんな光景を間近に見るとは……映画でしかありませんでした。そうです、これらの驚愕の光景が大地から空に突き抜けたのでした。顔一面に熱風を浴びた私は畝の上に身を伏せ、頭を大きな葉の中に隠そうとし

ました……実際何をしたのかはもう覚えていません。やがて静けさが戻り、どういう訳でしょうか、ズキニーを摘み取り自宅に走りました。でも、脚の震えは止まりませんでした。

　走っている最中、第二外科棟から出てきた人達が私に向かってきました。「クルチコフが菜園の向こうで負傷した」と叫びました。彼は自分の胡瓜に散水缶を運んでいました。彼の左手は吹き飛ばされていました。やがて、市中から負傷者がここに次々と運ばれてきました。

　悪い事が起きました、ドイツ軍はこの病院に照準を定めたようです。ここ数日彼等の攻撃はより近く、より正確になってきていました。そしてついに彼等はそのターゲットに対して砲弾を浴びせたのです。

　今の時刻、音もなく息がつまり、曇った不穏な夜が私の回りを包み込んでいます、そして遠くから途切れる事なく砲声が聞こえてきます。

　IDと私は何処か別の場所で夜を過ごそうかと考えました、でもそれは捨てました。何処であろうと変わりはないのです。

1943年8月4日

　昨夜クルチコフが死にました。手が吹き飛ばされたからではありません、最初は分からなかった事なのですが胃に重傷をおっていたからでした。散水缶に砲弾片が命中したのでした。イヴァン・ザハローヴィッチはその水を浴びました。

　彼の手に包帯が巻かれた後、クルチコフはいつもの静かな声で「胃が痛い」と言いました。衣類を脱がされ、検査されました。小さな破片が彼の胴体を貫通している事が発見されました。三時間後に彼は死にました。

　アンフィサが彼女の夫を探し回った事はとても耐え切れない事でした。最初、彼女は私のもとに来て「夫を見たか？」と尋ねました。「いいえ」と答えました。司令部で皆は彼女を安心させようと試みました。

　「理事長が菜園の収穫状況を記帳するよう、そこに送り出したところだ」と。彼女は答えました（理にかなった返答です）。

　「砲弾の降る最中、そうした指示を出した理事長は職を辞すできでしょう」。

　やがて彼女は事の全てを理解しました。第二外科棟にて夫を見つけ、その傍を離れようとはしませんでした。しかし、彼の意識はもうありませんでした。

1943 年 8 月 5 日

ラジオにて重大発表がありました。我が軍はオリョール、ベルゴーラッド
を解放しました。モスクワでは 120 発の祝砲が打たれこれを讃えました。残
念ながらここレニングラードの私達にはその音は届きません、時計を見やり、
「今、祝砲が打たれているよ」と話しました。

1943 年 8 月 6 日

私の講演は悪い出来ではありませんでした。多くの人達が集まってくれま
した、前線に張り付いている人達も来てくれました。

私は入念に準備をしました。戦争の勃発以来、レニングラードの詩人達―
市中に残った人、前線に出て行った人を問わず―の作品をもう一度読み通し
ました。(昨年の春、ケトリンスカヤの発起でカレリア地峡に行った事を思い出し
ています。そこの軍を訪ね、野外でのミーティングを持ち、師団報の編集にたずさ
わっている作家連盟のミハイル・ドゥージンの訪問を受けました)

講演において、私は新しい社会現象、新しい波が私達作家に向かって来て
いるのではないかと述べました。それはまだ初期段階の概略のみで、詳細も
不透明で、輪郭もおぼろげなものです。例えるならば、船から見ると島の様
だが、近づくにしたがい大陸であると明瞭に把握でき、その詳細が理解でき
る様になる、そうしたものです、とも述べました。(私はここで、戦争の描写
に関してのある作品を引用しました。作品は、私の意見では、新しい波のまだ混沌
としたステージのものです。)

私はまた「断ち切れない惰性」について話しました。この惰性は往々にし
て私達の心の内に雑草のごとく素早く育ち、また往々にして私達はそれを刈
り取る事ができません。しかしながら読者は私達の先を進んでいます。彼等
はもっと新しいものを望んでいるのです。

更に私は言葉の純粋性、構成、テーマの選択、校正、変更すべきは変更す
る能力、等々について踏み込んで話しました。「アポロは完璧を求める神なり」
と言われているのは理があります。稀に、全く稀に多くの困難に遭遇した時、
それを乗り越えようとして私達はこの神の存在を感じます。講演の後、イン
ドの素晴らしい格言を思い出しました。

「辛抱のみが桑の葉を絹に変える」。

　私の講演は長く、また詳細に立ち入ったものでした。その結語において、私は次のように述べました。

　「私達は詩の力を、その効用を確信しています。読者からの手紙がこの事を裏付けています。私達の本は兵士の私物として、あるいは野戦袋に入れられ、彼等と共に前線へ向かうのです。そして攻撃の前に読まれるのです」。

　更に続けました。

　「それ故にこの大祖国戦争に―とりわけレニングラードに―捧げられた詩がその任務を完遂するまでは私達の持てる力の全てを尽くそうでありませんか」と。

　講演についての討論は明日開かれます。

　レニングラード・プラウダ紙の車にて帰宅する途中リテイニイ大通にて砲撃の真っ只中に入ってしまいました。車の左右に砲弾が落ちてきました。私は再び地から空に立ち昇る煙を見る事になりました。でも菜園で見た黒色ではなく、この煙は黄色、赤色でした。命中した建物が石造りか、レンガ造りかによって色が違ってくるのです。

　轟音が恐ろしくも通りを揺るがせました、人々は走っています、市電停留所では地に伏しています。（私はナターシャの話を思い出しました。攻撃の最中一人の兵士が彼女の頭を地面に押し付け、彼のカバンで頭を覆ってくれたのでした）一瞬の間、私達は躊躇しました。車から降りて横道に隠れるか、それともスピードを上げて突っ走るか？　私達は後者を選択しました。

　轟音と瓦礫が舞い上がる中、車はリテイニイ大通りを疾走し（車内で私達三人の女性はお互いを抱きしめ合いました）、ネフスキー大通りとの交差点に入りました。でもそこから、混乱に陥った人たちが砲弾の方向へと走っていました。加えて、この交差点で運転手は私達全員をあやうく殺すところでした。彼は側面から私達に向かってくる一台の車を見ました、側面衝突です！　でも、その車は間一髪で緊急停車し、私達は無事でした。

　帰宅したすぐ後にIDが地区委員会から帰ってきました。彼は恐怖の面持ちでした。委員会で、ヴォロダルスキー防衛区が砲弾で火災となっていると聞いていたからでした。その防衛区はいみじくも私が多くの人々の中の一人として逃げ回っていた場所そのものでした。

　オリョール、ベルゴーラッドを奪還された仕返しにドイツ軍はどこまでレニングラードを痛め続けるのでしょうか？

レニングラード市は防衛上からいくつかの防衛区に分けられていた。ヴォロダルスキー防衛区はその一つ。

1943 年 8 月 7 日

　昨夜遅く、作家会議は喧々諤々の討論のうちに終わりました。ヴィシュネフスキーが彼の車で私を自宅まで送ってくれました。私の頭は終わったばかりの会議の事でいっぱいでした。それで中庭に入った時、自分がガラスの砕片の上を歩いているとは気がつきませんでした。その砕片の数は非常に多く、まるで敷き詰められたガラスの葉をなしていました。

　やがて落ち着いた私は回りを注意深く見やりました、ゲート横のレンガ造りの平屋の建物が眼に入りました。そこは訪問者の記帳をするところです。二発の砲弾の直撃を受け、破壊されていました。でも皆は退避しており、負傷者はいませんでした。

　残骸を見ながら、私は会議を思い出しました。演壇に座り、会議の結語を話そうとした時、遠くから砲弾の炸裂音が聞こえたと思います。事実を言うならば、砲弾を受けたのはまさにこの中庭でした。

　一人で時を過ごしています。ID とマリエッタは食料を求めて市中に出かけています。暖かく、本当に夏らしい日です、そして日曜日です。

　精神を病んでいる「学術研究員・ファロー」は耐火金庫と戸棚の鍵を全部隠しました。そこには亡くなったクルチコフの現金と帳簿が保管されています。彼女はそれらの鍵を渡そうとはしてくれません。なんとか取り返そうと策を巡らしてはいますが、まだ成功していません。このことで ID は心を痛めています。

1943 年 8 月 9 日

　昨日はレニングラード中心部にとって最悪の砲撃の日となりました。砲弾は高い精度でもって情け容赦なく中心部―ネフスキー大通りとサドーヴァヤ通りの交差点、そこは市電停留所です―を集中して狙いました。日曜日です、大勢の人がそこに群れていました。ID とマリエッタが食品を持って 3 番線に乗り込み、停留所を離れた数分後に攻撃が始まりました。最初の一発が彼

ら二人の後続の12番線電車に命中しました。死亡者28名、負傷者62名。

1943年8月10日

　夏の日も終わろうとしています。私達の敷地のアスファルトは今年最初の黄色の葉で覆われ始めました。威嚇するような単調な砲弾の唸り（今も聞こえます）は日常となり、市中の通りには避けようもない恐怖が凝縮されています。攻撃が始まるやいなや、人々は玄関から、入り口通路から、シェルターへ飛び込む脱出路を伺います。そして、私もその一人です、苦しいです。耐えきれないほど苦しいのです。

1943年8月11日

　外は秋の細雨が降っています。今年の夏は恵まれた夏でした、もう終わっても悔いはありません。エフローシニャ・イヴァノーヴナは、それでも、こう言いました。
　「赤い夏を見たのではありません、赤い血の流れを見ただけです」。

　　訳者ノート：
　　「赤い夏（クラスナエ・リエタ）」とは「美しい夏」の意味。

　本日、私の帰宅後10、15分後に砲撃が始まりました。併せて6、7発でした。一発がレントゲン研究所の反対側のレオ・トルストイ通りに着弾し破裂しました。もう一発は大学菜園の向こうで、さらにもう一発は敷地内です、そこはクルチコフが命を失った墓所のすぐ近くでした。
　ドイツ軍は精密機器に装着するパイロメーター工場―工場は最近操業を取り戻しました―を狙っているのではないか、と言う人もいます。
　報道カメラマンのK氏はあの日曜日のネフスキーとサドーヴァヤに集中した攻撃について生々しい話を私にしてくれました。「その市電停留所は文字通り血の海であった。肉体の片々は通りに散乱し、それには散水缶、買い物袋、鍬、野菜が混じってた。多数の人が市街の菜園に向かっていたのか、あるいはそこから帰る途中であった。引き裂かれた腕の指先にはタバコが挟まれており、まだ煙がでていた。ビートの根、人参は血の中で煮られているようで

あった。やがて消防隊が到着し、ホースの散水で通りと歩道から血が洗い流された」と彼はこの様に語りました。

　正直に告白します。この停留所を私はとても恐れています。それは攻撃が稀であった時においても、敵軍の格好の標的であったからです。

1943年8月12日

　自宅に、あるいは職場に顔を見せる事がないままの親戚・友人の探索は既に始まっています。Ｓ医師—彼女自身病気です—は娘を探しています、公共図書館はそこで働いていた職員の一人を探しています。ナターシャは息子の友人のＫ技師を探しています、彼は彼女のアパートに住んでいましたが帰宅しなくなってから三日が経過しています。

　私は今これを書きながら［カメラマンのＫ氏が語った］昨日の様は繰り返されるものだと考えています。市中に出かけなくてはなりません、でも怖いのです。看護婦ナスチャの言葉を思い出しています。

　「私達の全力をもってドイツ軍に反撃すべきではないでしょうか？　私達全員が死ぬか、彼等が退却するか、どちらかです。このままでは、私達の生きていく術はありません」。

1943年8月13日

　外は雨、灰色の雲に覆われています。でも私は嫌いではありません。モスクワへの出発準備をしています。

1943年8月18日　モスクワにて

　到着しました。空の旅は快適でした。私達は温かく、そして敬意を持って迎えられました。飛行場に向かう途中、レニングラードの光景はとても奇妙に見えました。空虚となった市内は月光を一杯に浴びており、その月光は探照灯よりも輝いて見えました。地平線に見えたロケット砲は「シャンデリア」です、発射と共に昇った火の玉が七つ、動く事もなく空に漂っていました。

　モスクワは冷たい秋になっていましたが、人々は心のこもった温かい手を私に差し伸べてくれました。

1943 年 8 月 24 日　モスクワにて

昨日の夜 9 時、ハルコフ（注：モスクワ南方 650km）の解放を祝して 224 門の銃砲から 20 発もの祝砲が発射されました。また空一面が何百ものロケット弾と多彩色の曳光弾で輝きました。夜空はキャンバスです、小さなドット、ダッシュ、ライン、小さなボールが描かれ、祝砲の輝きが市一面を覆いました。

ジャーナと私はホテルの 9 階の窓際に立ちました。眼下の中庭には青い灯が一面に灯り、多色の装飾灯の点滅が壁を走り、各階の窓ガラスにその光を反射させました。市中の歓声はここ 9 階の私達にも届きました。

1943 年 9 月 5 日　モスクワにて

ここに来た事は結果的に私にはいい選択となりました。これまでの私の精神状態は感じる力をなくし、ただ不安に襲われていました。それに終止符が打たれました。

1943 年 9 月 8 日

重大なニュースです。

イタリアが降伏しました。いまのところ公式発表はありません、しかし事実です。ドネッツ盆地のスタリーノを奪還しました。

1943 年 9 月 9 日

今朝、ラジオにてイタリアの降伏が発表されました。

1943 年 9 月 23 日

出発の日が近づいています。仕事は完遂に向かっています。でも私自身の作品に関しては進捗はありません。様々な活動に追われ自分を見失っています。

夜9時40分

　我が軍はポルタヴァ（注：ハリコフ西南130km）を解放しました。雨でも祝いの花火を見る事になるでしょう、でもまだ打ち上げられていません。
　花火が上がりました、雨も降っていません。雲は低く、この為でしょうか花火の音は空一面に響き渡っています。荘厳です、胸に迫りました。
　第二弾の花火が上がりました、ウネーチャ（注：モスクワ南西450km、ベラルース国境近く）の解放を祝してです。この時雨が降ってきました。赤と緑の反射光が濡れて鏡となったアスファルトの表面で踊りました。

　　訳者ノート：
　　1943年9月時点でモスクワ南西戦線ではハリコフ・ポルタヴァ・ウネーチャが解放され、さらに西に向けてドイツ軍の崩壊が始まっている。

1943年9月24日　モスクワにて

　申し分のない一日でした。私の仕事は順調に進み、どうやら火曜日には帰る事になりそうです。
　本日、ソヴィエト情報局（注：ニュース報道局）に詰めていた時、私は大変驚きました。私の作品は世界の至る所で読まれている事を知ったからです。スエーデンからエジプトまで世界の地図が私に迫ってきている、そんな印象を受けました。
　もっと書かなくては、主として散文を。世界各地で私の作品を読んでもらいたい、そしてもちろん私の国の友人達にも読んでもらいたい。

1943年9月25日　モスクワにて

　ドイツ軍の敗走は1812年のナポレオンのフランス軍よりもはるかに速いのです。
　本日、スモレンスクとロスラヴリ（注：モスクワ西方370km、ベラルース国境近く）が解放されました。224門の銃砲から20発の祝砲でした。
　スモレンスクが解放されました―このことはドイツ軍がドニエプル川の防衛線を保持していない事を意味しています。ではキエフは？　そしてレニン

グラードはいつ解放されるのでしょうか？　これは大きな事です。自由の日がいつ訪れるのでしょうか？　私はその日、その時をレニングラードの地で迎えたい！

1943年9月26日　モスクワにて

［私のダーチャの場所、モスクワ郊外］ペレデルキーノから帰りました。そこで一日を過ごしました、精神的には予想したよりもずっと気楽な旅でした。多分、色彩豊かな素晴らしい秋の一日だったからでしょう。そこで二つのマッシュルームと一つの食用茸を見つけました。

ダーチャ地区管理人の女性が私に警告を発しました。

「探しても無駄ですよ、どうせ見つかりません。戦争はもうじき終わるでしょう、だからマッシュルームはありません」と。

なんて不思議な言い伝えの迷信なんでしょう。戦争の年の秋口、その直前に不自然なくらい大量のマッシュルームが発生しました。菜園から籠一杯を採りました、でもそれで何をしたらいいのでしょうか、不安でした。その時その女性管理人は、「戦争になりますよ」と警告しました。

ペレデルキーノのダーチャは空っぽでした。気掛かりだった手紙のフォルダー、写真は消えていました。そして日記も、新聞の切り抜きも。一体どうしたのでしょうか？　何もかもが消えていました。おそらくストーブの焚きつけになったのでしょう。そうだとしたらいい事かもしれません。逆に私の個人的な書き記しが誰かの手に渡り、何処かをさまよい、理解されないままに読み捨てられたとしたら悲しい事だったでしょう。私はミシェンカのいた小さな部屋でしばし立ち尽くしました。棚を止めるのに使われた釘は依然そこにありました。ベビーベッドから持ち上げようとして彼の頭をその釘にぶつけた事がありました。

アフィノゲノフの家で食事をとりました。彼が亡くなった事を改めて理解するのはとても辛かったのですが、私は彼の笑顔、彼の青いシャツを見ました、声も聞こえました。

1943年9月28日　モスクワにて

旅支度は整いました。明日の飛行は快適なそれになるでしょう。本日、飛

行機は利用できません。私はレニングラードへの帰りをずっと心待ちにしています。モスクワからベラルースのヴィテブスクに至る西部戦線の解放はレニングラード市に直接的な影響を与えます。レニングラードの解放の日まで私達は耐えて生き続けなくてはなりません―ドイツ軍が逃げるか、蹴散らされるか、その日が来るまで。

1943年9月29日　モスクワにて

天候は晴れと予報されています。さあ、飛び立ってくれなくては。朝から電話にて算段しました、根を詰めてやりました、もう十分です、その小さなエンジンは始動するでしょう。

1943年10月3日　レニングラードにて

飛行は快適でした。秋の色に染まった森の上を飛び、青空には冷気が広がっていました。夕闇まじか、レニングラードに着陸しました（日はもう短くなっています）、そして私達を乗せはバスは漆黒の中を飛行場から市中に向かって疾走しました。

帰ってきて以来、過去二日間は近距離からの砲撃はありません。遠くの発射音は聞こえます、でもそれも稀です。

1942年の子供達の会話を紹介しましょう。

少年が尋ねました。

「ママ、ハムってどんなものなの？」

母が教えました。

少年は、「誰がそんなものを食べたの？」

少女、「ママ、巨人ってどんなに大きいの？　いったいどんな配給食を食べているの？」

三番目の子供がレールモントフの詩を読み上げてました。

「私はジャムの最初の日にかけて誓う」。

訳者ノート:

引用されているのはレールモントフの「悪魔」よりの一節。「私は『創作』の最初の日にかけて誓う」。

「創作の」:творения　トヴァレーニヤ
「ジャムの」:варенья　ヴァレーニヤ
　子供達にとって、「創作」は「ジャム」となっていた。

1943 年 10 月 7 日

　レニングラードを離れて疎開地にいる一人の少女が母親に手紙を書きました。

　「ライフルの打ち方を習得しています。そしてゴーゴリの『死せる魂』を読んでいます」。彼女は手紙に蝶々を同封し、こう書きました。

　「この蝶々はステップの草原で見つけました。レニングラードにはこんな蝶々はいないでしょう」。彼女は P.S. を付け加えました。

　「軍事検閲官にお願いします。どうかこの蝶々を間違って捨てたり、または押しつぶさないで下さい」と。

　これはマリア・ニコライエーヴナ・F の娘からのものです。マリア・ニコライエーヴナは 1941 年にはレフ・トルストイ広場にある（Are）映画館のマネージャーを務めていました。11 月、ドイツ軍は映画館の入った建物に三発の遅延装置付き爆弾を落としました。大きな爆弾ではありませんがおよそ 3 時間後に次々と爆発しました。この時までには防空隊の命令により建物からの退避は完了していました。たった一人マリア・ニコライエーヴナがそこに残りました。彼女はその理由を私に説明してくれました。

　「金庫の保管責任は私です。その日の売り上げを収納した金庫です」と。

　彼女がそこに留まり、金庫の番をしている時、同僚がやって来てこう言いました。

　「私も残るわ」。

　マリア・ニコライエーヴナ、「いいえあなたにはここに留まらないで、あなたには二人の子供と年老いた母がいるでしょう」。

　同僚、「あなたにも娘がいて、あなたの夫は前線にいるのですよ」。

　同僚もまたそこに留まりました。しばらく経ち、年配の技術主任がそこに加わりました。

　彼、「私もここに留まるよ、私とて男だからね」。

　三人はそこに座り、爆発の時を待ちました。爆発時、全員は激しく揺さぶられ、壁土を浴び、ガラスで傷つきましが生き延びる事ができました。お金

の入ったその金庫は爆風でねじ曲がった金属箱と化し、それを開けるには電気ドリルが必要でした。

1943 年 10 月 9 日

私がモスクワに離れていた間にあった激しい砲撃時のエピソードを ID が語ってくれました。彼は子猫のクージャをブリーフケースに詰めて司令部に駆け込んだのでした。今、子猫は大きくなりました、もうケースに入れる事はできません。

ジナイーダ・ヴァシリエーヴナの医療報告書は次のように語っています。

「砲弾片で負傷した子供はその時枕の上で伏せていました。その為この子の傷口には羽根が一杯詰まっていました」、「臨月を迎えた女性が負傷しました。胎児もまた傷を負いました」。

一人の少年について、誕生日の贈り物に「小さなガスマスク」をねだりました。

今、私達の建物の裏手にある空き地で子供達が戦争ごっこをしています。一人の少年が小隊を指揮し、叫び声をあげ「全員、レーシュカに突撃！」と命令しました。子供達はそのレーシュカに向かって走り出しました。私が遊んでいたならば、レーシュカ役は願い下げたでしょう。

1943 年 10 月 12 日

偶然耳にした言葉があります。

「こうした時代にあってはユーモアは固く制限されなくてはならない」と。でも、その必要があるでしょうか？

1943 年 10 月 14 日

一昨日、ここの建物の一つが砲弾を受けました。そこはレーニン・ホール（彼は 1917 年 4 月、このホールで『四月テーゼ』についてスピーチしました）の隣の部屋でした。

砲撃は学生達がそこを離れた直後に始まりました。煉瓦の埃が落ち着く前に私達はそこに駆けつけましたが、部屋の様相は奇妙なくらい変わっていま

した。火山の噴火の跡とはおそらくこんなものでしょう、壁には大きな穴がパックリと開いていました。たった一つ無事だったものは高い石膏の台座にのったレーニンの胸像でした。舞い上がった埃のせいでその色は白色からくすんだ灰色に変わっていました。彼の表情も変わったかの様でした。

　昨日、このレーニン・ホールで党会議が開かれている時も砲撃があり、IDは会議を中止させ、私達は散会したのでした。

　本日、前線状況は我が軍にとって極めて明るいものになっています。一発の祝砲を期待していいでしょう……いや、二発でしょう。

1943年10月17日

　昨日、激しい砲撃の最中でしたが私は負傷者棟を訪ねました。既に次々と負傷者が運び込まれていました。最初に運ばれてきたのは国立外科センターで働く女性職員で、右腕と右足を負傷していました。彼女の顔は青く、震え続けていました。負傷した足から抜き取った見立ての良い靴を自分の胸に押し当てていましたが、その靴は血で洗われていました。また、砲弾の破片が顔面の口元近くの皮膚の下に刺さっているのがはっきりと分かります。当番医が「突き出ている！」と叫び、彼女はX線科に移送されました。

　その後、私はブラートフ、アルヴェンチーナ・ヴァシリエーヴナと共にここの建物群の中の一つの建物の屋根の上に出ました、そしてその上の監視塔に登りました。雨で濡れ、滑りやすくなった屋根を歩き、ピンと張られた鉄線をつたって登るのはもう命がけでした。秋の地平線の向こうでは閃光が激しくきらめき、その下には市の建物が薄暗く横たわっています。イサーク大聖堂、海軍省の尖塔、ペトロパヴロフスク要塞―これらは灰色に包まれ、その輝きはすっかり隠れていました。

　ブラートフは「もし砲弾が落ちたなら、直ちに伏せる様に」と注意しました。でもそれには及びません、私はこの滑りやすい屋根の上で自分の身体を支える事はできないのですから。帰る時は近くにあった窓から建物に入り込みました。その屋根裏部屋のなんと居心地のいいこと！

1943年11月8日

　随分と長い間日記を書いていませんでした。でもこの間多くの事が起きま

した。我が軍はキエフを解放しました。いつの日かは分かりません、でも戦争の終わりが近づいているのでは？　そんな気持ちが人々の胸の鼓動を早めています。

　私の十月革命記念日（注：11月7日）の祝日は活発なそれとなりました。昨日、軍司令官Ａ・Ｉ・チェレパーノフの招きで私達一行はカレリア地峡を訪ねました。ヴァシリエーヴナを通してのこの招待は以前からのものでした。昨日、チェレパーノフは私達に車を差し向けてくれ、私達はクレストフスキー島を抜け、チョルナヤ・レチカ（プーシキンの決闘のあった場所です）を過ぎ、パルゴローヴォ、トクソーヴォ、に入り、針葉樹の林と丘を走り抜けました。この地では全てが注意深い監視体制の下にあり、音もなく、辺り一面には秋の薄霧が立ち込めていました。

　ここの軍団は実際の戦闘をおこなってはいません。その役割はカレリア地峡を超えて侵入するフィンランド軍に対しての備えにあります。戦闘に従事していない―非戦闘軍と呼ばれています―という事実は司令官から一兵士に至る全員の精神を研ぎ澄ます事になっています。

　彼等から最初に口に出てくる言葉は、「何故戦闘を展開しないのか？」の説明です。これは「時至れば戦闘に向かう」という意味です、この事を理解しなくてならないでしょう。ところで、ここでは全てが完全な秩序に保たれており、銃と榴弾砲は周到に準備されています。また、兵士達は偽装された陣地に潜み、数秒の内にそこから打って出る様に配置されています。ここでのこうした軍事的経験は既に他の軍団にも応用されている、と彼等は誇らしげに語ってくれました。

　司令部で休息を取った後、司令官がフィンランド軍から3キロメーターの前線地点まで私達を車で連れて行き、そこから先は徒歩で前進しました。私は、1942年の冬にフェジュニンスキーの部隊を訪問した時はドイツ軍との距離はもっと近く、今立っている場所はその時の4倍の距離がある、と説明しました。しかしながら司令官はこれより先に私達が進むのを許可しませんでした。彼は私達に向かって、「あなた方の安全に責任をもっている、文学への責任です」と告げました。

　その後の夕食時、この職業軍人は職業作家たる私を大いに驚かせました。彼はプーシキンの星座の如く数ある詩のある一節を引用しました、でも恥ずかしながらも私はその一節について無知でした。

　ある地点で司令官は夕方の蒼い霧の中、木の茂る丘を指さしました。そし

て言いました。

「敵軍が潜んでいる」と。

この平和に見える秋の景色の深部に戦争が潜んでいるのです。苔で覆われた小塚、見捨てられた小屋、開墾地に山積みされた粗朶、こうした土地が一瞬にして戦火に包まれるのです。静寂に包まれ、物音も人影もない野、でも注意深く目を凝らすならば、トーチカが至る所にあるのに気付きます。それは偽装されたワイヤーで囲まれ、それには金属片が数多くぶら下がっています。ワイヤーにちょっとでも触れるとリン・リン・リンと音が鳴り響きます。また、対戦車用の障害溝はこれまた至る所に掘られています。

私は初めてトーチカを見ました。全ては金属とコンクリートで構築されており、木製のものは一切ありません。ドーム型で、射撃孔は全方向をカバーしています。機関銃射撃手の座はなにかしらの農業用機械の部品で作られています。

居住スペースは地下深くにあり、梯子をつたってそこに降りなければなりません。各トーチカ、各砲台の指揮官は司令官に現在の状況報告と共に戦闘行動の即座実行可の報告をしました。一人の指揮官は明瞭に、「兵士達は腕を撫しています」と報告しました。

私達の到着を歓迎して榴弾砲部隊が二発の祝砲を打ちあげました。数分後にフィンランド軍がそれに応えました。森の奥深くの十字路では哨兵が偽装された小さな小屋から出てきました。二人の兵士です、一人はベラルース人あるいはウクライナ人でしょう、髭を蓄えた年配の兵士で、その顔は引き締まっていました。もう一人は浅黒く、鉤鼻で、その動きは敏捷です、きっと山岳地域の出身でしょう。

司令官は彼ら二人にタバコを贈りました。二人はフィンランド方向に背を向けて吸いました。

その夜遅く、私達一行はレニングラードに帰りました。市街は欠けつつある月の明かりで照らされていました。

さあ、これで私はこの市を包囲する環の全方向を目に浮かべる事ができるようになりました。

1943年11月26日

私は詩の結びとなる部分をもう一度書き直しました。これにて基本的には

詩作が完成されました。明日、オストロウモーヴァ - レベデーヴァ（注：画家）に会うつもりです、そして本のデザインについて決定する事になるでしょう。その後、新たに散文に向かう事ができると思っています。

　散文はもちろんそれ自体難しいものです、でも詩を書く時に私達をしばしば襲う「熱狂的な心理状態」というものはありません。この年1943年、私は精神力の高揚でもって書き続ける事ができました。そしてこの高揚が1944年においても続くようにと気を引き締めています。そうする事で「空白からの出発」―これは嫌な事です―を避ける事ができるでしょう。途切れることなく、円滑に、前進また前進……を続けなくてはなりません。

1943年12月12日

　オゼレツキー夫妻がクラスノヤルスク（注：シベリア中部）からやっと帰ってきました。医科大学の機能の一部は、まずキスロヴォツク（注：北カフカース）に、次に1942年春にはクラスノヤルスクに疎開していました。

　戦時下の主なる困難はひとまず過ぎていきました。IDは彼の職務である理事長職から解放されてもいいのではないか、そして後任にオゼレツキー教授を当ててるべきではないかと考えていました。この事はニコライ・イヴァノヴィッチ・オゼレツキーの希望とも合致しています。この様に万事順調に事は運んでいます。

　これでIDは彼が愛してやまない医学史の研究に戻る事ができるでしょう。図書館より分厚い本、小さな本、古いメディカルジャーナルが私達の部屋に持ち込まれました。猫のクージャは既に本の検索ファイル箱の中に寝床を見つけています。

　IDは幸せです、私もそうです。排気ダクトの不具合、給水弁の締まり、そんな事に気を配る必要はありません、これら全てに終わりが来ました。

1943年12月17日

　昨夜、私達はいつもの散歩に出かけました。オゼレツキー夫妻はオーロラの光を見たと主張していましたが、それにもかかわらずその夜の空気は湿っており、また暖かく、道は滑りやすくなっていました。

　レオ・トルストイ広場で昼間の攻撃を受けたベーカリーの具合を確かめよ

うとしましたが、私達の懐中電灯の光は弱く、詳しく見る事はできませんでした。広場に三、四発が続けざまに飛んできましたが、なんとか無事に帰宅できました。

昨日の午後、医科大学の卒後教育課程の女子大生オルシャンスカヤがその広場で致命傷を負いました。小腸は破壊され、脈拍もなく、絶望的でした。

その同じ砲撃の中で若い第二学年の女学生ヴェローチカ・ベレゾフスカヤは死にました。IDは死の10分前に彼女を見かけました、彼女は試験会場であった解剖学教室を出るとこでした。

ID「怯えてますか？」

ヴェローチカ「今日怯えているのは他の人達です。でも明日は私かもしれません」

一時間後、彼女は霊安室に横たわりました。

1943年12月19日

今朝、私達はヴェローチカ・ベレゾフスカヤの葬儀に出かけました。空は晴れ、空気は乾いていました。霊安室に着いた時、やはり砲弾で死んだ水兵の棺を運んだトラックがそこから離れ、その後をバルチック海軍の分隊がマーチで葬送しました。

私達は小さな「別れの部屋」に何とか入り込みました。もう一つの棺が並んで置かれていました―女性で、薄い絹の布で覆われていました。やはり砲弾の犠牲者でした。その横にはベレゾフスカヤの小さな棺が置かれ、遺体は薔薇と百合の造花で覆われ、滑らかな若い手だけが露出していました。皆は順次その小さな手にキスをし、別れを告げ、離れていきました。

彼女の頭はネットの布で覆われていました。私はこれをめくって彼女の顔を覗こうと思いましたが、参列の人々は私に、「頭部で残っているのは後部だけですよ」とささやいてくれました。母は気丈にも耐えています、でも父は深い悲しみに打ちひしがれていました。

IDと女子学生達が棺を担ぎだし、トラックに載せました。トラックはスコロホドーヴァ通りを走り、歯科クリニックの清潔な建物の前で停車しました。ベレゾフスカヤの父はここの院長を務め、ヴェローチカ自身、医学課程の学生時代はここで看護婦として働いていました。墓地まで運ぶベンチがクリニックから運びだされ、トラックに積み込まれました。そして路上で惜別

の集会が持たれました。

　ID が最初にスピーチをし、クリニックの同僚達が続き、最後は女子学生の別れの言葉で集会は終わりました。何処か近くの通りからでしょう、銃声がひっきりなしに鳴っていました―葬送のマーチが進んでいます、兵士の埋葬です。

　空は澄んで、綺麗です。始まったばかりの柔らかな冬の日です。そして私達が待ちに待った零下の気温が到来しました、我が軍の反撃開始には欠かせません。

　銃声が聞こえた時、ベレゾフスカヤの母がこう言いました。

　「さあ、墓地に行きましょう！」と。彼女自身、埋葬を恐れているのでしょうか、心安らかに娘に別れを告げたいのでしょうか、私には分かりませんでした。

　夜

　ラジオが重要な声明を伝えました。我が軍は、プスコフ地方のネーヴェリ（注：レニングラード南 450km）のドイツ軍防衛線を大幅に崩壊させました。ドイツ軍が何故、ここ数日狂ったような攻撃を仕掛けていたのか、その理由がこれでした。

　1943 年 12 月 25 日

　党の幹部会及び全体会議が開かれ、私の入党願いは受け入れられました。月曜日には地区委員会が開かれる予定です。今朝早くマリエッタと私はその地区委員会を訪ね、私達の意志表明を伝えました。私の 1943 年はいい形で終わりつつあります。

　1943 年 12 月 27 日

　不安な一日でした。質問に答えるべく地区委員会に向けて外出するところでしたが私の地区は激しい砲撃を受けました。ID は所用で市中に出かけており、夕方まで帰ってきません。この事で私は不安に襲われました。彼の外出時、些細な事でお互いに不機嫌になっており、私達は別れの言葉をかけあってい

ませんでした。レニングラードにおいては、別れの言葉をかける事なく人と別れてはなりません—永遠の別れは如何なる時にも訪れます。

　砲弾が止み次第、地区委員会に出かけるつもりです。

1943 年 12 月 29 日

　辛く残酷な夜でした。重火器砲からの攻撃は三回も繰り返されました。産業共同組合会館の建物近くでそれが炸裂し、私達の建物はその爆風でカード造りの家の如く大きく揺れました。でもシェルターへは走らず、着替えもしませんでした。私は枕を掴み、窓から遠いソファーに移動しただけでした。

　英国軍がベルリンを空襲しました、気休めにはなります。

夜

　地区委員会幹部会のメンバーは綺麗な大部屋の中の長円形のテーブルに着席しました。床には細長い敷物が走り、テーブルは緑の敷布で覆われていました。私はここで質問を受け、立ち上がり、答えました。

　質問：あなたは何故これまで作家連盟党組織に加入しなかったのでしょうか？

　答え：作家連盟レニングラード支部は、現在のところ、それ自身の党組織をもっていません。前線に配置された作家は軍の党組織に、他の人は働いている工場の党組織に配属されました。

　質問：この間、どのような、どれだけの公共的な仕事に奉仕しましたか？

　答え：工場、労働者クラブ、軍部隊、病院、学校にて読書会を先導しました。

　質問：これから先、党員としての仕事にどんな見通しを持っていますか？

　答え：これまでどおり、書き、語ります。しかし、もっと高い文学的水準の観点からそれらの仕事を見直す事になると思います。加えて、党の要求があれば、私の持つ力の全てでもってそれに応えたいと思います。

質問：党の厳粛な規律に怯む事はないでしょうか？

答え：怯む事はありません、私自身生来組織的な人間であると思います。

　地区委員会からの帰途、私は党員候補であったこの一年間はどうやって過ぎて行ったのだろうか、と自問しました。この期間、私にどんな変化が起きたのだろうか？

　私は工場で、軍で、海軍で、読み、そして語り続けました。そして書き続けました。これは事実です、でもこれらの事は以前にもやっていた事です。では党員候補期間においてどんな変化が私に訪れていたのでしょうか？

　その答えをまとめ上げるのは容易ではありません、でもある変化はあった、とは言えます。以前の私の立場はこうでした。

　もし成功裏に書く事ができたのであれば、私は幸せでした。そして失敗は苦いものでした。でもこうした喜びと悲しみは私個人に帰結するものでした。

　しかしながら今、こう思います：一体どの程度私の書く事がソヴィエト文学の理念の形成に貢献するのであろうか？　ではソヴィエト文学の理念とは？

　それは世界で最初に社会主義への道を歩もうとする私の国の誇るべき壮大な理念の一部分なのではなかろうか？

　論理的に構成された全ての文学作品はそれ自身が次のアクションを喚起すべきものではないでしょうか？　あるいは少なくともその可能性を持ったものであるべきでしょう。私はこの事をずっと考えてきました。そして、最後のページにはそこから人生が新たに始まる跳躍台があるのではないか、その後に何かが起きるのではなかろうか、こうした事を考え続けてきました。

　自分の詩を持ち出しましょう、私の詩はこの今、人々にどんな衝撃を与えるのでしょうか？　私の武器ことペンは封鎖の環の只中にあるレニングラードにおいて如何ほどの役を果たしたのでしょうか？　レニングラードは私の作品を必要としたのでしょうか？　私はこれらに責任を負っています。

　それが党が私に課せた任務であり、党員としての私の仕事だと考えます。

1943年12月30日

　静かな夜です。夜遅く遠くで砲声が続きました。これは、多分、我が軍のカチューシャ（注：多連装ロケット砲）の「囁き声」でしょう。ラジオはいいニュースを伝えています。

外は……今年最初の雪吹雪に見舞われました。

1943 年 12 月 31 日

こうして年は終わりを迎えました。来る年は勝利を約束してくれる年となるでしょう。昨日の公式声明は希望溢れるものでした。私達は、ベルリンへの攻撃がこれまでで最も激しいものであった、とのニュースを歓喜を持って聞きました。ヒットラー体制の延命は決して許されるものではありません。

パート4（1943年）

レニングラード解放、戦争の終結

1944 年 1 月 1 日

ケトリンスカヤの家で新年を迎えました。帰宅の道どりは心地よいもので、私達は静まりかえった市中を歩き通しました。市中には浅く雪が積もり、窓を通してラジオからのワルツが流れてきました。この日の通りの歩行は午前2 時まで許されており、それまでに私達は帰宅しました。

健康であれ！ と願いました。健康であろう、本の完成を見よう！

1944 年 1 月 2 日

ある警察官の話（エフローシニャ・イヴァノーヴナの語りの一つです）

待ち行列に立っていた一人の女が自分の子供を粗雑な言葉で叱りつけ、その手を乱暴にも引っ張りました。

これを見ていた人たちは憤り、警官を呼びました。駆けつけた警官はその場の様子を把握し、自分でその子を何処かに連れて行こうとしました。母親はたじろぎました。

「一体何処に私の息子を連れていくのだい？」

「私の妻の所だ、彼女は子供とどう付き合うかを知っている」

「私の子供に干渉するのがお前さんの仕事なのかい？」

「もちろん。市中が秩序を保つようにと私は国家に任命されている。今、私がしている事がそれだ」

昨日、医科大学のレーニン・ホールにて学生達がモミの木を囲み、新年の祝いのパーティーを開きました。ホールは男女の学生達と大学の計らいで招

かれた水兵達で込み合いました。彼等は清潔に身だしなみを整え、ダンスの始まりを待つばかりとなりました。でも……どんなに平和な時間が続こうとも、警報が鳴れば水兵達は直ちに艦に帰らなければなりません。

水兵達が羽織った密な生地の上着に比べて女子学生達のドレスはもっと薄く、色彩に富んだものでした。こんなドレスは一体何処に保管されていたのでしょうか？　またどうやって？　爆弾、砲弾に対しても安全な隠し場所に収納されていたのでしょうか？　ドレスはくるめられて二年以上の歳月を繭の中で過ごし、この新年の夜のモミの木の電飾に誘われて飛び出してきたのでしょうか？（キャンドルの灯りは市消防局により禁止されています、封鎖はまだ続いています）

モミの木の回りを絵物語から抜け出てきたドレスが舞います。一人の少女は扇すらもっています。このホールの温度がそうさせたのでしょうか？　いいえそうではないでしょう。

少年のユーラはピエロのコスチュームを着ています、彼の母親が綿入れの下着を延ばして縫い上げました。封鎖の最初の冬、ユーラは脆弱で、栄養不足で、部屋の外には出られませんでした。二度目の冬、ここの中庭でスキーをしている彼を見ました。そして今、彼は踊り子の群れに向かっていたずら小僧の如く飛び込んでいます。陽気で怖いもの知らずの一人の子供がそこにいるのです。

そのユーラは私達に「ラジオ蓄音機」（一体、ラジオ蓄音機とは何なんでしょう？）だけではなくて、生のジャズバンドが演奏すると伝えてくれました。

そのとおりでした、フレンチホーン、ヴァイオリン、サクソフォンが登場しました。天井の電飾は消され、モミの木の電飾だけが輝きました。そのモミの木はとても大きく、学生達が森の中で切り取り、軍用トラックで運び込んできました。それは華やかに飾り付けられ、樹頭には星が、枝には金銀の［模擬の］金属片がきらめいていました。ジャズバンドが勢いよく演奏を始めました。紙吹雪が舞い、カップル達はダンスを始めました。

この夜、砲弾の音は聞こえませんでした。

1944 年 1 月 4 日

ラジオによるインフルエンザについての講義は「砲撃あり！」の報せにより中断しました。明け方時に数回激しい爆発がありましたが、私にはそれほ

どの音には聞こえませんでした。きっと私の夢うつつと混じり合っていたのでしょう。

　この音には消耗してしまいます。何という耐えきれないストレスなのでしょう！　レニングラードの困難な日々に終わりが来るのでしょうか？

1944年1月6日

　ラジオ放送委員会は依然として第一・第二トランペット奏者それにピッコロ奏者を求めています。朝の放送でこれがアナウンスされ、夜にも繰り返されました―しかし誰もいません。皆飢餓の中で亡くなりました。

　IDの言葉、

　「ゲルツェン大学に行くのは塹壕の縁に沿って歩くようなものだね、そこへの道は砲弾で一面穴ぼこだらけとなっている」。

　学生についての教授の言葉：「彼等は暖を取る為に丸太を運ばなくてはならないのだけれど、これは［炭素］定性分析の実験になっている」。

1944年1月9日

　昨日キロヴォグラード（かつてのエリザヴェートグラードです）が解放されました。その地は、もう昔の事ですが、父の計らいでドイツ軍攻撃から逃れて疎開していた土地です。

　そこで母とまだ幼いジャーナと暮らしました。［第一次大戦時］ドイツ軍の軍艦ゲーベンとブレスラウによりオデッサは艦砲射撃を受けました。

　レニングラードにおいて血は毎日流れています。砲弾の雨、犠牲者、市電への着弾、これらは止む事無く続いています。水曜日には10番線の市電が破壊され、乗客70名が死にました。

　我が軍の前線は静かです。でも、いついかなる時においてもその静寂は破られます。ドイツ軍はポロツクとヴィテブスク（注：ともにベラルース）を必死に防衛しています。ここはレニングラードの運命を決定する地点となっています。

　私は前線向けリーフレットを書き始めました、封鎖突破した昨年からの一周年記念に向けてのものです。

1944 年 1 月 12 日

アリーナ・オセルスカヤが疎開地のクラスノヤルスクから糸車を持って帰って来ました。

彼女はその地の女性から紡ぎの手法を学びました。ベートーヴェンのソナタを弾く時、あるいは古代の遺物に関する学術論文を書き上げる時を除き、彼女はそこで毎夜糸紡ぎにいそしみました。

1944 年 1 月 14 日

単調でありながらも決して緊張から解放される事の無いレニングラードの生活、それに耐えるは困難な事です。でもどんなに困難であろうと、春が来るまではここに留まる、それが私にとっては必要な事なのです。この間に市の運命は決まるでしょう、そしてもっと良いものになる事でしょう。霜が降りました、零下です。きっと何かが起きる、そんな気がしています。新しい負傷者が市に現れました、これは重大な兆候に違いありません。

1944 年 1 月 15 日

これまでに聞いた事のない激しい砲の咆哮が早朝の空を揺るがしました。我が海軍の艦砲です。人々はオラニエンバウム地区（注：クロンシュタット島南部の対岸、本土側）からだと言っています。

咆哮は続きました。「この砲撃で我が軍の前進を整えているのだ」と、ブラートフが私に説明してくれました。

これから何が起きるのでしょうか？ 今回は失敗しないでしょうか？ 皆は成功を信じています。彼等の顔には特別な期待が溢れています。

何か大事な事が起きる時、ガルシン教授はきまってやってきます。この朝がそうでした。

「ちょっと立ち寄ったよ」、彼は高揚を抑えてそう言いました。

さあ、私は書く事に向かわなくては。

砲よ鳴れ、我が軍よ打て！ ID はプーシキンの町（注：レニングラード南部郊外 25km）が解放されたら、君は直ちに行くべきだろうと既に提案しています。砲よ鳴れ！

1944年1月19日

既に公式声明が発表されています。
「レニングラード戦線において我が軍はオラニエンバウム南部に向けて攻勢に反転。攻勢は進行中」。
ヴォルホフ（注：ラドガ湖南部）においても同様です、反転攻勢が始まりました。でも……レニングラードの病院全部でどれだけの負傷者が収容されるのでしょうか？　事実、無数の赤十字マークの黒い大型バスが駅に向かっています、そこで負傷者を拾うのです。彼等の流した血が無駄とならない事を願います。

1944年1月20日

昨日、我が軍は［市南部郊外］クラスノエ・シエロ、ロプシャ、ペテルゴフ、ドゥデルゴフを解放しました。レニングラードへの祝砲がついにモスクワで鳴り響きました。

1944年1月21日

ウリツク、リゴヴォ、ストレーリナ、ノヴゴロドが解放されました。他の場所でもドイツ軍は包囲され、殲滅されています。次はプーシキンの町です。

1944年1月22日

昨日の朝、日曜日、私は電話を続けて受けました。まず作家連盟から、次にレニングラード戦線政治本部からでした。それは、
「用意してください、一時間以内に解放された地域に出発しますので」という事でした。
出発し、［市南部の］キーロフ工場群を過ぎ、更に南に向かいました。ここでは戦争により全てが荒廃しています。有刺鉄線、電線の束、掘り起こされた溝、破壊された家屋の茶色の瓦礫、これら戦争の残骸は至る所に見られます。雪に覆われた砲弾穴から煤が長い舌を突き出す如く立ち昇っています。

どれだけ激しい炎であったかはこれから分かります。

これは我が空軍による敵軍前線への掃討作戦によるものです。

フォーレル精神病院（注：スイス人医学者アウグス・フォーレルの名にちなむ）の古い建物はただ壁だけが残っています。冬の空の下、ピシュマッシュ・タイプライター工場が悲しくもその廃墟を晒しています。ドイツ軍はこの工場を強固な要塞に変え、そこから市に向けて砲弾を撃ち込んだのでした。道路が交差する所では至る所にドイツ語標識が残っています、矢印が描かれ、なんと像の絵までもありました―幸福の象徴？　でもいったい何の為の？　それとは気づかない小さな橋までも吹き飛ばされており、私達一行の運転手は新しい仮設の橋を細心の注意を払って渡り切りました。これらの橋の入り口にはディスク型の地雷が列をなしてプラットフォームを形成しています―もちろん信管は抜き取られていますが。他の形状の地雷、筒状のもの、尾のような感知装置のついたもの、これらは山と積まれています、もう死んだ魚の山です。

道路の左右では工兵が雪の中を横広がりとなり、各自が犬を連れ地雷探索活動をしています。この中の一匹の犬は昨日だけで45個の地雷を発見したと私達は教えられました。

しかしながら、高速道路は依然危険です。私達の車を先行していたピックアップトラックは地雷に触れました、幸いにも車輪のリムが触れただけでした。でも運転手は軽傷を負い、彼の顔は血まみれとなりました。彼は、「どこを走っているか分かっただろう、何が起きるか分かっているだろう！」と私達に叫びました。

ともかくも私達は無事にそこを通過しました。

ストレーリナに到着しました。宮殿のアーチの下では野外炊飯の煙が既に上がっていました。我が軍の兵士達はドイツ軍からの戦利品のバケツで水を運び、これまた彼等の斧で木を割っていました、その音が宮殿の中でエコーしました。かつて平和時にもそのエコーを聞きました、そして再びその音が戻ってきました。

ストレーリナの公園は全くの荒廃状態です、被害を受けていない木を見る事はありません。ある一つの木は打ちすえられ、怯えた様に立っています、それでも傷ついた枝の間からなんとかその樹頭をもたげています。そのけなげな様は人間と何ら変わりません。

私達は注意深く歩を進めなくてはなりませんでした、人が通った道を外れ

てはなりません。地雷は至る所に埋められています。

ストレーリナから私はドイツ製の緑色の抗炎症剤塗布紙の大きな一束を持ち帰りました。

ペテルゴフ宮殿の崩壊はひどく、人間の力で再建するのは不可能に見えました。宮殿の残骸物を乗り越えながら、私達はまだその一部が残っていた大庭園のテラスに立ちました。

そして海に下っていく「噴水の通り」を見つめましたが、その「通り」は既に破壊されていました。

澄みきった冬の空の下、ドイツ軍の砲が公園の下段部に見えました。それは公園の塀際に近く、半円形の砲台に据え付けられ、海の向こうのクロンシュタットに向けられていました。そこに近づくのは不可能です、地雷の畑を超えて行く事になるのですから。私はあの言葉を思い出しました。クロンシュタットの停泊地から遠くに霞むペテルゴフを見つめていた時、司令官が言いました。

「その時は必ず来る……」。

夕暮れ時、私達一行はクラスノエ・シエロに到着しました。その郊外にて「ギンギセップ方面」の標識が燃えている家の明かりで読めました、そしてそこでドイツ軍捕虜を見ました。彼等は迷彩色の戦闘服を身に着け、汚く、髭は伸びきっていました。彼等は連行されていますが、その方向の道路標識は「レニングラード方面」でした。私は戦争の全期間をおいて初めてドイツ人を見ました。

1944年1月24日

プーシキンとパヴロフスクの町が解放されました。

1944年1月27日

レニングラードにとって最大の出来事─封鎖からの完全な解放が成就しました。著述家としての私は言葉を見つけられません。言える事はただ一つ、「レニングラードに自由が戻りました」。他の言葉が見つかりません。

1944年1月28日

昨日の夜８時ちょうど、Ｌ・Ａ・ゴーヴォロフ将軍（注：レニングラード戦線司令官）の命令により、偉大な勝利の日に限って許される壮大な規模の祝砲が打たれました。324門の砲から24発が一斉発射されました。レニングラードの前線を戦い抜いた全ての兵士に対して、レーニンの名を受けたこの都市は祝砲を捧げました。ここで打ち上げられた祝砲はモスクワでのそれに比してはるかに新型で美を伴っていました。異なった色彩の砲弾が一斉に発射され、その後はただ緑色の砲弾のみが空に向かい夜空全体が燐光色に染まりました、まるで流星が飛んだみたいでした。続いて紅色の光が輝き、黄金色の星屑が降りてきました。目には見えないバスケットからこぼれ落ちる穀物の穂です。やがてこれら全てがネヴァ川の氷の上に落ち、燃え尽きました。

　この祝砲に使われた戦闘用の砲を私達は以前に見た事がありました。その使途は多様です―攻撃の開始を告げ、航空機へ着陸地点を教え、狙撃手への発射開始信号であり、歩兵部隊への進軍指示であり、戦車部隊への警報でもあります。でも、今は祝砲を打っています。この壮大な規模の祝砲は、数知れぬ攻撃、対空砲火、塹壕からの突撃、海戦、これら全ての象徴として今一斉に空に向けて打たれているのです。最も印象的なものは艦からのサーチライトでしょう―これはモスクワにはありません。特筆すべきはペテロパブロフスク要塞の尖塔に向けて下方から直接に照射されたライトです。その照度は強力で、光の束ではなく、むしろ傾斜したタワー、あるいはブリッジとなって見えました。人はその上をそれこそ歩いていけたでしょう。

　もう一つのサーチライトが遠方より、劇場的な効果でもって証券取引所の建物を照らしました。光の先に建物全部が現れ、やがてその柱、正面入り口、が次々に現れてきました。

　そして光は消えて暗黒が残されました。その後です、複数のサーチライトが夜空一面を十字照射しました。

　ネヴァ川堤防に沿って艦船が列を組みその砲は上空に向けられていました。祝砲の響きの少し前、砲身から火を吹くような閃光が放たれました。古い絵画に描かれた長い火の舌です。祝砲の儀式がラジオで伝えられている間、私は地区委員会知識人会議でスピーチをしていましたが、祝砲開始の10分前にはそれを終えました。急いで外出用に身を整え、３番線の市電に乗り込みました。車両はとても混んでおり、皆はキーロフ橋へと急いでいました。祝砲第一発目に間に合いました。

キーロフ橋とマルスの原は見学の人で埋め尽くされました。ニュース映画撮影班を乗せたヴァンはスヴォーロフ・モニュメントの傍に停車し、撮影は既に進行していました。交通は、車、自転車、歩行者が混然となっており、その中を時おり装甲車、あるいは戦車がゆっくりと進んでいました。

祝砲は圧倒するもので、まさに「勝利の雷」でした。光の海の中で私達はただ唖然とするばかりでした。全ての人達は空を見上げ、その表情はどんなに子細な部分であってもくっきりと浮かび上がっていました。

1944 年 1 月 30 日

祝砲が打たれた 2 日後、ここの病院の産科病棟で K が男の子を出産しました。自由が訪れたレニングラードの子供です。

1944 年 2 月 1 日

昨日、画家、美術館職員の一団と共にドゥデルゴフ、ガッチナ、パヴロフスク、プーシキンの町々を訪れ、その帰り道にプルコヴォに立ち寄りました。

プルコヴォ天文台を最後に見たのはおもちゃの立体鏡を通してでした。それを通して驚くべき光学的精度でもって白い建物群が緑樹の中に現れ、その一つが天文台の本館でした。それは［美術家・建築家］アレキサンドル・ブリューロフにより建てられたもので、タワーの中に巨大な望遠鏡が据え付けられており、また全ての星の歴史がやはりその中にある図書館に保管されていました。

今、これらの全ては焼かれ、攻撃で破片と化し、爆弾投下で破壊尽されました。たった数本の焦げた木のみがかつての公園に残っていました。建物群は壊滅しました。プルコヴォの丘全体は退避壕・塹壕でかき回されました。これらは我が軍によりなされたものですが、丘の反対側にはやはりドイツ軍のそれらがありました。両軍の塹壕陣地は文字通り近接し、向き合っていました。ここにおいてドイツ軍は進行を阻止されました。

廃墟と化したプルコヴォの光景は、しかしながら、短い冬の日の終わりとともに私達の目から消えていきました。私達は憂鬱な幻想を見ていたのでしょうか？

ドゥデルゴフ高地（カラスの山と呼ばれています）はその形から平らな鉄の

塊を思い起こさせてくれます。そうです、ここからです—この高地からドイツ軍は砲の高度を合わせてレニングラード市街に砲弾の雨を降らせたのでした。我が軍がこの凍てついた丘を奪還するのにどれほどの困難を伴ったか、それは容易に理解できます。タンクはここでは役にたちません、歩兵部隊が丘を激しく攻撃し奪還したのでした。

私達のバスの中には三人の女性の美術館職員が乗っていました。彼女達はそれぞれパヴロフスク、ガッチナ、プーシキンの美術館で働いていました、彼女達にとってそれらの美術館との再会は感情的にならざるを得ないものでした。彼女達は感嘆の声を上げました：「オランダ村は無事だったわ！」、「小さな架け橋は壊れていないわ！」、「ほらそこにヴィーナス・パヴィリオンがあるわ！」と。しかしながらほとんどの時間、彼女達は沈黙しなくてはなりませんでした—それとわかる物は何も残されていなかったのです。

私自身パヴロフスク宮殿の中には入りませんでした、ただ遠くから眺めていました。スラヴィヤンカ川に架かる橋は他の橋と同様にドイツ軍により吹き飛ばされていました。崖の急斜面を降り、凍てついた丸太を歩いて川を渡らなくてはならず、私には困難でした。

しかしながらパヴロフスク美術館から来ていた若い女性は素早く川に駆け下り、向こう岸のスロープを登りました、そのスピードは速く、男性とて追いつくことはできなかったでしょう。彼女はゆっくりと帰って来ましたが、その顔は蒼白になっていました。この凍てついた空気の中ですら、その様ははっきりと分かりました。「宮殿はもう単なる殻となっていました、輪郭だけが残り、内部は廃墟でした」と告げました。

ガッチナでは、公園入口に高いオベリスクの尖塔があり、かつては花崗岩の球が載っていました。ドイツ軍はそれを壊し、代わりに鉤十字を載せました。しかし私達が公園に来た時は、その鉤十字は叩き落され、オベリスクの土台に横たわり、ただカラスの群れの遊び道具となっていました。

美術館職員の意見によると、ガッチナ宮殿の少なくとも建築上の特徴—つまり全体像として—は残っているとの事でした。建物の概観、その本来のデザイン、各部分の間取り、これらです。ドイツ軍はガッチナをそのまま明け渡す意図をもっておらず、ここの住民をストレーリナ、ペテルゴフに強制的に追い出しました。我が軍がこの町に進軍してきた段階で彼等は宮殿に引火性の液体をかけ、火を放ちました。燃え盛る炎は窓という窓の全てから吹き出し、外壁に煤の跡を残しました。建物全体が主の死を悲しむ葬儀の場と化

しました。私達がその場にいる時もいくつかの柱はまだくすぶっていました。

　宮殿の内部は混沌の一言でした。天井も破壊され崩れ落ちていました。皇帝パヴェル一世の部屋では暖炉が頭上にぶら下がり、揺れていました。さらにその上ではローマ皇帝ティトゥスの彫像—それは紀元一世紀にさかのぼるアンティークです—がこれまた同様にぶら下がっていました。これらを見る為には頭を後ろに反らせて見上げなくてはなりません、でも同時に床に開いた穴に落ち込まないように注意しなくてはなりません。

　宮殿正面の主玄関の脇にはイタリアにて彫られた寓話をモチーフとした彫像があります、戦争と平和の彫像です。二つとも木製のケースに納まれたままで、無傷と分かりました。

　ガッチナ美術館職員はこれらの像が「ずっとこれまで生きていた」かの如く、その再会を喜びました。［ここを退避す前に］彼女自身がケースに収納し、隠していたのでした。

　宮殿正面のペディメントには碑文が刻まれています。

　「着手1766年5月30日 完成1781年」。これにもう一つの碑文を付け加えるべきでしょう。

　「ファシストにより破壊1944年」と。

　宮殿の壁の一つに化学インキで書かれたドイツ語の辞がありました。

　「ここにて駐留」、更に「イヴァンが来る頃にはここの全ては消失するであろう」と。これには名前と住所が追記されていました。

　「リハルド・ヴルフ、シュテッティン、ウラント・シュトラッセ、TEL D—28—10 - 48」と。

　私はこの男、ヴルフは今何処に？　思わずにはいられませでした（Wurfは「投げる」の意味があります）。彼は、ひょっとしてガッチナとパヴロフスクの間の雪の路上に「投げ」捨てられたのかもしれません—裸の足で、頭部は半壊し、血で汚れた雪の塊が眼底に詰まり、首から上は後ろに折れ曲がっていたのでしょうか？　そこを通った私達は雪に埋もれた「SS」の袖の紋章を見ました。そのような死体は数多くありました。

　ガッチナの町中は嫌悪を催す恐ろしいまでのドイツ軍の足跡を辿る事ができました。二重の有刺鉄線で囲まれた捕虜収容所、士官クラブ、ドイツ語・ロシア語併記の売店の看板が残っていました。それらは「酒保」とか「ベーカリー」で、更には店主の名前「アイゼン」、「マスリャニコフ」も書かれていました。

我が軍がガッチナを解放した時、およそ4千人の住民がここで生活していました。私達は一人の住民に会いました。彼はボロ着をまとい、痩せて青白く、その腕は包帯で巻かれていました。そんな彼にはレニングラードから来た私達一行を見やる余裕などはありませんでした。

　破壊された道路の上、そして橋のたもとでは、生活は既に始まっていました。そうです、たとえそれが遊牧民的、軍隊的なものであろうとも生活は始まっているのです。小さな焚火が燃え、雪水が飯盒の中で温められています。ある場所では明らかに馬が屠殺されたのでしょう、青味を帯びた紅色の内臓肉―これらは大量です―が雪の上に山となって捨てられていました。

　ある交差点には野外事務所が設営され、ドイツ軍の塹壕から持ってきたデスクと椅子が整えられていました。そこでは、山高の毛皮帽を被った男性が缶に入れたインクに願いかける様に息を吹きかけ、何とか温めようとしていました。

　凍りかけているイジョーラ川には我が軍の軽戦車が二台横たわっていました。その二台の装甲には「レニングラードの為に」、「スヴォーロフ」（注：18世紀の軍事リーダー、アレキサンドル・スヴォーロフ）と書かれています。二台とも川の中にたたき込まれ、冷たい水の流れが絶えることなく彼等の傷を洗い流し、錆が車体を包んでいました、それが彼らの血の色なのでしょう。

　私達がプーシキン公園に入ろうとした時、かつてここのガイドをしていたエフゲーニャ・レオニドーヴナが喜びの声を上げました。

　「旧邸は無事だわ！」。その通りでした、人工美を施したロマンス様式のエカテリーナ二世の旧邸は完全な状態で残されていました。

　犬をつれた工兵の警告を無視してエフゲーニャ・レオニドーヴナは旧邸のあらゆる部屋、大小のホール、美術品陳列室、廊下を駆け巡りました。進入できない部屋は中庭から目で追いました。彼女につられて私達もそのように内部を目で追いました。

　地下室のキャメロン画廊には私が最初に入りました。素早く、しっかりとした足取りで歩きました。でも、すぐにつま先を立てて飛び上がらなくてはなりませんでした、床の上に三発の爆弾が大きな樽のごとく横たわっているのを見つけたからです。既に信管は外されていましたが、私にはそうだと分かるはずもありませんでした。合計11個の爆弾で、それぞれが1トンの重量でした。それらは邸宅の中、公園の中にワイヤーでつながれて積まれていました。これらの爆弾は最後の時がきたならば爆発させられたでしょう、そ

の為のものでした。しかしながらドイツ軍にはその時間がありませんでした。

　地下にはも一つの側室があり、そこには破れた靴が山積みされていました―靴修繕の仕事場でした。ドイツ軍兵士達の休息部屋も同様に地下にあり、上の階からの家具調度品が持ち込まれていました―ダマスク織のカバーで装飾したソファー、サテンのカバー付きの肘掛け椅子、花瓶、カーペット等々です。しかしながら、ここにある全ての家具調度品は厚い埃と煤で覆われていました。

　大ホールにあった貴重な寄木細工の床を運び出そうとしたのでしょうが、その時間はなかったのでしょう。床の多く剥がされて一塊になり、移送されるばかりになっていました。

　鏡の間は至る所粉々になり、半分が焼け、残酷な姿を見せていました。その屋根は空に向かって穴が開いていました。美しく装飾されていた天井は崩れてぶら下がり、本来はそこに鮮やかな青い空が描かれていました。でも今はそれに代わって薄暗い冬の空が私達を見下していました。床には粉々になった鏡の破片、そして焼結石膏のレリーフ―これは辛抱強い農奴芸術です―の破片が一面に散乱していました。

　アレキサンドロフスキー宮殿内部は完全に空っぽでしたがその状態は悪くありませんでした。スペイン人義勇軍部隊はここに駐留していましたが、その事は壁に木炭で描かれたカルメンシータの絵で容易に分かりました。薔薇の縁取りの帽子あり、扇子を持ったものあり、櫛止めしたアップの髪型あり、等々です。

　「円の間」にスペイン人はチャペルを造りました。そこに設けた奇妙な祭壇が残っていました。祭壇は様々な家具の部材を使って造られていました。エフゲーニャ・レオニドーヴナはその中にマリア・フェドローヴナ女帝の部屋にあった中国製の本棚をすぐに見つけました。

　レニングラードに帰る時間となり、私達一行はもう一度ここの町中、およびプーシキン学院を歩き巡りました。公園の中のいくつかの通りは損傷から免れていました。雪に落ちた木々の影は青色に見えました。

　帰途、まだプーシキンの町から抜け出ていない時、およそ300人のドイツ人捕虜の集団と遭遇しました。

　1944年2月2日

思いがけないニュースが飛び込みました。明日、モスクワでの作家連盟総会に出席する事になりました。

1944 年 2 月 5 日

　昨日総会が開催されました。それに合わせて私達はオクチャーブルスカヤ駅からモスクワへの直通列車に乗り込みました—乗り換えなしです。その列車は「赤い矢」ではありません、でも既に直通列車は運行していたのです。

> 訳者ノート:
> 夜行寝台「赤い矢」（クラスナヤ・ストリラ）、あるいは単に「矢」は現在もモスクワ・レニングラード間を 8 時間で運行している。

1944 年 2 月 17 日

　いつものように私のモスクワ滞在は休む暇もなく過ぎて行きます—多くの会合があり、友人との語らいがあり、読書会を催し、講演会で語ります。この先私には明るい未来が待っていると確信しています、でも病気の影が忍び込んでいます。健康は最悪状態です。幸福である為には鉄の身体が必要であると強く感じています。

1944 年 2 月 20 日

　ある計画が持ち上がりました。まず私はいったんレニングラードに帰り、そこで最初の「赤い矢」—運行まじかとなっています—に乗り込むという計画です。それに乗り、モスクワに帰り、その車中の経験を書き、プラウダにその記事を掲載します。ただそれだけの為ですから私のモスクワのホテルの部屋はそのままにしておく事になるでしょう。
　「レニングラードに行き、そして帰ってくる」、なんとシンプルな旅程でしょう。でも私にとってこの言葉はそう容易くなじめそうにはありません。

1944 年 2 月 25 日　レニングラードにて

レニングラードにいます。但し「赤い矢」はまだ運行していません。私はモスクワにタイプライターを置いていきました、それなしでは手をなくした人と同じです。それを離してはならないと何回も言い聞かせていたのに！

1944年2月26日

「赤い矢」は結局3月1日、2日にずれ込むのではなかろうか、と思います。その時を待つしかありません。

1944年2月27日

昨日、植物園研究所開設記念日に行きました、既に230年の歴史を刻んでいます。

祝いは園内の小さなログハウス内で催され、心地よい暖房が効いていました。零下の戸外からここに入り、演壇に置かれたスズランや白いライラックを眺め、その香りを嗅ぐのもうれしい事でした。

研究所の科学者、技術スタッフがホールの椅子に腰をおとし、また子供達も多く参加していました。その二列目に特に目を引く子供がいました。彼女は緑の毛皮コートを羽織り、頭に白い帽子を被っており、文字通りスズランこと谷間の百合そのものでした。

私達は研究所の活動報告を聞きました。戦争が勃発する前にはその活動は世界の至る所の国々と密接なつながりを持っていました。ソ連邦の植物相に加えて、ここにはパミール高原からの、カシュガルからの、エジプトからの、ブラジルからの植物が成長していました。植物園は遠い過去のピョートル大帝時代の薬草園に起源を持っています。そしてここへの入場者はモスクワの革命博物館に次ぐ数を誇っています。ピョートル自身の植物標本はモスクワにありましたが、［ナポレオン戦争時の］1812年の火災により喪失しました。

しかしながら［ピョートルの娘］エリザヴェータ女帝付きの医師はその標本を採集しており、今日まで保存されています。

私達は青味がかった分厚い標本ファイルを見せてもらいました。各ページには入念に保存された植物標本が細い弦、巻き髭に至るまで貼りつけられています。各標本の下には古風な手書きのラテン語の献辞が添えられています：「ポルタヴァ近郊にて発見」、「オランダ・ライデン市近郊にて発見」、「ギニア・

ペッパー」等々。

　私達はまた、私達の目には死んだものとして映る植物でもこの先もずっと生き続ける事ができると知りました。ファラオーの墓で発見されたヤグルマギクの花弁、ヒナゲシの花弁はその当時の色の痕跡を留めています。植物標本の敵は二つです―湿気および粗雑な扱いです。

　戦争の間の研究所の主要な仕事は植物の［医学的・栄養学的な］活用及び赤軍に対しての援助でした。研究所は「植物利用図鑑」を編集しました。北部地域の野バラの実の栄養学、松葉からのビタミン抽出が研究されました。

　―病院向け医療用香油が実験され、実際に製造されました。

　―植物の葉・茎部からのビタミン成分が発見されました。

　―植物の肥料への転用。

　―キノコの種菌の培養、タバコ葉の栽培。

　等々。更に野生植物の食料化への研究と実用化に多大な努力がなされました。

　心不全に特効性を持つジギタリスがここ欧州北部にて初めて栽培されました、閉鎖の中においてそれは困難を極めたでしょう。

　各種の花が病院の為に植えられました。それは時には食料の不足を補う意味を持っていました。それらの花を見てその香りを嗅ぐ、それはある意味において患者にとってはビタミンを摂取する役割を果たした事でしょう。植物学者ニコライ・イヴァノヴィッチ・クルナコフは、花を受け取り回復に向けて療養中であった兵士から感謝の言葉をもらいました。

　兵士はこう宣言しました。

　「時来ればこれまで以上により激しく敵を掃討する決意です」。

　閉鎖の期間、植物園は市中に二千万本もの野菜の苗を供給しました。この仕事には 150 名もの経験ある野菜栽培のテクニシアンが動員されました。

　研究所の職員はこの間、9 編の生物学博士論、8 編の博士候補論文を守り切りました。

　Ｓ・Ｖ・ソコロフは彼の基調報告を次の言葉で締めました。「敵の手から解放されたレニングラードは戦争の前よりももっと美しくならなくてはなりません。その為にレニングラードは木と花を必要としています、そして世界各地の貴重な植物は再び私達の植物園のガラスの屋根の下に集められなければなりません」。

　その後、スピーチ、挨拶が続きました。その中にはこの植物園の「隣人で

あり、親戚」ともいうべきワクチン血清研究所も含まれていました。彼等の培養するバクテリアもまた植物なのです、ただそれは微小な大きさです。

　私達はレニングラード市評議会からの栄誉証書を配布し、そこで開かれるコンサートが始まる前に場を離れました。ホールのクロークルームは子供達でいっぱいでした。そこの女性職員は「母親と一緒の子供のみ入場を認めます」と宣言しました。幼い少女は誇らしげに、毅然と答えました：「母は既に中に入っています。母は栄誉証書を受け取っています」。

1944年2月29日

　「赤い矢」の出発の可否はまだ私に届いていません。オクチャーブルスカ線はまだ安全が確保されていない、との情報も耳にしました。ドイツ軍残存兵は依然としてその線を攻撃しており、また地雷の除去は終わっていません。でもその詳細は私には分かりません。ともあれ「赤い矢」はまだだ、という事です。

夜

　私のモスクワ行きは通常の列車にて、との決定がなされました。

1944年3月12日　モスクワにて

　諸事は順調です、ただし文字通りの諸事であって、私が著作活動に向ける時間は全くありません。「日記」に向かいたいと願っていますが。
　たった今しがた、［故郷］オデッサ地方での人々の暮らしぶりを伝えるニュースをラジオで聞きました。

1944年3月14日

　両親の手で秘密裏にレニングラードに帰ってきた幼い少女の話です（この事は公式には厳禁されています）。
　「私はひざ掛け布を入れる籠の中に身をひそめました。車掌が来ました、その籠を触りました。私は枕の様に無抵抗になり息をひそめました。そうで

す、私は見つかりませんでした！」。

1944年3月20日　レニングラードにて

　私はモスクワへは通常の列車で行き、レニングラードへは「赤い矢」で帰りました。その国際線クラスの車両は作家、ジャーナリスト、モスクワ各紙の報道カメラマンで込み合っていました。列車は陽気さに溢れ、またそれ故にとても印象的でした。運転手は社会主義労働英雄賞を与えられた人です。また男女の乗務員は封鎖の間に貢献的な仕事を成し遂げたレニングラードの人達でした。

　通路のカーペットから乗務員の青いジャケットのボタンに至るまで全てが新品で、一つのシミもなく、清潔この上ないものでした。

　私達乗客は暗くなるまで窓の外の景色を見続けました。そして朝になると再び外の景色に釘付けになりました。ボロゴーエ、リューバニ、トスノ、―これらの町はラディーシェフの作品に出てきます―は全くの壊滅状態でした。

　　訳者ノート：
　　アレキドル・ニコライヴィッチ・ラディーシェフの1790年の作品「サンクト・
　　ペテルブルグからモスクワへの旅」

　列車は仮設の橋にかかると徐行しました。至る所にロシア語とドイツ語の警告が残っていました。

　「地雷」、「注意」と。とりわけトスノ川に架かる以前の鉄橋を見れば誰でも怖気づきます―吹き飛ばされた橋脚と橋桁が水の中に突き刺さっていました。

　新しい電信柱がドイツ軍により焼かれ切断された古いそれに代わって既に建てられており、まるで白いキャンドルの様に見えました。

　他の場所では列車はドイツ軍の野戦陣地帯を走り抜けました。彼等の塹壕、砲台は線路に近接していました。彼等の固定式砲台の一つは直撃弾を受けその内部構造を曝け出していました。コンクリートのパネル、ねじ曲がった鉄筋、マシンガン、ソファーの残骸、壊れたマシンガン銃弾帯収納箱、等々が見えました。ドイツ軍兵士を包んだ朽ちた外套、いびつに変形した兵士の両腕が砲台入り口近くで雪の下から青黒い色を見せていました。

　この線路を再生していくのに一体どれだけの英雄的な労働が必要なのでしょうか！　コルピノ地区を過ぎる時、壊され、半焼となり、ただ立ちすくだけとなったイジョーラの工場群を見るのは大きな衝撃でした。

　磁器工場を過ぎ、私達を乗せた「赤い矢」はレニングラード市モスクワ駅の屋根の下に滑り込みました。市民が私達を迎えに集まっています。およそ三年前、私はまさにこの駅に着きました。今回のこの旅の間、ずっとその事を考え続けていました。その時の列車、今回の列車、その間の私の人生の時間は万力で締め付けられた様に経過したのでした。

1944年3月24日

　静かです、安らぎを感じます、警報も砲撃もありません、でもこの事が私を不思議な気持ちにさせます。どんな人であろうとも、安全であるという事にすぐには慣れません。これは明白な事実でしょう。この静かさの中で私の仕事はゆっくりと進んでいます。ただ健康は顕著に悪化し、しかもここかしこという具合です。封鎖の間に悪化し、だが潜んでいた諸々の病気が今現れています。不思議です、そうした症状に苦しむ人は私だけではありません。

1944年3月25日

　捕虜となったドイツ軍の砲兵は市の地図を持っていた、とレニングラード・プラウダが報道しています。それによると、全市は方形のゾーンに分けられ、更に主要な砲撃目標が選別されており、それらは一連の数字を持っていたとの事です。破壊すべき目標に含まれてものは学校、博物館、病院、エルミタージュ美術館、キーロフ劇場、医科大学（これは目標No.89）、等々でした。

1944年3月28日

　私は公衆衛生展示会に二度行きました。このプロジェクトの準備はまだ封鎖中で砲撃を受けていた時に始まっていました。それ故、展示会組織者は展示品の破壊を恐れていました。

　厳粛な開会式の後、私達常任幹部は一団となって講堂から展示会場に移動しました。その入り口には伝統的な絹のリボンが張られていました。ハサミ

がレニングラード防衛軍の長、ステパノフ将軍に渡されました。私は彼の横に立っており、将軍は慎み深くそのハサミを私に渡してくれました。そして私はリボンをカットしました。

　展示の中で最も目立つものはラドガ湖ルートの壮大な模型でした。そのルートは「命の道」と呼ばれ、これなくしてレニングラードは生き延びる事はできなかったでしょう。

　　訳者ノート:
　　「命の道」、the road of life、дорога жизни（ダローガ・ジズニ）

　ミニチュアの信号機が灯り、爆弾でえぐられたクレーターを巧みに避けながら、薄もやの雪の中を、灰色の霜の中を、トラックの一団が走り始めました―でも今走っているトラックはマッチ箱の大きさです。食料を載せたトラックは市を目指して走り、また地方に避難する人を乗せて市から遠ざかります。そして危険なスポットには、あるいは緊迫した状況の中では常に赤十字隊―彼等はレニングラードの医師、看護婦、介護ボランティア、少女の介護人で構成され―が待機していました。

　私はある印象的な言葉を思い出しました―オランダ独立戦争時の外科医ヴァン・テュルプ博士を記念したエンブレムに刻まれた言葉です。そのエンブレムには古風な燭台で燃えているロウソク（強い輝きの光を放ちます）が描かれています。ロウソクは半分焼けています。そこには辞が刻まれ、「人への奉仕において私はこの身を焼き切る」とあります。

　　訳者ノート:
　　レンブラントは写実的な名画「テュルプ博士の解剖学講義」を残している。

　長く狭い部屋の中には大きな三次元のパノラマ画があり、プルコヴォ高地で戦っている部隊の負傷兵救出過程が図表化されています。プルコヴォが再び出てきました！　パノラマ画では戦闘は継続しています、負傷兵は塹壕に沿って自ら這うか、あるいはストレッチャーで運ばれるかして大隊の救急治療部にて手当されます。さらにそこから軍用犬が飼い葉桶に似たものに負傷兵を乗せて連隊の治療部へ引っ張ります。負傷兵はさらにまたそこから野戦病

院まで馬が引くカートで運ばれます。この病院は戦火の中、半壊した建物の地下にて機能しています。そして重症者はここからレニングラードの病院に車で運ばれます。

　この展示会を恒常的な博物館にしようという提案がなされています、私は正しい事だと思います。ここでは市の閉鎖の期間、如何に医療従事者が働いてきたのか、如何に外科手術がなされてきたのかを知る事ができます。そうした手術について言うならば、施術は通りに面する壁際でなされました、そこには「砲撃中にあってはこの壁は最も危険」との警告が貼られていたのでした。サイレン音が軋む中、対空砲が咆哮する中、爆弾の落下音が聞こえる中、施術がなされました。

　1941 年の秋、こうした状況の中でジャネリージェ教授は手術を施し、ID と私はその場にいました。そこにはまた見学席がありました。仕切りの後のベンチには男女の医学生達、近くの海軍病院の若い医師達が腰をかけ施術の進行を見守りました。

　大腿部を大きく損傷した少女が運び込まれ、麻酔をかけられました。ジャネリージェ教授は筋肉を切り裂き、二つの骨の結合部の抵抗にあいながらもその部分の周辺を回し込む形でキュレット（小さな掻爬のスプーンです）を結合部に挿入し、施術を成功させました。

　私のような素人であっても、教授のエレガントでかつ力強い施術には感嘆を持って賞賛の言葉を贈りました。それほどまでに彼の手は柔軟で確信に溢れていました。まず最初に骨の細片が掻き出され、それは無造作にガラスのジャーに投げ入れられました。私は深く考える事無く、その細片は不要なものと思いました。私は単純すぎました、その細片は再び元の場所に挿入されたのでした。

　私が気がついた事、そして感銘を受けた事、それはここの清潔さと静けさでした。床の上には汚れのスポットはなく、血に染まった止血綿のひとつも落ちておらず、滅菌容器の蓋—スチームでくもりがちです—も完全に拭かれて元の輝きを取り戻していました。手術室は施術の進行と共に完全に秩序だったものとなりました。過度な緊張は解けていき、私達に聞こえてくるものはメタルがグラスに当たる乾いた音、あるいはごく短い指示の言葉のみとなっていきました。

　突然、サイレンの音がここの研ぎ澄まされた静けさに割って入りました。対空砲が咆哮し、飛行機のこもった飛翔音はますます大きくなり危険を感じ

るほどに近づいてきました。

　地面は揺れ、窓のガラスは音を立てました。施術の見学者は座っているベンチから無意識に腰を浮かせ、出口に向かおうとしました。

　「手術は終わっていない！」とジャネリージェ教授は喉から絞り出すような声で厳しく諭しました。

　やがて空襲が極めて近くになった時、手術台は窓ガラスのない部屋に移動しました。

1944 年 4 月 10 日

　オデッサが解放されました。本日、二発の祝砲が打たれました。一つは赤軍の栄誉を祝して、もう一つは黒海艦隊の栄誉の為に。

1944 年 4 月 24 日

　私の健康は悪化し、消耗しきっています。でも、タイプライターに良き薬を与えなければなりません。イズヴェスチャ紙に向けて「時は来たり」の散文を書いています。

　……時は来たり……

　冬が始まる頃、キーロフスキー大通りのある地区に何台かのストーブが設置されました。

　それは規格に適合したレンガ造りの室内用のものでした。小型ですが少ない燃料で十分な熱を発生させてくれました。それには風量調整のダンパーもあり、燃料投入のドアもあり、排気パイプもあります。こうしたストーブを冬の雪が積もった通りで見るのはとても奇妙な事でした。レニングラードの子供達はその前にしゃがみ込み、ストーブの中を見続けました。そうする事で彼等は暖かさを感じました。火は彼等の想像の中で赤々と燃えていました。

　今、春が訪れました。鳥はストーブの排気パイプの上にとまり、勢いよくさえずりを始めています。春の陽光はストーブのレンガを温め、時折の春の雨がその汚れを洗い流しています。このストーブは間もなく撤去されます、でも私達の多くの心の中にその暖かさは残り続けるでしょう。そのレンガ造りのストーブが与えてくれた暖かさ、それは市民の為に市が設置し保守した

春のオデッサ、2019年

ものです。私はこれをレニングラードの良心の象徴と呼びたいのです。

　通りの時計もやはり象徴的な意味を持っています。砲撃と爆弾落下の最初の犠牲者のひとつがこの時計でした。崩れ落ちた壁の中に埋もれたものもあり、また半壊し、風見の羽根の如くねじ曲がったものもありました。その前面のカバーが細片と化したものもあり、これを見るのは心の痛みを伴うものものでした。無事だった時計もありましたが、でも時を刻んではいませんでした。

　不思議な事でした、［止まった］時計は市の地区により異なった時刻を指していました。

　二時半があり、正午五分前があり、五時十五分もありました。この事はそれぞれの時計が爆風を受けた時刻、電流を失った時刻、メカニカルな故障を起こした時刻、を語っています。そして、その時刻は時計にとってその役割に死が訪れた時刻でした。

　通りの時計にはかつては生命がみなぎっていました。それにより私達は生活のリズムを整えました。私達はそれでもって仕事と休息の始まりと終わりを、待ち合わせ時刻を、クラスの始まりを知り、そして休日の、誕生日の、準備をしました。夜ともなるとそれらの時計は遠くで輝く様に見えました。

まるで黒い種を実の中に隠しもった熟した琥珀色の果物の輝きでした。封鎖の始まりと共に、これらの事全てが停止し、途絶え、麻痺しました……時計の生命は途切れました。

　私はある凍てついた夜の事を思い出しています—サイレンが鳴り響く薄暗い夜、私はある通りの時計を見上げました。でも目は時計の針を見てはいませんでした。その代わりに威嚇するような星の光の輝きの中で夜空の黒い輪郭を目で追っていたのでした。それは1942年の不安な日々の事でした。

　そして今、1944年の春を迎えています。通りの時計に梯子が伸びていました、うれしい風景です。なんとそこを人が登っているのです！　彼は苦心しながらも注意深く時計を修理しています。直ちに動き出したというのではありません、忘れていた仕事を改めて思い出すかのように、そしてためらいがちに、時計の針はその停止のスポットから動き始めました。

　回れ、回れ、回って！……回りました、回っています。時が刻まれ始めました。時計に生命が帰ってきました。

　通りの時計の修理の後、いや、しばしばそれと並行して窓が修理されれています。窓ガラスは建物の中で最も脆弱で、最も壊れやすい部分です、目で例えるならば瞳です。そして瞳は建物にとってのみならず市の光景にとっても美です。「陽光が窓ガラスの上で踊る」という言葉をよく使います、いい表現だと思います。光の踊り無くしては建物は生命を直ちに失います。窓ガラスは感覚に優れた印象派です。夕日を受けて燃え上がり、雷雨に青白く怯え、月光の中で銀色にきらりと輝きます。

　「ドゥルジャナ・ゴルカ」と呼ばれるガッチナの硝子工場はドイツ軍による破壊から立ち直り、生産開始にこぎつけました。5月1日までには窓ガラスの最初の出荷がレニングラードに到着します。通りを歩く私達は市の復興の兆しとして新しい窓ガラスの一枚一枚を喜びをもって見守っています。

　しかしながら「瞳」だけが人を代表していないように、窓ガラスだけが建物の全てではありません。人間とおなじです、建物の骨格もまた重要です。建物の基礎の復興と同様にそれぞれの家も復興の対象となっています—この事は特に「化粧直し」と呼ばれています、人間と同じです。こうした作業にとって建築資材は欠かせません、更に最も重要な事は人、人、人です。

　レニングラード市民は尽きる事のない精力でもって市を守りました。今、彼等の精力は市の復興に向けられています。全ての作業は「偉大なロシアの地」の助けを借りる事なく、自らの労力でもって進行しています、市民自ら

が持つ精神の「強靭」が作業に向けられています。彼等の「強靭」が尽きる事はありません。

今日、レニングラードの各新聞は復興の進捗を報じています—それは負傷者の回復・療養報告書を読むが如くです。日毎に動脈は血流を増加させ、脈拍を力強くさせています。

長い操業停止から石鹸工場が復活しました。クラスニイ・オクチャーブル（注：赤い10月）ピアノ工場は既に稼働しており、2月から3月の期間に最初の25台を生産しました。書き留めておきたい事があります。

これらの出荷先はノヴォシビルスクとベラルースの劇場向けでした。レーニンの名を受けたこの市は必要な物を自身に供給するだけではなく、他の町にも援助の手を差し伸べているのです。

美術学校の建築科では彫刻・塑像、絵画、天井装飾の熟練工を養成しています。そこでは図法幾何学に加えて建築様式の歴史も研究されています。一言で言えば、これらは美術的価値を持つ建物の再建にとって必要な事なのです。

ファシストの野蛮な攻撃の犠牲になったものの一つに建築家カルロ・ロッシによる110年前の帝政ロシア元老院があります。爆弾により屋根と内部は損傷しましたが、テミス—正義の女神です—の像は無事でした。焼け落ちたドームに埋もれていましたが、彼女は外壁のニッチに納まったまま、そして手足をもぎ取られた寓話の主人公達の像に囲まれて生き延びました。

最も恐ろしい時の最中にあっても、彼女はヒットラーを裁く歴史の審判はやってくると信じ、その手に持った天秤を震える事無く固く保持し続けていたのでした。元老院の建物は間もなく再建されるでしょう。［そこから遠くない］キーロフ劇場—そのステージは砲撃で損傷しました—も同様に再建の過程にあります。

市内の緑地、公園のベンチも塗装がなされ、フェンスも修繕されています。そこには二千本の木が、一万二千本の灌木が、植えらます。黒色の大砲が置かれた場所には木が繁り、その幹に陽光が降り注ぐでしょう。機関銃の列が配置されていた場所は小鳥達の巣になっていく事でしょう。

キーロフ橋のたもとにあるスヴォーロフ像の足元にあった小さな菜園を忘れる人がいるでしょうか？　キャベツの苗はこの像の大理石の台座に寄り添う様に植えられていました。

この軍神は手に持った剣でこのわずかな菜園の恵みを守り抜きました。

今述べた事は二年前の夏の事です。昨年の夏にはマリゴールドの花が像の回りに控え目に咲きました。今年の夏は？　まだ分かりません、バラを見るかもしれません。

　これが戦時下のレニングラードの歴史です、白紙の紙に書かれた歴史ではなく、植物の葉に書かれた歴史です。

　菜園について書いておきます。二年の間、市民はあらゆる芝生、花壇を菜園に変えました。今もそれは広がりつつあります。今は郊外、あるいはダーチャの庭に広がっています。

　それらの場所はかつて敵軍に占領されていました。そこでの菜園造りに鋤で掘り起こそうとすれば砲弾の破片やもつれた鉄条網にぶち当るでしょう―しばらくの期間はそうでしょう。そんな時、鋤を手に持つその人はレニングラードの不滅の土地に深い敬意を払い、自らの頭を下げるでしょう、レニングラードの土地は全てに耐え、全てに打ち勝ちました。

　……時は来たり……完

1944年4月29日

　机の前に座り、仕事に向かっています。これが最も信頼できる私の療法です。痛みを和らげてくれます。今までもそうでした、これからもそうでしょう。空は灰色で雨模様です、私には幸運な事です。

1944年5月3日

　作家連盟主催の展示会が本日開かれます。加えて幹部会、食事会、その他があります。でも私は出席できません、再びベッドに臥せています。メーデーの日の外出は大きなつけをもたらしました。とりわけ解剖学部の建物の屋根にあるタワーに登った事は悔やまれます。

　私はそこから祝砲の儀式を見下ろしていましたが、ネヴァ川を渡る冷たい風を一身に受けました。

　人生の残りもこうして臥せて過ごすのでしょうか、本当にそうなるのでしょうか？　夢を見ました、私はプルコヴォを通る子午線を車で走っていました、単に地の上を走っただけではありません、ずっとずっと走り続けていました。

1944年5月6日

今日は冬の日が戻りました。私は病院と［ミハイロスキー城の］エンジニアリング・アカデミーで読書会を持ちました。徐々に歩けるようになっています。

1944年5月8日

「生きる事の知恵」と呼ばれるものは一体何なのでしょうか？ もし可能な状況下にあれば、その知恵とは環境に打ち勝つ事でしょう、それが不可能ならば、そして他に方法が無ければ、その知恵とは環境に身をまかす事もまた賢明ではないでしょうか。この説明の為に一つの例をあげます。

この春は私にとって喜びに満ち、活動的で、そして誇らしげなものになると期待していました。でも事実は逆でした、重度な病気の身となりました。その病気は私の生き方を変えようとしています―これから先の長い期間そうでしょう。旅行する事は不可能です、ただ自宅に籠るしかありません。

昨日、街に出かけましたが帰ってきた時にはかろうじて生きている事を実感するのみでした。

私達のラジオがひどい音声ながらもやっと聞こえる様になりました。長い間ラジオからの公式声明を聞けませんでしたが、昨日、セバストポリ戦線の成功を聞きました。

1944年5月9日

セバストポリが解放されました。これでクリミア半島からドイツ軍は完全に掃討されました。

1944年5月13日

昨日、バルチック工場に講演に出かけました。私へのお別れの挨拶でしょうか、レニングラードはその魅力を私に惜しみなく見せてくれました―始まったばかりの白夜、その前の輝くような美しい夕焼けを。

ネヴァ川、そしていくつかの運河を渡るたびに水は様々な色に変わり、その度に美しさを増してきました。

　バルチック工場のクレーンと鉄の梁の間に覗く空は鳩の羽根の様に見えました。

　レニングラード、あなたに別れを告げる時が近づいています。あなたと共に過ごした時に終わりが近づいています。

1944 年 5 月 14 日

　身の回りの物を整理しました―夏用の暖かい衣装をスーツケースにしまい込みました。こうして整理ごとをすると私はいつでも落ち着きます、でも夜はとても苦痛です。

　よくある事です、春の訪れは全く突然にやってきます。昨日、街に出かけました。家々のドア、窓は暖かな通りに向けて広く開け放たれ、街は熱い息を吐く様に霞がかかっていました。既に埃は舞っており、まだ完全に広がりを見せていない木々の葉が酸素不足を訴えていました。そして私、私は鉛の重い足を引きずって歩いています、これには気が滅入ります。この先、私は歩行不自由のまま人生を過ごすのでしょうか？　思うだけでまだ実行できていない旅はどうなるのでしょうか？

1944 年 5 月 19 日

　作家連盟にて作家志望の人達に向けて、「インスピレーションとは何か？」をテーマとして討論会を主導しました。

1944 年 5 月 21 日

　プリモルスキー地区委員会にて講演しました。とても疲れていました。でも終わりに向かい、もっといい出来映えにしたいとの思いに駆られました。

1944 年 5 月 25 日

　植物園に別れを告げるべく出かけました。私達は温室 No.22 の中で長い時

間を過ごしました―そこは園の職員が「ノアの箱舟」と呼んでいる場所です。ここには三つの隣接する気候帯の植物が隣人の如く同居しています。それらはヤシ、シダ、サボテン、ラン、稲穂、そしてベゴニアです。これらは封鎖の間に植えられて成長した若い植物達です。バナナの樹（封鎖バナナと呼べばいいのでしょうか）はとても高く伸び、既に温室の屋根を押し上げようとしています。「箱舟」は摂氏 16-18 度に保たれています。温度計がすぐそこにぶら下がっています。

　魅惑的な植物が透明な水槽の中で成長しています。マダガスカル起源のウヴィランドラ・フェネストラリスと呼ばれる水生植物です、そのラテン語は「窓の中で生きる」という意味です。

　マダガスカルのような暖かい楽園にあってもウヴィランドラは室内植物と見做されています。その葉を見れば納得できます。この植物は水性植物にあって最もデリケートな種と言えます。葉は通常の緑の繊維質を持たず、やや黒ずんだ葉脈でできています。それをキャンバスに止めるには画鋲は不要でしょう、気泡で貼りつけできます、それほどまでに軽い植物です。

　ウヴィランドラにはオタマジャクシが寄り添っていません。水槽の中で根がゆるむとこの水生植物は浮遊します。そして空気の薄い気泡を飲み込み、その葉が洗浄され、サテンのレース網に見えます。しかしながら実際のところ、オタマジャクシはもう長い間レニングラードから消えています、フィンランド戦争時に［市北部の］小川、沼は地雷の被害を被っていたからです。

　若いサボテンが棚の上に列をなしています。これは最近亡くなったニコライ・イヴァノヴィッチ・クルナコフが残した彼の子供達です。封鎖が始まった最初の冬の事です、クルナコフはサボテンを家に持ち帰り、ストーブのわずかな暖でそれを温めました。彼の妻は小さなブラシで棘の間を丹念に掃除しました。というのも、葉の細孔が詰まるとサボテンはいくつかに枯れて割れ、死んでしまうからです。

　私達は背の高い台座に載ったエンゲルスの胸像を見上げました、それはログハウスの入り口になっています。ここでは昨年、植物園の開園 230 年の祝いの展示会が催されました。エンゲルス像の傍にはガラスケースに彼の「自然の弁証法」の第一版のひとつが納められています。

　昨年のその展示会ではビタミン類を豊富には含んでいないとみなされた「野生植物」がテーマとされました。配布されたパンフレットにはこれらの料理メニューが載っていました。

「ゴボウのロール」、「アカザ類のルーレット風盛り合わせ」、「ヤマニンジンのシチュー」、「タンポポのキャビア」等々です。もしその時が封鎖の悲劇の最中でなかったならば、これらのメニューは笑いを呼んだかもしれません。

今、これらの「野生植物」は菜園で採れる食用の根の補足的なものとなりました。

次の部屋では、特別に栽培されている薬草―ベラドンナ（注：鼻炎への薬効）、バルデリアン（注：不眠症への薬効）、アルテーア（注：湿疹への薬効）、フォックスグローブ（注：別名ディジタリス、心不全への薬効）等々―に加えて「薬効性の野生植物」もまた壁の棚に栽培されています。これらはスズラン、ヒヨス、カモマイル（注：ヒナギク類）、ライム、ニガモヨギ、クロウメモドキ等々です。これらは有毒であると同時に薬効を持っています、まさに「自然の弁証法」そのものです。

私はここでホルマリン漬けのドクゼリを見ました。そしてソクラテスの死は、ドクゼリによるものと言われていますが、事実はそうでない事を始めて知りました。彼の死は別の毒草であるドクニンジンによるものでした。そうかもしれません、でもホルマリン漬けのドクゼリには私は恐怖を覚えました。それは厚みのある丸い根で、そこには毒ヘビと同じように毒を分泌する腺があります。その腺は空気に触れ、酸化し、オレンジ色に変色しています。針状の根が根茎から伸びています。

1942年の春、餓えた人々があらゆる根、あらゆる小さな葉に殺到した時、最も大事な事は毒性植物を見分ける事でした。

円形の温室No.28の内部には池があり、そこに大きな浮葉を持つヴィクトリア・アマゾニカと呼ばれる大きな蓮が生息しています。この温室は三度に渡り被害を受けました――一度は爆弾投下で、そして砲弾直撃は二度でした。

ヴィクトリア・アマゾニカは暖かいアマゾンの潟湖を原産地にしていますが、その生態は謎に包まれています。今日に至るまで、一年草かどうかは正確には分かっていません。

その原産地でもその事は謎です。また、光と熱が十分でないロシアだからが故に謎なのか、この事もまた分かっていません。しかしながら、ドイツ軍は彼等風のやり方でもってこの植物学の問題を解決しました。彼等の爆弾と砲弾はこの謎に包まれた大きな蓮を皆殺しし、温室は破壊されました。

そこをを離れて園の通りを歩き始めた時、誰かが背後から大声で私達に注意しました。

「ピカピカに輝いているベンチには腰を下ろさないで！　ペンキを塗ったばかりだから」と。

植物園の復興は既に始まっていました。

1944年5月27日

メッセル医師に別れを告げに出かけました。おそらく今回が彼の仕事場を訪れる最後の機会でしょう。そこは中央駅の救急医療サービス部です。封鎖の極めて困難な時期にあってもそのサービス部はまるで良き時計の如く、休む事無く、効率的に機能を果たしてきました。

私はそこの日報に目を通しました。1941年9月19日（その時私達はラズイエーズジャヤ通りに出ていました）の事は詳細に記録されていました。その日の空襲で二人の応急処置担当ナースが負傷しました。

「アレクシーヴァ・ジナイーダ、胸部と両脛の骨を負傷」、「マルコーヴァ・ヴェレンチーナ、右目負傷」と記録されています。

この空襲の間、たった245メートルの長さしかないドミトリエフスキー小路に4個の強力な爆発力を持つ爆弾が落下しました。そうです、こうした事が実際に起きたのでした。

そして私達はその中を生き抜きました。

1944年5月29日

私はモンテヴェルデが心血を注いだジギタリスの栽培に関してやっと十分に知り得たと思います。

野生のジギタリスは［ドイツの］ハルツ山地とテユーリンゲル山地のみに自生しています。

その輸入に伴う外貨を節約する為にロシアでは北コーカサスとベラルースにて栽培が始まりましたが、戦争の勃発により中断されました。

ジギタリスには特性上の問題があります、それは長期の保存が効かないという事です。

1942年の春、レニングラードに保管されていた古いジギタリスは完全に薬効性を失いました。それ故、市保健局は医療機関に保管されている在庫の回収命令を出しました。

ではその後は？　封鎖の中で人の心筋が安定するのでしょうか？　そんな事はありません。

　困難な封鎖の中で生きるが故に薬は何にも増して必要とされるのでした。レニングラード市評議会から植物園研究部に対して、ジギタリスの栽培を委託するので秋までに薬を準備せよ、との申し入れがなされました。

　モンテヴェルデ自身治療薬草の専門家ですが、その時は重度の筋ジストロフィー症にかかっており、私達の病院においてトゥシンスキー教授の患者となっていました。

　病状が少し回復し、彼は仕事に取り組み始めました。植物園の標本保管の中から少量の種を見つけましたが、発芽能力があるかどうかは全く分かりませんでした。更に重要な事は、多年草のみに薬効があると考えられていたにもかかわらず、多年草として栽培するには時間が無い事でした。モンテヴェルデと彼のチームは一年間育てただけのジギタリスを多年草のそれと同様の薬効を持ったものにしなくてはなりませんでした。最初に通常の温室に種が植えられ、その後暖房された温室にて育成され、最後に土壌に移されました。成長させていく過程で難しい問題が生じました―スペースの問題です。ジギタリスの葉の大きさは直径60センチにもなります、十分なスペースが必要ですがそんな場所は限られています。収穫を早め、スペースを有効に活用する為にモンテヴェルデと彼のチームは革新的な方法を見つけました。草の成長に合わせてその葉を次々に刈り取っていく方法でした。

　外側の葉を最初に刈り取りとるとその内側の葉はより早く成長してくるのでした。

　葉は汁気を多く含んでいます、でも必要なのは乾燥した葉です。そこで、廃屋の中にロープで吊るし乾燥させました、洗濯物と同じです。少し後、医薬品研究所は特殊なドライヤーを供給できる様になり、その廃屋は熱源を得、そこは乾燥室となりました。

　　訳者ノート:
　　ここでのモンテヴェルデは植物学者ニコライ・ニコライエヴィッチ・モンテヴェルデ（1885－1952）を指す。父はニコライ・アフグスティノヴィッチ・モンテヴェルデでやはり植物学者。祖父はアフグスティン・モンテヴェルデでスペイン出身の建築家。ロシア皇帝ニコライ一世時代にロシアに移住。

やがて秋を迎える頃にはジギタリスは投与可能となりましたが、その効用は試験しなくてはなりません、でも一体どうやって？　通常はカエルにて実験しますが、レニングラードからオタマジャクシは既に消えています、ましてカエルなど。医師達は人間への直接投与で薬効確認をせざるを得ず、事実投与しました。結果は非常に有効でこれまでの投与量より少なくていいとの結論が出ました。

ジギタリスはレニングラードにとってのみならず、封鎖の向こうの「ロシア大地」にとっても貴重な薬でした。そして封鎖の環を超えて輸出されました。

モンテヴェルデがジギタリス開発の話を語り終えた時、私は、彼自身この薬を使う機会があったのかどうか質問しました。彼はこの質問に「そうです、ジギタリスは私の症状を大きく回復させました」と興奮しながら答えました。でもそれはウイットに富んだ答えでした、何故なら彼はレニンラード市評議会からの依頼を受けるや否や自身の中に強烈な「やらねば！」の精気を感じ、入院中の病院から予定を早めて退院したのですから。

［植物園理事］シップチンスキーは、植物園の管理は動物園のそれに比してもっと複雑なものだと私に語ってくれました。動物は彼等の要求を声を出して求めますが、植物は沈黙を守るのです。そして、植物の要求が何であるかの推測に失敗するならば、彼等は死んでいきます。興味深い事が一つあります、園芸家は空気中の湿度が上がると嗅覚を失う事です。聴覚障害のベートーベンが彼自身の音楽を聞けなかったと同様に彼らは花の香りを嗅ぐ事ができなくなるのです。

戦争の前、温室暖房の為に毎年2000トンの石炭が消費されました。封鎖の期間、全園の植物の10分の9が寒さの為に死滅しました。死から免れた植物は小さな温室にいたもの、あるいはクルナコフのサボテンの如く職員の自宅で育成されたものに限られました。

また、最も強固であったものは厚い肉質に富んだ葉を持ったツツジであった事が分かりました。

ところで私は戦争により植物園が被った被害額は百二十万（金兌換）ルーブルに相当すると知りました。が、この計算は何に基づくのか？　と疑問に思いました。そもそもそれぞれの木は価値に換算できるのか？　あるいは［復興の］労働量を換算したものなのでしょうか？　でも、そうした私の思惑とは全く異なった方法で計算されたと知りました。百二十万（金兌換）ルーブルは戦争前の状態に植物園を戻すのに必要とされる5地域に渡る世界への植

物採集旅行の費用でした。

　旅行は次の地域を含むものでした。

　1 南米熱帯地方

　2 西アフリカ（ベルギー領コンゴ）

　3 インド洋（マダガスカル、セイロン、インド、シンガポール、ジャワ島のブイテンゾルグ植物園）

　4 オーストラリア東部、ニュージーランド、タスマニア

　5 中国東南部

　これらの地域は主要植物の原産地であり、言うならば「植物のゆりかご」です。私達の国は広大です、でもそれは主に経度による広さです。そして植物の生息にとって重要な事は緯度なのです。

　成熟した木を異なる気候帯に移す事は容易ではありません。木は原産地の土壌からバケツの中に移され、そこで異なった土壌に慣れる為に二年の歳月を過ごします。その期間の後、やっと遠い国に旅立ちます。

　モンテヴェルデとシップチンスキーは出発しました。お別れの記念に彼らは三つの小さなシダと一つのベゴニアを私にプレゼントしてくれました。私は長い時間をかけてこの植物園の思い出を辿りました。植物園は私のレニンラードの日々を貫いた運命の糸―園にちなんで緑の糸と呼びたいです―ではなかったでしょうか？　1941年の夏、この園は私を迎えてくれました、そして1944年の五月、私を見送ろうとしています。プルコヴォを起点とする子午線（注：東経30度20分）はレニングラードの街を通り過ぎます、そしてまた植物園の芝生の上を通り過ぎるのです。

　私は、私の粗末な地球儀を見ています、全ての大陸と全ての海を見ています。そこにはまだ血が流れています、でもいつか戦争は終わり、植物を求めた五つの地域への旅はきっと可能になる事でしょう。ジャワ島のブイテンゾルグ植物園の名が暗示するとおりです、戦争の憂いは無くなるのです。

　　訳者ノート:

　　ブイテンゾルグはオランダ語で buitenzorg。 buiten（その向こう）、zorg（心配、憂い）、「心配の向こう、憂いなし」の意味。

　地球の全てを詰め込んだ植物園が私の目の前に立っています（植物はその葉を広げ、地球の限りない広さを私達に教えてくれます）。その地球の上には希

望に満ちた平和の時代の人達が更なる幸せを求めています、その為に私の国は血を流しました。とりわけ……レニングラードは！

1944年6月5日

レニンラード作家連盟で私の送別の夜が持たれました。心温まる素敵な夜でした、今日の気候と同じです。

1944年6月6日

私の歩行はまだ困難を伴っています。それでも今朝は「レニンラードの英雄的防衛」展を訪ねようと決心しました。それを見ずしてモスクワに旅立つ事は私にはできません。

IDと私はレバージャヤ・カナヴカ運河まで市電に乗り、そこから陽光を浴びながらゆっくりとソリャノーイ・ゴロドックまで歩きました、そこで展示会が開かれています。この日は心地良く、この夏最初の暖かい日となりました。陽を受け暖まった緑樹に別れを告げて冷たい大きなホールの中に入るのはとても勇気のいる事でした。入り口では、敵から奪った一つ一つの砲の傍に封鎖に耐えたレニングラードの少年達が立っていました。展示会は壮大なもので私には全部を見る事は無理でした。地下に降りては行きませんでしたが主会場のホールは詳細に見届けました。

IDと私は殆ど会話を交わしませんでした、ただ頷き、身振りを交える事でお互いを理解したのでした。およそ三年に及ぶ私達の生きてきた時間が目の前で過ぎて行きました。

ここにはレニングラードを脅かし、またレニングラードを救ってくれた物の全てが収集され陳列されていました。

主会場のホールの壁際にはドイツ軍のヘルメットが天井に届くまでうず高く積まれていました。ホール中央にはドイツ軍重火器が展示されていました、それらは市の主要な標的の砲撃に使われたた重火器です。そうした標的のひとつが標的No.89で、それは私達の病院でした。展示品を列挙します。154ミリ砲の砲身は鉄道機関車の火室の大きさに相当します。六門の砲身を持った迫撃砲もあります。戦車もあります、パンター、ティーガー、フェルディナンドで、これらは緑色、花崗岩色、雪白色、等々に塗色されています。撃

墜された戦闘機もあります。その翼には黒色の鉄十字が塗装されています。その他あらゆる種類の砲弾、爆弾もまた陳列されています。更には、磁力式の海上機雷もあります。これはバルチック鉄道駅近くに落とされたものですが、幸い爆発しなかったものです。

　1941年の紅葉の美しい秋の日に私達の病院敷地内に落下した爆弾に「再会」しました。爆弾の下部には説明書きが添えられています：重量1000Kg、直径660mm、長さ990mm、1941年10月10日工兵隊大尉N.G.ロパーチンおよび都市防衛隊司令A.P.イリンスキーにより不発処理される。

　この爆弾は原型のままです、でも一つ例外があります。その安定翼の一部が欠けています、それは私達の部屋の机の引き出しに入っています。

　息をのむような一枚の絵が展示されています。

　10月5日の夜の史上初となった夜間の空中戦の絵です。そのヒーローはサヴォスチャーノフです。彼は敵機を撃墜し、その後パラシュートで降下しました。別のホールには巨大な艦砲が展示されています。戦艦「オクチャーブルスカヤ・レボルーツィア」から移設されたものです。その隣には水雷艇が架台に載せられていますが、波を縫って航行しているように見えます。その艇には幾つもの砲撃を受けた跡が残っており、乗組員は勇敢な奇跡を演じました。

　1941年9月14日（その日、私達はラジェージャヤ通りに着きましたが、そこへの爆弾投下の数分後でした）は閉鎖の期間の中で最も多くの血が流れた日々の一つとなりました。その日は6回の警報が鳴り、そのトータルの時間は7時間34分に及びました。その日の被害についてこう記帳されています；

　　528発の高性能爆弾

　　1435発の焼夷弾

　　97発の市中への砲弾

　　89箇所の損壊施設

　これに対して私達の防衛体制は以下の如く動員されました。；

　　3912の対空砲小隊（レニングラード市防衛本部より）

　　52の対空砲小隊（地域防衛本部より）

　　17の救急分隊（ソ連邦赤十字組織より）

　　21の住民防衛隊

　レニングラード市の製造工場についての展示ブースがあります。その任務は全てに優先して前線に必要な戦闘資源を供給する事でした。市の工場で製

造されたタービン発電機は、閉鎖が解放された時点で、コムソモルスク、ルブゾフスク、バクー、ブリアンスク、スターリングラード、更にドネツ盆地（マキーフカ、ゴルローフカ、カディエーフカ）に送られました。

　戦争前に「フェスティバル」、「ゼフィール」、「シーヴェルナヤ・パリミーラ」の銘柄を製造していたタバコ工場、そして香料工場、ヨーグルト工場は閉鎖の間は軍需物資製造に転換していました。そして今、再び「ビエラヤ・ノーチ（注：白夜）」の香水をショッピング・ウインドで目にすることができる様になりました。本当の事を言えば、その箱は少々エレガントさに欠けてはいますが。また小さなヨーグルトのボトルを目にする事もできます、でもそれはミルクではなく豆乳からの発酵です。

　栄養学の展示ブースです。ここには封鎖時のレニングラード市内の食堂の食材とメニューがあります。

1　根菜のデンプンの粉、とにかく利用できえた粉類の残り物はリピョーシカ（注：平パン）となりました。

2　アルブミン酵母、これはコース第一品。

3　デキストリン（デンプン精製時の副産物）はパンケーキ、キャセロール、ミートボールに、あるいはカトレットに調理されました。

4　亜麻種粉末ケーキ、これはコース第二品。

5　セルロースもデキストリンと同様に調理されました。

6　皮革ベルト（豚皮から作られた繊維製造機のベルトで摩耗しきったもの）はスープや肉ジェリー・カトレットに調理されました。

7　魚のゼラチン接着剤、獣皮の肉質側もまたジェリーに調理されました。

　ある棚の上には照明具が展示されています。タイマツ・灯油ランプ（わずかな灯りですのでコウモリのランプと呼ばれていました）・油芯受けの皿・灯油入れの試験管やポットそしてロウソク等々です。

　その場でIDと私はお互いの顔を見ました、そして中空のロウソクの事を思い出しました。それは何からできているのか分からない代替品で、火をつけるのに大変な辛抱が必要でした。その芯はロウソクの真ん中を通っておらず偏っており、火をつけるとパチパチと燃えますがすぐに消えてしまうものでした。

　ベーカリーに見立てた模擬店があり、私達はその前で長い時間、ほんとに長い時間立ち尽くしました。その窓は氷で厚く覆われています。でも窓の中央あたりは店の中で燃えている二本のランプ芯の暖気で溶けていました。

ベーカリーの中には一台の天秤が置いてあります。片側に皿にはおもりが4個載っており、反対側の皿のパンとバランスを取っています。パンの重量は 125 グラムです。これが 1941 年 11 月 20 日から 12 月 25 日の間にレニングラード市民が入手できた一日のパンなのでした。

　天秤の上部にはフラスコが展示されており、その当時のパン粉が入っています。その材料は以下の如く説明されています：

質の良くないライ麦粉 50%

塩 10%

油粕 10%

セルロース 15%

大豆粉、もみ殻、ぬか、それぞれ 5%

　展示会の後、ID は市中に所用で出かけ、私は夏季庭園のベンチにしばし腰掛けました。

　庭園は美しく、香りが漂い、緑樹があふれていました。タンポポの花輪を身に着けた子供たちが駆け巡り、イヴァン・クルイロフ（注：寓話作家）の像は夕日を浴びて輝いています。彼を保護していた板の囲いは取り外されるところです。

　陽光の暖かさ、葉のそよぐ音も聞こえない静けさ、この中で私は酔い心地にしたりました。

　一人の女性が私の隣に腰掛けました。青白く、その肌は黄色味を帯び、息は苦し気でした、レニングラード閉鎖が市民に与えた疲労と消耗の痕跡はまだ消えてはいません。私は先ほどのパン粉の説明を思い出しました：質の良くないライ麦粉 50%……。

　女性は息を吸い、吐き、私に話しかけました：「これでも随分良くなったのですよ、もう誰かの介助は不要なのです」。そしてこうも告げました：「お聞きですか、西部戦線が突破されましたよ」と。彼女はそのニュースを街中で聞いたとの事でした。私はこれについては何も知りませんでした。朝早く家を出ていたし、ラジオは故障したままでしたので。

　急いで帰宅しました。しばらくして彼女の言った事は本当だと知りました。連合軍は北フランスに上陸しました。

　1944 年 6 月 7 日

　私たち二人は 12 日の月曜日にモスクワに帰ります。さようならレニングラード！　ここに住み、戦い抜いた人達の思い出を消すものはこの世界には存在しません。

訳者あとがき

作者ヴェラ・ミハイローヴナ・インベルの経歴を紹介しながら、本日記に具現化された作者の心理・思い入れ、を考察してみたいと思います。

父モイセイ・フィリッポヴィッチ・シュペンツエル、母ファニー・ソロモノーヴナ・シュペンツエルのユダヤ人一家の娘として1890年6月10日オデッサにて誕生しています—ヴェラ・モイセーヴナ・シュペンツエル。

彼女の誕生時、モイセイは出版事業を立ち上げようとしていました—後年、それはマテマティカ（数学の意）として南ロシアで自然科学系の著名な出版社となっています。母ファニーは国立ユダヤ人女子学院の校長を務めていました。

ヴェラがどんな家庭環境に育ったのか、父母はどんな人であったのかは興味ある事です。

幸いにもその家庭の様をユーモアを交えて書かれた記録が私達に残されています。9－10歳ごろから彼らのアパートメントに同居し、モイセイ、ファニーを保護者としてオッデサのセントポール学院にて7年間の中等教育を受けた少年—当時リョーバと呼ばれた—が後年記した回顧録がそれです。

回顧録は以下の様に語っています。

……［オデッサの生活が一年経過した頃］家庭には新生児が生まれ、ウエット・ナースの女性が雇われた。私は彼女の為に手紙を書く事となった。彼女は今はアメリカにいるという夫についての苦労話を語り、今の生活を描いてくれとの要請を私は受けた。それに応えて生活の困難を描き、次の文章を加えた、「暗い夜空にあっても私達の赤ちゃんはたった一つの輝く星です」。この表現にナースは感を極めた。私自身、声を出して読み返し、その出来栄えに十分な満足感を覚えた、が「ドルを送ってくれ」との末尾の一言には戸惑った。

更なる要請があった。「もう一通書いてくれない？」。私は次の創作意欲にかられながらも、「誰宛に？」と尋ねた。「従弟よ」と答えたがあやふやな言い方であった。同様に苦労を語る手紙であったが『輝く星』の記述はなく、最後は「今度訪ねて行っていいか？」で終わった。二通の手紙を携えてナースが去っていくや否や私が文字を教えているメイドが現れた、明らかに立ち

聞きしていたのであろう。「でも彼は従弟なんかじゃあないわ」と少々怒りながら私にささやいた。「じゃあ、どんな人なの?」と尋ねると、「単なる男でしょう」

と答えた。こうして私は複雑な人間関係を垣間見る事となった。

夕食のテーブルでファニー・ソロモノーヴナが不思議な笑いを浮かべながら「スープのおかわりは如何、作家さん」と話しかけた。

「何ですか?」私は身構えた。

「何でもないわ、でもあなたはウエットナースの為に手紙を書いたでしょう、だから作家でしょう。何て書いたのかしら、『夜空に輝く星』だったかしら、もう立派な作家よ、本当よ!」。

ヴェラ・インベル

もはや笑いを抑えきれなくなったファニーはとうとう吹き出してしまった。モイセイ・フィリッポヴィッチが「いい出来栄えだよ、でもこれからはナースの為に書く事はやめよう、ファニーにまかせなさい」と笑いの場を締めくくった。……

このエピソードはレフ・トロツキーの回顧録「マヤ・ジズン(わが生涯)」の少年時代の回顧です。冒頭の新生児がヴェラです。思慮深くも名前は伏せられています。回顧録が示すようにヴェラの家庭は会話に溢れ、規律性を持った知識人の、同時に成功に向いつつある出版事業者の家庭であった。当然ながら多くのジャーナリスト・詩人・作家が訪ねてきたであろう。そして間違いなくヴェラにとって少年リョーバは最初のロシア語、読書の教師であったに違いない。こうしてヴェラは生まれながらにして文学との接点を持ちつつ成長していった。

モイセイ・フィリッポヴィッチはリョーバの母の甥であり、リョーバとモ

イセイの二人は従弟同士です。モイセイが結核療養の為に南ロシア農村にあるリョーバ宅でひと夏を過ごした時、彼は少年の才能に着目し、都市オッデサでの中等教育の場を提供する事となったのでした。

　リョーバことレフ・ダヴィドヴィッチ・ブロンシュタイン、彼は後年レフ・トロツキーとなり10月革命の指導者として歴史にその名を刻む事になりました。11歳年下のヴェラはトロツキーの従姪（いとこめい）となります。

　ヴェラはオデッサでの教育を終え、オデッサ出身のジャーナリストであるネイサン・オシポヴィッチ・インベルと結婚し1910年から大戦の始まる1914年をパリ・スイスで過ごしています。本日記ではパリのホテルで詩作に向う日々、友人と訪ねたパリ郊外の遊園地の一日が思い出深く語られています。閉鎖された都市レニングラードの苦闘の日々を描くこの日記の中でパリの思い出が語られるのは突然、という気がします。が、一服の清涼剤以上の効果を持ってこの日記につかの間の休息を与える役を果たしているように訳者は感じます。更に言えばこの日記にエッセイの香りを与えているのではないでしょうか。

　パリの思い出、それは20代前半のヴェラにとって生涯忘れられない良き日々であったことでしょう。やがてヴェラは離婚しそのままインベルの姓を引き継ぐ事になります。本書に出てくる娘ジャーナはネイサンとの間に生まれた娘です。ヴェラはパリ・スイスの後オデッサを経てモスクワに住み、中堅の詩人・作家となっていきます。

　ところで1920年中盤からのロシア共産党の党内闘争は激烈となり、1929年一月のトロツキーの国外追放で左翼反対派は敗北し、1936年―38年のモスクワ裁判にて左派・右派の指導者層は全て肉体的に絶滅されるに至りました。こうして確立されたスターリン体制がソヴィエト文学達者に影響を与えない理由はなかったでしょう。ヴェラ・インベルにとってはトロツキーの親戚である事実、最初の夫の内戦後の亡命の事実、これらは大いに懸念すべき事であったでしょう。全ての市民が逮捕に怯える中、詩人・作家がそれから逃れられる理由はなく、政治体制はソヴィエト文学者に過酷な時代となっていきました。

　本日記は1941年8月22日に始まっています。この時1890年生まれのヴェラは51歳。三番目の夫で医師イリヤ・ダヴィドヴィッチ・ストラッシュンとともにレニングラードに向いました。イリヤはこの時、戦時下の職として二つの選択を与えられていたという。

　アルハンゲリスク医科大学の理事長 あるいはレニングラード医科大学の理事長。彼ら夫妻はより前線に近いレニングラードを選択しました。白海に面するアルハンゲリスク、そこでは戦争の影響はより軽度でしょうし、レニングラードからの疎開先でもあったでしょう、でも夫妻はレニングラードを選択しました。

　何故にレニングラードへ？　の問いに訳者は答えようとしています。バルト海に面し、ヨーロッパの窓と呼ばれ、レーニンの名を引き継ぐこの都市がナチ軍の最大の標的にならない理由はありません、市街戦すら予測されるレニングラードを彼ら夫妻は何故選択したのか？「戦争の最前線にて勇敢に生きる」、大戦と内戦の経験者医師イリヤ、重苦しいモスクワの政治体制の中で生きる詩人ヴェラ、彼らとってこの決意がレニングラード行きを選択させたのではないでしょうか、訳者はそう思います。

　本日記の最後の言葉、「1944 年 6 月 7 日 私たち二人は 12 日の月曜日にモスクワに帰ります。さようならレニングラード！　ここに住み、戦い抜いた人達の思い出を消すものはこの世界には存在しません」は、時間を逆方向に辿るならば、彼ら夫妻が戦士の決意をもってレニングラードに向い、そして戦った、この事実を端的に物語っているでしょう。

　ヴェラのこの決意は、しかしながら当初はレニングラーダー（レニングラード人）のそれではなかった。到着そうそう彼女はラジオにて「1941 年 8 月 27 日 ……同志達、レニングラードの人達、レーニンの名を受け継ぐ市民達！

　この困難な日々においてあなた達のレニングラードと同じく勇敢に、そして断固として立ち上がっているモスクワからの挨拶を贈ります……」と語りかけている。彼女はまだモスコヴァイト（モスクワ人）でした。

　しかしながら封鎖の進行とともに、彼女はレニングラーダーへの道を辿り始めます。

　「1942 年 1 月 27 日 ……ベーカリーは操業を止めてはいませんでした。給水管が閉塞した時、8000 名ものコムソモール同盟員（彼らとて飢餓で苦しむ他の人と変わることなく衰弱しています）が動員されました。骨までしみ込む寒さの中、彼らはネヴァ川からベーカリーのテーブルまで鎖を作り、水を運びました。手から手へのバケツリレーでした……」と彼女は記しています。一月の厳寒の中の 8000 名のバケツリレー！　ベーカリーの操業を一日でも止めない為に！　この記述で、ヴェラは自身がレニングラーダーの一人である事実を認識したに違いないでしょう。

そしてモスコヴァイトたるヴェラはモスクワからレニングラードに帰った夜を次の如く記しています。

　「1943 年 4 月 14 日 レニングラードに帰ってきましたが、長い間こんな喜びを味わう事はありませんでした…… 私達は魔法にかけられ、身動きを失い、月明りの下で警報におののく街の中に入って行きました。街は灯っています、でも音は聞こえません。電車は止まり、無人の通りでは月光に照らされた冷たい春のもやが踊っています。なんとモスクワとは違うのでしょうか！」。

　さて、訳者はもう一つの問いに答えようとしています―なぜ彼女は党員になろうとしたのか？　ヴェラはこの封鎖の環の中で党員申請をし、党員候補者として一年を過ぎ審査会に臨み、その帰途に自問をしています。

　「1943 年 12 月 29 日……地区委員会からの帰途、私は党員候補であったこの一年間はどうやって過ぎて行ったのだろうか、と自問しました。この期間、私にどんな変化が起きたのだろうか？　私は工場で、軍で、海軍で、読み、そして語り続けました。そして書き続けました。これは事実です、でもこれらの事は以前にもやっていた事です。では党員候補期間においてどんな変化が私に訪れていたのでしょうか？……」。

　1917 年十月革命時は 27 歳、革命に飛び込んだ記録はありません、しかし革命を受け入れる立場でした。熟成した年齢で十月革命を迎え、その後の内戦を生き、熾烈な党内闘争、反対派の追放、極端な農民集団化、モスクワ裁判のドラマを見てきた彼女にとって党員への志願が意志として湧いていたでしょうか？　否、答えるのが自然でしょう。

　だがレニングラード封鎖の中で彼女はそれを決意しました。彼女にとって明らかな事実があります、それは労働者国家―たとえ体制として官僚に、更に党書記長に支配されたとしても―の市民、青年・学生、兵士、インテリ層の自己犠牲的な国家防衛への貢献を彼女が直接的に目にしたという事です。そして正確に言えば、文学戦線において彼女自身もその戦いの担い手の一人であったのです。それ故に彼女は朗読会を催し、前線を巡り、外国にエッセイの形で情報宣伝を行い、労働者国家への献身をなし、更に彼女は封鎖下のレニングラードを描く「プルコヴォ・メリディアン」の詩作に一人の「文学者」として勇敢に立ち向って行ったのでした。十月革命に参加することはなかった、しかし革命の遺産を守る戦いにレニングラーダーの一人として向っていった、ここに 50 歳を過ぎる年齢で党員を志した鍵があるのではなかろうか、と訳者は考えます。

　最後に読者の方にお勧めすべき一冊の本があります。ハリソン・ソールズベリーによる The 900 Days, The Siege of Leningrad です。訳者はこの本の published by Da Capo Press 版を本日記の翻訳を始める前に二度読みました。歴史的な防衛戦争であるレニングラード封鎖の概要を頭の中に入れておいてから翻訳に向いたかったからです。この "The 900 Days" の中にもヴェラの言葉は幾度か参照されています。この本は政治・軍事的な展開を含み、封鎖下の闇市の黒い側面をも織り込んだ壮大なパノラマ画であり、次はどんな展開になるのか、と読者は引き込まれていでしょう。他方、ヴェラの『日記』は感覚に鋭敏な詩人の描く市民の呻吟であり、「そんな状況に自分は耐えられるのか？」と問いかけせざるをえません。立ち止まりながら読んでいく本ではないでしょうか。そして日記の進行とともに、かすかながらも飢えの克服と勝利への道程が見えてきます―驚嘆すべき市民の防衛的組織力をヴェラは読者に語ってくれています。

　詩集は野戦袋に詰められて前線の塹壕へと運ばれたと言う、ヴェラは 80 年の年月を超えて文学の潜在力を訳者に運んでくれました。

■著者　ヴェラ・ミハイロヴナ・インベル

詩人・散文家。

父モイセイ・フィリッポヴィッチ・シュペンツエル、母ファニー・ソロモノーヴナ・シュペンツエルのユダヤ人一家の娘として、1890年6月10日オデッサにて誕生、——ヴェラ・モイセーヴナ・シュペンツエル。ヴェラはトロツキーの11歳年下の従姪（いとこめい）にあたる。

1972年11月11日モスクワにて没す。

■訳者　ハル・ニケイドロフ

1947年生まれ。プロセス・コントロール・エンジニア、ソ連邦歴史研究徒。

2021年11月、グアム島デデド村にて翻訳完成。

訳書に『ナディエジュダ・A・ヨッフェ回顧録』小社、2019年

レニングラード日記

2023年1月15日第 1 刷発行　定価3200円＋税

著　者	ヴェラ・ミハイロヴナ・インベル
訳　者	ハル・ニケイドロフ
装　丁	市村繁和（i-Media）
発　行	柘植書房新社

〒113−0001　東京都文京区白山1-2-10　秋田ハウス102

TEL 03（3818）9270　FAX 03（3818）9274

郵便振替00160-4-113372　https://www.tsugeshobo.com

印刷・製本　創栄図書印刷株式会社